Dies ist der

ROMAN

TAXI

von

CEMILE SAHIN

in dem Rosa Kaplan beschließt, ihr Schicksal nicht zu akzeptieren und den Sohn, der ihr durch einen Krieg genommen wurde, durch einen anderen zu ersetzen.

Ji bo dê û bavê min;
bi hezkirin û minetdariyek bêdawî

I

Setz dich. Ich setze mich. Handschellen um. Silberfarben. Ein leichter Klick. Erst die rechte Hand. Ein leichter Stoß. Silber im Genick. Dann die linke über die rechte Hand.
Hast uns vermisst? Ich vermisse es nicht. Enger schnüren. *Hast uns geliebt?* Ich habe den Gedanken geliebt.

Bist wieder zurück? Wer von ihnen konnte fliehen? Der Kopf auf der Tischplatte. Draußen Sommer. Klingel ringt. Hinter Türen verschlossen. Klingel ringt nicht. Dieser Ort ist eine Kulisse. Meine Pflicht. Hinter verschlossenen Türen. Auch ich bin diese Kulisse. Verraten. Auch ich und sie.

Steh auf. Ich stehe auf. Mit dem Geräusch seiner Heimat. *Sind wir barmherzig?* Barmherzig sind sie. Damit ich an sie glauben kann. Und an etwas anderes auch. Kann mich nicht bewegen. Welcher Fortschritt ist geboren. Ein Tier. Ich nicht. *Das bist du?* Das bin ich. Jedes Mal jammern. Ohne mich. Was man ohnehin schon weiß. Tag ein. Tag Schluss. Vollendet das Jahr.

Steh auf. Ich stehe auf. Und beneide den einen, der auf der anderen Seite steht. Teile mein Mitleid mit ihm. Er will nicht. Weil er nicht zu uns gehört. Nicht so wie ich. Schlucken. Beneide alle. Bloß nicht an meinem eigenen Speichel verrecken. Zwei Kilogramm Schmerz gegen den Kopf. Was ich ertrage. Waffe fester. Herz silber. Groß und klein. Wie man es macht. Spreche nicht mehr. Gott hat Zähne. Und ein Volk. Verfolgt mich.

Steh auf. Ich stehe auf. Mit Handschellen und der Waffe im Genick. Sie amüsieren sich über meinen Angstschweiß. Vom Zaun in die Zelle. Das ist mein Brot. Publikum lacht. Bitter. Zähle das Wort Gewohnheit. Achtundvierzig Mal. Ich gewöhne mich nicht daran. Wie lange schon. Hier ist Nacht. Oder dort. Aber ich. Trage den Dreck ab. Vielleicht im Dunklen. Der bleibt übrig. Stopfe ihn in mich. Wo ist der Ekel. Passt nicht rein. Bin zu fett. Aus meinen Nähten. Brauche nicht weiter. Bin jetzt zahm und taub.

Es ist kalt. Mittellos die Fahne. Rot und weiß. Das Ende der Fahne wird das Ende sein. Das ist billig. Scheitel fettig. Fresse meine Moral satt. Dreißig Minuten sparen. HAHAHA. Ihre Fragen. BLABLABLA. Stöpsel zu. Danke. Miststück. Bein tut weh. Mürbe. Keuchen hinter dem Fenster. Pause. Habe Scheiße am Stuhl. Alles Vergangene kommt an. Und es mieft. Denn es bleibt in der Erde. *Wie du?* Wie ich. Ich habe verstanden, wie man Türen schließt.

Guten Abend.
Guten Tag.

Bin blau vom Schlagen. Nicht erschrocken. Schlage Wurzeln. Bin jetzt wach. *Wer lacht?* Ich nicht. Prügelt mich ins Leben zurück. Das muss ich erklären. Bis ich alles aufgebe. Der Spalt wird größer zwischen Wand und Boden. Muss ich auch das erklären. Muss ich schießen. Zwischen Welt und Wand und Breaking News.

Bist du satt? Herbst. Hier gibt es kein Brot. Stiefel raus. Bin der Dieb. Soll ich reden. Dieses Jahr nicht. Soll ich zucken. Aber wo. Ich will noch nicht. Sie klatschen. Vor Freude. Und ich falle um vor Schreck. Bisschen Gelächter. Bisschen flennen. Ich bin ein Egoist. Das ist unverhofft gekommen. Ich sterbe. Wir sterben, wenn wir nicht geliebt werden. Sie lachen mich aus. *Stimmt das?* Ja, das stimmt.

Ich weiß. Winter. Ohne flennen. Böse. Weil ich an nichts glaube. Wieder Prügel. Jeder lacht. Ich auch.

Name, schreit er, und tritt näher an mich heran, so nah, dass ich seinen Atem im Nacken spüre. Das ist mir unangenehm. Er riecht nach Eiern und Zwiebeln. Die Haare im Nacken richten sich zu Berge. Meine, nicht seine. Sein Waschmittel riecht wie meine Kindheit oder ist es einfach nur die Seife, mit der er morgens nach dem Aufwachen sein Gesicht wäscht? Der Geruch kommt mir bekannt vor. Ich komme leider nicht dahinter. *Name*, brüllt er, diesmal in mein rechtes Ohr. Seine Stimme dämmert in meinem Kopf und ich versuche in die andere Richtung auszuweichen, um seinem Stimmorgan zu entgehen.

Seine Stimme verhakt sich, im Dreivierteltakt, erst im Ohr und dann im Mund.
Beim Brüllen verschluckt er nicht nur den letzten Buchstaben, also das »E«, sondern er spuckt mir dabei auch Schweiß und Speichel entgegen. Von »Name« bleibt »Nam« übrig, aber ich höre nur: nahm (wie der Geruch). Das klaut er mir auch. *Du hast doch einen Mund. Mach das Maul auf.* Der Duft ist weg. Er wird zorniger. Das höre ich an seinem Stimmton und das ist auch durch eine Geste bemerkbar: Mit seinen Stiefeln verstärkt er seine Sätze. Ein Satz folgt auf einen Fußtritt, folgt auf einen Satz, folgt auf einen Fußtritt, und so weiter.
Als sie mir die Handschellen anlegten, wurden mir beide Arme grob nach hinten gerissen, damit kein unvorhergesehener Widerstand zum Vorschein komme. Plötzlich war ich ein Mann mit den Händen hinterm Rücken. Ich habe nichts dagegen gesagt. Was hätte ich auch sagen sollen? In solchen Situationen gibt es nichts mehr zu reden. Das würde sie noch mehr in Unkosten stürzen, denn sie müssten noch mehr arbeiten und Arbeit, die man auszuführen hat, strengt schon genug an und wenn einem noch mehr Arbeit aufgehalst wird als die Arbeit, die sowieso schon zu erledigen ist, dann ist das ermüdend und keiner möchte ermüdet nach Hause gehen. Ich habe Verständnis dafür. Ich bin von Natur aus ein verständnisvoller Mensch. Aus diesem Grund sind meine Hände in Handschellen und über Kreuz hinter meinem Rücken festgeschnallt. Sehr eng, aber so ist das nun mal. Ich habe nichts gesagt, trotzdem wusste ich, was mir blüht.

Besonders gut kann ich mich nicht bewegen: Der linke Arm ist seit Stunden eingeschlafen und zuckt bis in den Unterarm, aber ich nehme das hin. Es tut ein bisschen weh, aber ich sage nichts, so wie ich dem Mann, der ununterbrochen nach meinem Namen fragt, seit Stunden schon, immer noch nicht geantwortet habe. Er packt meinen Kopf hinter meinen Rücken und haut ihn auf den Tisch. Dann legt er mir ein Stück Draht wie einen Strick um meinen Hals, *zum Spaß*, sagt er und zieht fest zu. Dabei denke ich an meine Mutter. Dann haut er wieder meinen Kopf auf den Tisch. Er definiert alles, was kommt. Er ist stärker als ich. Kopf und Drahtseil knallen auf den Tisch aus Metall. Das kann ich nicht vergessen. Ich weiß nicht, ob das Geräusch des Aufpralls

laut genug ist, um seine Stimme zu übertönen. Drahtseil spannt, Kopf dröhnt, aber ich höre seine Stimme immer noch. Und ich kann den Lärm, der sich im Raum ausbreitet, nicht von seiner Stimme unterscheiden. Er hört nicht auf, nach meinem Namen zu rufen.
Einige Sekunden bleibe ich mit dem Kopf auf dem Tisch liegen, versuche panisch die Augen zu öffnen, warum ich sie geschlossen habe, weiß ich nicht, nicht mehr wichtig. Ich bilde mir ein, dass mir Blut über das Gesicht läuft. Wie sieht es aus. Es tut weh, aber nicht so weh, dass ich leide. An den Haaren werde ich aufgerichtet, (teilweise nur an den Haarspitzen) weil er es vor Erregung und Ärger (wohlmöglich), da ich immer noch nicht geantwortet habe (so ist das!), nicht schafft, mit seinen Fingern meinen ganzen Kopf zu umfassen, stattdessen nur einzelne Haarbüschel zu fassen kriegt und die Haare, die nicht reißen, helfen ihm, mich hochzuziehen. Er zieht mich hoch, als ob ich ein Huhn wäre, das aus seinem Käfig kommt, senkrecht nach oben.

Zuallererst drückt er mich an seine Brust. Mir ist warm. Schwitze wie ein Walross, fettes Schwein. Über seine Brust wandere ich in Richtung Gesicht, beinahe liegt es in meinem. Wie stark er ist, Augen braun, Haare blond. Die Nase ruht im perfekten Abstand zwischen Stirn und Oberlippe, eine wohlgeformte Muse, gemalt aus einzelnen Bildern, für die alle tagelang Schlange stehen. Wie riecht er von links nach rechts und umgekehrt, kann er mit seiner Zunge die Nasenspitze berühren, kann er nur eine Augenbraue heben, ohne dass sich die andere bewegt. So viele Fragen, die ich brauche, damit ich nicht leide und die ich ihm aber nicht stellen kann. Und er stellt mir immer wieder die eine. Das ist fad.

Die Lippen spitze ich zu einem Kuss, summe, innerlich einsilbig, wie eine Hummel, die zu einer Blume finden will und versuche durch die dünne Luft, die zwischen uns liegt, mir einen Weg zu bahnen, um den Namen, den ich nicht loswerde, ihm als Kuss (aus Liebe) und als Botschaft (aus Rache) in die Fresse zu bohren. Wenn wir nicht in diesem Raum sitzen würden, ich als Krüppel, mit Hand und Haaren, Drahtseil um den Hals, unbeweglich, er, mit seiner Waffe, die mich hier lose von seiner Hüfte aus anschielt, die ich mir aber woanders wegdenken könnte (so wäre das erträglicher und humorvoller) und dem groben

Gerüst, das er vor sich trägt, das Gesicht also, wie ein Versteck, das mich wie ein Hinterhalt verfolgt und mir die Luft zerschneidet, sich auf mich legt, mir nicht erlaubt, mir förmlich verbietet, ausdrücklich verbietet, mit jeder neuen aufkommenden Kraft (noch mehr Bosheit) diesen Ort der Enge, der sich auf vier mal vier Meter erstreckt, unausgesprochen zu machen. Sie machen mich zu einem Gefangenen auf zwei Beinen. Das nennt man Folter oder Gerechtigkeit.

Ich schließe meine Augen und ich öffne sie wieder, aber ich bin ich nicht woanders. Schade. Er zieht diesmal etwas kräftiger am Drahtstrick um meinem Hals, dann an meinen Haaren, die reißen, das Drahtseil nicht, dabei wimmere ich etwas mehr, aber ich schreie wirklich nicht, denn ich habe mich an dieses Leben gewöhnt. Bevor ich mich bewege, schlägt er mich mit der anderen Hand, mit einer flachen Hand, die mich nicht an den Haaren oder am Hals hochzieht, zwischen Stirnfalte und Mund, ich falle vom Stuhl, auf den Boden, auf den Bauch.
Wirklich: BREAKING NEWS.

Wie schön ist das Leben. Wie neu. Es gibt tatsächlich nichts dramatischeres. *Wie unberechenbar*, schreit einer hinten aus einer Ecke. Ich nicke, aber niemand sieht mich, weil meine Fresse am Boden hängt. Ja, das habe ich begriffen. Das nennt man Folter – oder Gerechtigkeit.

Jetzt bekomme ich Prügel, zur Abwechslung diesmal nicht mit Händen, sondern mit seinen Stiefeln. Als ich dachte, ich ersticke von den Prügeln, bin ich nicht erstickt. Ich dachte an Kriegsfilme, die in meiner Erinnerung zu meinem Leben wurden. Ich dachte an die anderen Filme, die ich als Kind gesehen hatte. Ich habe meine Kindheit vergessen. Ich dachte an den Krieg, der aus dem Fernseher zurück in mein Leben kroch. Ich habe die Namen meiner Geschwister vergessen. Ich dachte an die Bilder aus den Nachrichten, die das Leben und seine Folgen bestätigten. Aber ich vergaß, was als nächstes kam. Der Krieg hat mich entstellt. Das ist die Folter. In jeder Geschichte gibt es ein kaltes Herz. In jeder Geschichte gibt es ein warmes Herz. Ich kann mich nicht mehr an die Zeit zurückerinnern. Es tut sehr weh, seinen

Platz zu verlieren, ich spüre es zum dritten Mal in meinem Leben. Das kann ich mir eingestehen.
Ich bin ein ehrlicher Mensch.

Meine Beine zittern, das Blut rinnt mir diesmal aus der Nase. Ich will ein Wimmern ausstoßen, aber ich kann nur husten. Blut und Speichel mischen sich zu einem Brei, der mir das Atmen erschwert. Ich huste. Ich spucke noch einmal. *Deinen Namen. Maul auf.* Er wiederholt sich, zieht noch einmal am dem Drahtseil, ich huste wieder, das langweilt mich.

> *Name.*
> Jeden Montag bringe ich den Müll raus.
> *Name.*
> Jeden Dienstag gehe ich ins Kino.
> *Name.*
> Jeden Mittwoch trinke ich eine Cola.
> *Name.*
> Jeden Donnerstag gieße ich die Blumen.
> *Name.*
> Jeden Freitag gehe ich mit meiner Mutter spazieren.
> *Name.*
> Jeden Samstag bleibe ich zuhause.
> *Name.*
> Jeden Sonntag spiele ich für meine Mutter Flöte.

Die Zeit erweckt den Anschein, als vergehe sie in der Zelle langsamer, doch ich weiß: Sie vergeht gar nicht. Alles ist ein lähmendes Spiel, eine Episode, die ich so oft durchlebt habe, dass jeder Vorgang, jeder Tritt, aber auch jede Geschichte an mir vorbeifährt. Ich werde nicht weinen, denn alle werden mich bedauern. Ich bedauere nur, dass ich mit Handschellen und Drahtseil am Boden liege. Wenn man seine Situation akzeptiert, vergibt man dem Leben. Aber ich vergebe nur dem Leben, nicht den Menschen. Ich vergebe dem Krieg. Ich vergebe den Waffen. Nicht den Menschen. Wegen den Menschen ist mir die Fähigkeit abhanden gekommen, Geschichten zu erzählen.

Mit dem linken Bein stemme ich mich gegen den Boden und versuche mich langsam aufzurichten, der Schmerz trifft mich, er zieht am Drahtseil und ich kann nichts anderes tun als zu fallen. Mit Gewalt wird mir hoch geholfen und ich werde wieder grob auf den Stuhl gedrückt. *Bitte, Wasser,* sage ich. Als Kind saß ich nicht gerne auf Stühlen, sie sind starr und ich musste meinen Körper jedes Mal aufs Neue in sie pressen und fand nie eine Position, die so komfortabel war, dass ich mehrere Minuten am Stück in ihnen ruhen konnte. Stühle bedrängen mich schon mein ganzes Leben und in diesem speziellen Stuhl zu sitzen, ist schwieriger für mich als den Schmerz der Handschellen zu ertragen, die sich nun langsam, da ich sie seit Stunden tragen muss, tief in meine Handgelenke bohren, und die schmerzen, vielleicht bluten sie bereits, sicherlich, aber ich sehe nicht, was hinter meinem Rücken passiert.

Als Kind habe ich mich oft mit den Nachbarskindern geprügelt, das war unsere Antwort auf die Bomben, die von oben auf uns runterfielen. Meistens trafen wir uns nach der Schule gegen vier oder fünf, in einem heruntergekommen Stall, der uns Schutz vor den Erwachsenen, aber auch Schutz vor jenen Kindern bot, die Angst vor uns hatten. Wir schlugen uns mit Steinen und mit Stöcken, selten mit Fäusten. Der Stärkste der Gruppe (ich), markierte mit einem Stück Kreide (weiß, manchmal blau, *weil blau die Farbe der Unschuld ist,* sagten die Erwachsenen zu uns Kindern) den Ring.
Um den gezogenen Kreis stapelten wir allerlei Gegenstände herum, um unseren Ring (im Geheimen auch Prügelring genannt) exakt von der Landschaft zu trennen, was eigentlich bedeutete, dieses Fleckchen Erde von der Landschaft so abzugrenzen, dass ihre bloße Existenz zwar mit den Augen sichtbar war, aber trotzdem ein Nicht-Ort blieb, der nur stattfand, um unsere Langeweile in ihm aufgehen zu lassen. Ein geheimer Raum, Prügelring, unser Schlächter der Welt, der alles andere verschluckt. Der Prügelring war da, und er war nicht da, aber die, die wussten, wie viel seine Notwendigkeit kostete, die spürten das Ausmaß der Dinge und dies galt es zu beschützen. Drumherum war nicht viel zu sehen, ein Blick nach rechts, ein Blick nach links (für manche: noch einen Blick für den lieben Gott): Flachland. Einöde. Plattgetretenes Gestrüpp. Hier fand uns kein Gott.

Es gab nur noch einen einzigen riesigen Baum in der Gegend. Einmal stemmten wir uns zu neunt gegen ihn, und versuchten ihn aus der Erde zu reißen, weil er uns im Weg stand. Wir, zu neunt, wir waren das Ungeziefer, das gegen das Leben schlug, weil wir jung waren und das Leben und seine Geschichten für uns schon verbraucht. Es dauerte lange, bis unsere Ungeduld (besonders meine) in Wut umschlug.

Deswegen blieb uns nur noch das Feuer. Feuer ist wie Aufbau und Arbeit, es führt die Tatsachen zu Ende. Feuer fängt an. Feuer brennt am längsten. Aus der Garage eines Nachbars klaute der Jüngste von uns einen Kanister Benzin. Großzügig begossen wir den Baum, gingen einmal um den Baum herum, und zweimal, ich glaube sogar dreimal und einer von uns kletterte hoch auf den Baum, um von oben einen anderen Kanister (ebenfalls voll mit Benzin) auszugießen. Wer es war, weiß ich nicht mehr. Dann warf ein anderer Streichhölzer, mit der warmen Glut nach unten, die das Benzin nährte. Ewig brannte es nicht, deswegen gossen wir noch mehr Öl ins Feuer, das nicht richtig brannte. Nur ein brennendes Haus war einmal ein Haus und ein brennender Baum war einmal ein richtiger, echter Baum. Selbst ein brennender Mensch war einmal ein Mensch. Soviel war uns klar. So nah waren wir am Leben. Als die Flamme endlich aus dem Baby-Tropfen wuchs, klatschten wir (ich weiß nicht, warum). Von der Erde, durch die Wurzeln wuchs das Feuer am Stamm entlang, das Gras roch wie Pisse. Wir klatschten weiter.
Es brennt, es brennt, es brennt, sagten die anderen.
Ich sehe, dass es brennt, ihr Dummköpfe.
Ich wollte das Feuer beschützen. Ich wollte, dass es Jahre lang brennt. Für sie war es einfach nur Feuer, sichtbar und aufregend, aber für mich war es ein bisschen mehr: Es war ein Kompromiss gegen die Bomben und das Leben. Wer stand Millimeter entfernt vor dem Feuer? Ja, genau, das war ich. Es war ein Fest.

Da die Erwachsenen das Feuer natürlich irgendwann bemerkten, wurde es gelöscht. Da klatschten wir nicht mehr. Innerlich war es fast wie ein kleiner Tod: Das Feuer, das sie löschten, war das Feuer, das so aussah wie wir. Trotzdem brannte es lang genug. Der Baum war nicht mehr zu erkennen. Er wurde zu unserem Krüppel und wir hatten ihn seit diesem Tag an lieb. So lieb, dass wir ihn, entstellt wie er war, akzeptierten.

Jedenfalls stand der Baum als halbkahle Stelle neben unserem Prügelring. Aus herumliegenden Tonnen und Müll bauten wir eine Art Schutzwand um den gezogenen Kreidekreis herum. (In der Schule haben wir nicht den kaukasischen Kreidekreis von Brecht gelesen, wir haben den kaukasischen Kreidekreis von Brecht gehasst.)
Es war zur Sicherheit und zur Abschreckung: Sicherheit, weil dieser Ring unsere Wut entgegennahm, aber Abschreckung für all diejenigen, die begriffen, wie stark und wie gleichgültig wir ihnen gegenüber waren. Wer nicht zu uns gehörte, der wurde gehasst und wer nicht in unseren Prügelring stieg, wurde verachtet. Es war wie ein Zuhause.
Einmal, an einem sonnigen Tag, stach ich einem Jungen mit einem Stock das Auge aus. Es war halb beabsichtigt, halb aus Versehen. Ich wollte ihm eigentlich einen schweren Schlag mit meinem Stock verpassen, aber als er auf mich zukam, fiel er vor mir auf die Knie und ich konnte meinen Schlag nicht mehr abwenden, weil ich ihn mit meinem Arm wirklich schnell treffen wollte. Er war älter als ich. Mein Stock glitt wie ein Buttermesser über das Brot, das sein Auge war, er quietschte wie ein Tier vor Schmerz, sein Schrei war so laut, dass ich dachte, er quetscht die Ratten aus ihren Löchern. Mit seiner Hand versuchte er nach der Wunde zu greifen, wahrscheinlich aus Reflex. Er fing an zu weinen und krümmte seinen Rücken zu einem Buckel, so, als ob er seine Wunde beschützen wollte. Aber die konnte er nicht beschützen, denn die hatte ihn schon entstellt. Und wie wir alle wissen: Was einen entstellt, das bleibt. Das nennt man Folter oder Gerechtigkeit.

Noch heute frage ich mich, ob aus dem Auge, in dem der Stock steckte, Tränen flossen oder ob der Stock in seinem Auge wie ein Staudamm war und nichts mehr hinausfließen konnte. Barfuß kletterte er über die Fässer, stolpernd, weinte dabei umso mehr, der Stock ragte tief unterm Hirn, er rannte mit tapsigen Schritten weg von uns, um weiter zu stolpern, aber diesmal klagend, sehr eindringlich und klagend, fast schon wie eine Anklage, so als ob wir über ihn richteten. *Ihr mögt mich nicht, ihr mögt mich nicht.*

Ich wusste nicht, was das damit zu tun haben sollte. Schweigend sahen wir ihm nach, wie er als Krüppel am Krüppelbaum vorbei tastete, bemüht und auch vorsichtig, einen Schritt vor den anderen zu setzen, um ja nicht hinzufallen, um ja nicht weiter Beute sein zu müssen. Ich wurde zum Sieger gekürt, weil ich gewonnen hatte. Wer den Ring als Erstes verlässt, das denke ich jetzt, der verliert und wer sich nicht auf all das einlässt und dagegen hält, der gewinnt. So ist das immer im Leben. Und das ist keine Folter, sondern Gerechtigkeit.

Seit meiner Geburt wohnte ich in dieser Stadt, eigentlich war es ein Dorf. Es lag zwischen zwei Hügeln und war durch eine schlecht betonierte Landstraße miteinander verbunden. Im Sommer war es warm und im Winter kalt. Aber oben auf den Bergen lag noch im Sommer Schnee. Wir waren von der Welt um uns herum abgetrennt, weil niemand hier her kam. Wer sich hier nicht auskannte, der ging verloren. Es war eine Stadt, die aus mehreren Dörfern bestand. Jeder kannte sich. Deshalb war es auch langweilig.
Und die meiste Zeit passierte nichts. Manchmal verlor ein Schaf seine Herde. Das Militär kontrollierte unser Dorf schon, bevor ich geboren war. Ich hatte mich an diese Umstände gewöhnt, deshalb war es nicht der Rede wert. Was bedeutete, dass nichts passierte. Aber wenn etwas passierte, dann passierte es schnell, weil sonst nichts passierte, es passierte so schnell, dass es die ganze Zeit und immer wieder passierte. So auch an diesem Tag. Es war Dienstag. Die Sonne schien ein wenig hinter bedeckten Wolken und wenn ein Ereignis an einem schönen Tag passiert, dann erinnert man sich gerne zurück und vergisst es nicht. Das war immer eine schöne Sache und weil der Mensch sehr einfach gestrickt ist, wird es auch immer diese schöne Sache bleiben.

Mit einem Taxi wurde der Junge ins Krankenhaus gebracht. Das Krankenhaus lag hinter dem Hügel zwischen den zwei Hügeln unserer Stadt. Später erfuhren wir, dass der Stock ihm so tief im Auge steckte, dass er ihm seine komplette Bindehaut zerstörte und deswegen alles in sich einsackte und schrumpfte. Von diesem Tag an war er auf einem Auge blind. Das war doch eine schöne Erinnerung: Er würde diesen Tag nie vergessen.

Ich habe keinen Ärger bekommen, weil ich jedem, der mich danach fragte, was passiert sei, ob Erwachsenen oder anderen Kindern, die nicht dabei waren, erzählte, dass auch ich, überrumpelt und schockiert (das ist immer ein gutes Wort, um Mitgefühl auszudrücken) von diesem Ereignis war. Jedes Ereignis ist trügerisch für all diejenigen, die nicht dabei waren. Allen, die mich danach fragten, versicherte ich meine Unschuld. Ich sagte: Ich bin unschuldig. Ich bin betroffen. Und je mehr Menschen eine Geschichte glauben, desto realistischer wird sie. Da muss man beinahe nicht mehr lügen, denn sie erzählt sich von selbst. Wer diesen Trick nie kannte, den kann ich nur bedauern.

Zwischen drei Vorlagen jonglierte ich umher:

Erstens:	Im Spiel hat sich die Menge zu einer Masse vermischt! (traurig)
Zweitens:	Alles war durcheinander, es passierte so schnell! (entsetzt)
Drittens:	Wo warst du? Keiner kam, um uns zu helfen! (vorwurfsvoll, bestimmend, fünf Sekunden später: links und rechts zwei, drei Tränen, manchmal mit Spucke oder Rotze, manchmal Wasser, manchmal echt)

Von der eigenen Schuld abzulenken, indem man Mitgefühl und Trauer kombiniert, war ein gutes Vorspiel, um die Aufmerksamkeit und den Vorwurf auf all die zu richten, die nicht da waren, um zu helfen. An Tagen, an denen ich besonders gut drauf war, schaffte ich es sogar mehr als zwei, drei Tränen aus meinen Augen zu quetschen. Meistens war ich dann derjenige, der in den Arm genommen wurde, zärtlich konnte ich mich ihnen an den Hals werfen. Manchmal war ich so gut, dass ich während dieser Streicheleinheiten noch mehr Tränen hervorbrachte, was wiederum dazu führte, dass ich noch mehr geliebt wurde. Gott kannte die Wahrheit, aber dieser Gott konnte mich nicht bestrafen. Ich wusste, dass es sehr viele Menschen gab, die Gott mochten und einige von ihnen versicherten immer, dass Gott sie auch liebt, so wie sie ihn lieben. Gott liebte einen und keinen und alle. Ich hingegen hatte eine Wut, die bekam ich nicht los, wie ihren Gott.

Während die Erwachsenen beteten, schlugen wir uns. Während des Freitagsgebetes schlug ich besonders fest zu. In die Fresse und in den Bauch. Ich betete nicht und ich hatte keine Angst vor ihrem Gott. Gott bringt mir noch immer nichts bei. Ich habe andere Sachen gelernt, und dadurch war ich sehr stark für mein Alter. Wenn du einmal stark bist, bleibst du immer stark. Und wenn du stark bleibst, erkennen dich alle wieder. Und Kinder, die Schläge nicht beantworten, werden totgeschlagen. Und wenn man dumm ist, dann lässt man sich totschlagen, offenkundig und hartnäckig. Dann weiß man endlich, dass alles zu spät ist und alles vorbei. Man verreckt einfach.

Seit diesem Vorfall nannten wir ihn nur noch den Einäugigen. Wenn er mich sah, wechselte er die Straßenseite und versuchte unerkannt an mir vorbeizuhuschen. Um ihm Angst einzuflößen, täuschte ich manchmal vor, ihm hinterherzurennen. Ich wusste, dass der Mensch von Natur aus sehr stark ist, dadurch begriff ich auch, dass er deshalb um sein Leben rennen würde. Aber weil ich manchmal lieb war, kam ich ihm nur so nahe, dass er in letzter Sekunde das Gefühl verspürte, entkommen zu können. Ich wollte nicht bösartig sein, aber ich konnte Langeweile auch nicht ertragen. Das ist keine böse Absicht. Und jeder, der mich kennt, würde mir da zustimmen.

Alle Menschen sind gleich und alle empfinden dasselbe, nur anders. Ich habe nie den Verstand verloren, weil mir alle immer geglaubt und mich deswegen nie in Frage gestellt haben. Ich tat Dinge, die ich für richtig hielt, zumindest solange, bis mich jemand versuchte vom Gegenteil zu überzeugen, aber auch dann rückte ich nicht von meiner Position ab. Ich tat nur so, als wolle ich Einsicht zeigen, denn so lernte ich besser zu lügen und konnte ich mich von den anderen abgrenzen. Und es trug auch dazu bei, dass ich stärker wurde. Und wenn ich stark war, waren die anderen schwach und wenn die anderen schwach waren, war ich umso stärker.
So ist die Natur und so wollte es Gott oder zumindest stelle ich mir vor, dass Gott denen, die beten, zu ihm aufschauen und an ihn glauben, das sagt.

Wozu dann die Zeit mit Beten verschwenden? Er schien ja sowieso nie jemandem zu antworten. Er will doch, dass die Schwachen totgeschlagen werden, damit es nicht so viele Menschen auf der Welt gibt. Und wer die Schwachen nicht schlägt, der verhungert. Und wer sich von der Welt betrügen lässt, der stirbt. Und damit die Welt nicht mich betrügt, betrüge ich sie. Das habe ich als Sechsjähriger in meinem Bett mit mir ausgemacht, als es dunkel war und die Bomben gegen die Wände schlugen, bis alles wackelte. Einmal schlug eine Bombe vor unserer Tür ein. Die Haustür krachte gegen die Wand und fiel auf das Bett, in dem mein kleiner Bruder lag. Er starb vermutlich sofort, denn er war ganz klein. Nicht mal so groß wie mein Unterarm. Ich kannte die Einzelheiten dieser Geschichte nicht. Er war zwei Wochen alt, noch kein Mensch. Ich kannte ihn nicht. So war das Leben. Meine Mutter ist in Tränen ausgebrochen und ohnmächtig geworden. Sie ist wie die Tür umgefallen. Ihr Geschrei höre ich noch heute in meinem Kopf. Sie kam nie darüber hinweg. Wir mussten dann zu unseren Nachbarn ziehen.

In meiner Stadt gab es keine Schicksalsgemeinschaft. Man lebte nebeneinander, traf sich beim Kiosk zum Tee, redete über das Wetter, die Bomben, das Militär, Geld, und wenn wir lieb daneben standen, still wie Mäuse, uns ihr Gerede wie Geplätscher anhörten, wurden wir ab und zu mit einem Stück Schokolade dafür belohnt. Schokolade war wertvoll und teuer, die gab es nicht oft. Dabei wurde uns über den Kopf gestrichen, bis die Haare verwuschelt waren. Das habe ich gehasst. Das habe ich immer ausgehalten. Es ist ein Krampf, ohne Bestimmung geboren zu sein und wenn ich von Bestimmung rede, dann rede ich nicht von Schicksal, sondern darüber, dass man vergessen wird und nichts daran ändern kann.

Wir mussten uns ein neues Haus bauen. Das hatte ich lieber als das alte. Ich wohnte in einem Haus mit vier Zimmern, es hatte exakt siebzehn Fenster, die nicht gleich groß waren, auf zwei Stockwerke verteilt. Ganz oben hatten wir eine kleine Terrasse. Dort saß ich oft mit Mutter und Vater und mit meinem anderen Bruder. Stand man dort, war der Blick über die Stadt ein weitläufiger. Meistens zählte ich die

Häuser, beobachtete die Menschen, die von dort oben wie Straßenhunde in Straßen verschwanden, wieder auftauchten, und sich danach in Rudeln formatierten und trafen. Ich beobachtete die Soldaten, die den Hunden etwas zu fressen gaben. Ich mag keine Straßenhunde, denn sie sind unterwürfig. Und wenn man ihnen etwas Gutes tut, wie ihnen etwas zu Essen zu geben, dann lassen sie einen nicht mehr los. Und erwarten, dass diese eine gute Tat ununterbrochen wiederholt wird, weil sie denken, einmal ist keinmal, weil das erste Mal nicht zu ertragen ist.
Auch das war einmal. Früher. Nicht mehr jetzt. Als ich da war.
Aus dieser Stadt, die ich kenne wie eine Ecke in einer Welt, die man nicht los wird, weil man vielleicht festgeklebt ist, aber diese Stadt, die ich genauso kenne, mein Leben lang kannte und immer noch kenne, diese Stadt zwischen den zwei Hügeln, in der ich geboren bin, der besetzte Fleck, aus ihr verschwinde ich, aus Gründen, die mir bekannt sind, die ich aber zu diesem Zeitpunkt noch nicht näher erörtern kann.

Jetzt ist nur noch der Boden da, auf dem ich liege und mich krümme. Das ist meine Strafe. Das nennt man Folter oder Gerechtigkeit. Es ist böse von den Leuten, wenn sie wollen, dass ich sterbe. Ich möchte nicht sterben, aber ich bin hier, weil ich mittlerweile alles akzeptiere. Ich habe alles aufgegeben. Ich finde weder an der Welt etwas, noch die Welt an mir. Ich kann mich nicht mehr beschweren, dass es niemanden gibt, existenziell.

Es gibt sie ja, aber für mich gibt es niemanden mehr.

II

Ich versuche es noch einmal: Es beginnt an einem Morgen, der wie alle Tage beginnt: Um 6:00 Uhr früh klingelt mein Wecker mit einem Piepen, das mich jedes Mal aus dem Schlaf reißt, so dass ich schlechte Laune beim Aufwachen habe. Ich bin jetzt ein erwachsener Mensch. Zweimal drücke ich den Snooze-Knopf meines Weckers (kupfer), der auf dem Nachttisch neben meinem Bett steht und alle fünf Minuten sein Snooze-Geräusch von sich gibt. Dann quäle ich mich aus dem Bett, weil ich keinen Bock habe aufzustehen, reibe ich mir die Augen wach, drehe mich auf den Rücken, weil ich die meiste Zeit auf dem Bauch schlafe und auch morgens beim Aufwachen eben in dieser Position zu mir komme.

Neben meinem Bett steht ein Stuhl, auf dem meine Klamotten für den Tag liegen, die ich mir am Abend zurechtlege. Meistens trage ich ein dunkles Hemd, es variiert zwischen den Farben (dunkel)blau bis (dunkel)grau, sehr selten weiß, obwohl die meisten Hemden, die ich besitze und die in meinem Kleiderschrank auf Kleiderbügeln hängen, weiß sind. Die Knöpfe werden bis zum Kragen zugeknöpft und in eine ebenfalls dunkle Hose (grau) gesteckt. Dann gehe ich in das Badezimmer und wasche mir das Gesicht, doch putze mir nicht die Zähne. Ich bin faul und will nur das Nötigste.

Barfuß laufe ich in die Küche, Socken ziehe ich mir als letztes an, kurz bevor ich mir die Schuhe anziehe. Meistens trinke ich einen schwarzen Tee und esse eine Schüssel Cornflakes. Wenn keine Cornflakes da sind, esse ich etwas anderes. Morgens esse ich aber kein Brot. Eigentlich trinke ich morgens eine Tasse Kaffee mit Milch, aber oft vergesse ich Kaffee zu kaufen. Wenn ich feststelle, dass ich keinen Kaffee mehr habe, kümmert mich das nicht weiter und ich kümmere mich nicht darum. Das führt dazu, dass ich mehrere Monate über keinen Kaffee im Haus habe, bis ich zufällig im Supermarkt stehe und mir einfällt, dass ich keinen Kaffee mehr habe. Das geschieht vielleicht dreimal im Jahr.

Meine Wohnung ist sporadisch eingerichtet. Ich wohne in einer Wohnung mit hundertzwanzig Quadratmetern, sie besteht aus drei Zimmern (vierzig Quadratmeter, fünfunddreißig Quadratmeter, zwölf Quadratmeter), einer Küche (zwanzig Quadratmeter) und einem Bad (dreizehn Quadratmeter). Das einzige Zimmer, das ich wirklich nutze, ist das Schlafzimmer und ich verbringe die längste Zeit des Tages in diesem Zimmer, weil ich da schlafe. Im Schlafzimmer stehen ein Bett und ein Kleiderschrank. An der Wand gegenüber meines Bettes hängt ein Fernseher, den ich mir vor drei Jahren gekauft und nicht ein Mal eingeschaltet habe. Der Fernseher ist quasi Dekoration. Warum ich mir damals einen Fernseher für mein Schlafzimmer gekauft habe, obwohl schon einer im Wohnzimmer steht, weiß ich nicht mehr, ich glaube der Fernseher war im Angebot. Ich erinnere mich, dass es kein Schnäppchen war, aber mir war langweilig und eigentlich wollte ich eine Kaffeemaschine kaufen. Aber als ich dann im Laden war, vergaß ich die Kaffeemaschine und kam mit einem Fernseher zurück.

Links vom Schlafzimmer geht das Wohnzimmer ab. Es ist ein großes Zimmer mit zwei riesigen Fenstern, die an der Decke beginnen, aber kurz vor der Heizung aufhören. Den Boden schmückt ein alter Teppich (den ich von Kurden gekauft habe und nicht von Persern) in den Maßen zwei mal zwei Meter. Auf dem Teppich steht ein ovaler Glastisch vor einem grauen Sofa, auf dem ich nie sitze. Was ist das wieder? Ich weiß, was das ist. Das ist pure, reine Dekoration. Wen kümmert's. Durch das Wohnzimmer gelangt man durch eine doppelte Flügeltür in das nächst anliegende Zimmer. Das Zimmer ist im Sommer meistens sehr schön, sehr hell, weil es mehr Fenster hat als das Wohnzimmer. Der Raum ist leer. In der Mitte des Raumes steht ein Sessel, auf dem ich manchmal sitze, nachdem ich die Flügeltür hinter mir zugezogen und verschlossen habe. Dann sitze ich da, auf dem Sessel, die Arme links und rechts auf den Lehnen, die Beine überkreuzt und starre aus dem Erker des Raumes hinaus auf die Straße, sitze aber in einer Haltung auf dem Sessel, in der mich niemand, der von draußen versucht durch das Fenster reinzugucken, sehen könnte.

Ich wohne im dritten Stock. Eigentlich weiß ich, dass mich niemand von der Straße aus sehen kann, aber ich ekele mich vor den Nachbarn und ihren Blicken, die einen immer belästigen, wenn man nicht freundlich zu ihnen ist oder sich nicht über das Wetter unterhalten möchte.

Dieses Zimmer mit diesem einen Sessel in der Mitte ist mein Prügelring im Alter eines erwachsenen Mannes. Der Sessel ist sozusagen der Baum, und ich bin das Kind von damals, mit der Statur eines anderen, der sich leidenschaftslos an ihn schmiegt. Trotzdem ist es nicht dasselbe. Und das weiß ich. Manchmal sitze ich stundenlang in diesem Zimmer, mit den Händen auf den Oberschenkeln und rede kein Wort. Mit wem auch. Es ist ja niemand da. Bis zum heutigen Tag konnte ich mich an keinen anderen Menschen gewöhnen. Ich glaube nicht, dass der Mensch ein Gesellschaftstier ist. Vielleicht ein Tier, das ja, aber im Grunde geht es doch nur ums Überleben. Nicht mehr und nicht weniger. Und deshalb sitze ich in diesem Zimmer, weil es auch hier um das Überleben geht. Deshalb bin ich hierher gekommen. In die alte Stadt kann ich nicht mehr zurück. Die wurde vom Militär platt gefahren. Das ging ganz schnell. Ich bin abgehauen, aber ich kann nicht darüber reden. Ich habe mir einen Pass gekauft. Das war einfach.
Um 7:15 Uhr verlasse ich jeden Tag das Haus mit meiner Jacke und meiner Aktentasche. Ich trage eine Sonnenbrille, damit niemand sieht, wen ich gerade anstarre (ich starre sehr gerne) und diese Sonnenbrille (dunkelgrau) hilft dem Blick, der umherschweift, der aber meinen Gegenüber zur Annahme bringen könnte, ich möchte in eine Konversation verstrickt werden. Aber das ist nicht so, ich möchte einfach in Ruhe gelassen werden. Falls ich doch einmal angesprochen werde, sei es an der Bushaltestelle oder im Supermarkt, dann verhalte ich mich immer so, als ob ich es nicht mitbekäme, oder nicht hören würde, dass ich angesprochen werde. Das funktioniert meistens ziemlich gut. An manchen Tagen spiele ich auch den Ausländer. Dann antworte ich in einer Fantasiesprache, in der ich mich mit Händen und Füßen unterhalte: *Ich verstehe Sie leider nicht, denn* ... und dabei sehr lieb mit den Schultern zucke. Ausländer spielen hilft immer, weil Ausländer kommen aus dem Ausland.

Einen Führerschein besitze ich nicht, aber ein Auto. Es hat vier Türen, weil ich kein Fan von zwei Türen bin. Es ist Chrome Metallic und ich putze die Felgen von Hand, bis sie glänzen. Die Sitze sind aus weißem Echtleder und in meinem Auto riecht es wie neu, weil ich im Auto weder esse, noch trinke, noch rauche. Ich bin ein schneller Fahrer, der sich aber an die Straßenordnung hält, sonst wird man auffällig und wird kontrolliert. Und wenn man kontrolliert wird, muss man wieder reden. Das ist mir nur einmal passiert. Ich bin über Rot gefahren, weil ich spät dran war und plötzlich war mir ein Polizeiauto auf den Versen und zwang mich, an der Straßenecke zu halten. Es war ein Mann, der aus dem Polizeiwagen ausstieg und sich auf mich zubewegte. Das alles beobachtete ich in meinem Seitenspiegel, bis er gegen meine Scheibe klopfte und mir damit signalisierte, dass ich mein Fenster herunterkurbeln sollte. Ich lächelte ihn an. Mein Charme ist groß und wenn ich will, dass ich nicht bestraft werde, dann werde ich nicht bestraft. Mit dem Polizisten war es auch so. Ich bemerke, dass mich Männer mehr mögen als Frauen. Aber ich mag beide nicht. Mit einer freundlichen Verwarnung lässt er mich weiterfahren.

So beginnen meine Tage an allen Tagen und so komme ich jeden Tag zur Arbeit gerast. Von 8:00 bis 18:00 Uhr sitze ich im Büro, vor meinem Computer. Das Telefon klemmt meistens zwischen Hals und Schulter, während ich versuche, Immobilien zu verkaufen. Wenn ich auf der Arbeit bin, bin ich deprimiert und nicht ganz bei mir. Ich hasse meine Arbeit, aber ich mag das Geld, ich mache es nur wegen des Geldes. Das ist nichts Schlechtes oder Zweifelhaftes.

Ich hatte einmal eine Freundin, die hat gerne Kuchen gebacken. Einmal hat sie geweint und geschrien, die Kuchenform (eine Silikonform, lang, nicht rund) durch den Raum geschmissen und gemerkt, dass die Welt sich nicht um sie dreht. Ich stand in der Ecke, ohne ein Wort zu sagen. Sie hieß Gül und war die Tochter eines Architekten. Wie schmerzlich unbedeutend. Irgendwann haben wir uns getrennt. Das war auch unbedeutend.

In meinem Büro arbeiten zwölf Leute mit mir. Manchmal gibt es noch ein, zwei Praktikant*innen. Ich kenne sie alle, aber ich kenne sie nicht gut. Manchmal verbringe ich meine Mittagspause mit meinen Kolleg*innen, dann esse ich hastig und rede nicht viel dabei. Viel zu schnell bin ich gelangweilt. Vom Smalltalk, von diesem Quatschtalk über Häuser, Studios oder Möbeldesign. Dann esse ich besonders schnell, damit ich als erstes fertig bin, stehe auf und entschuldige mich mit der Arbeit. Das verstehen immer alle. Man muss nicht viele Freunde haben und man muss auch nicht alle lieben. Ich hasse niemanden, sie interessieren mich bloß nicht.

III

Ich weiß nicht, wie sie heißt und wer sie ist. Seit mehr als vier Wochen geht das schon so. Ich öffne die Haustür, trete auf die Straße und sie steht da: Eine Frau, nicht mehr jung, eher alt, mit dem Rücken zum Parkplatz.

Sobald sie bemerkt, dass ich das Haus verlasse, ruft sie etwas in meine Richtung. Ich höre ihre Stimme, noch bevor die Tür ins Schloss gefallen ist. Ist sie eine Verrückte? Sie sieht nicht aus wie eine Verrückte. Aber jeden Morgen steht sie da, neben den Tauben, die bekommen Brot von ihr. Manchmal bleibe ich kurz stehen und höre ihr zu, obwohl es mich eigentlich nicht kümmert. Von Zeit zu Zeit vergesse ich, dass sie überhaupt da ist und etwas sagt, weil ich mich daran, also an sie, gewöhnt habe. Sie trägt ein blaues Kleid und wirkt wie ein unscheinbarer Mensch. Im Kopf nenne ich sie: Brot-Frau. Sie ist eine alte Frau. Mein Geglotze bringt sie nicht aus der Ruhe. Zwischen den Tauben und mir zerbröselt Brot-Frau das Brot in Ruhe klein, das sie aus ihrer Tasche zieht.
Was?, will ich manchmal schreien, aber das mache ich nicht.

Ich laufe meistens schnell zu meinem Auto, das ich aus Faulheit immer direkt vor der Tür parke, steige ein und fahre mit quietschenden Reifen weg, wie im Film, ohne mich noch einmal nach ihr umzudrehen oder im Rückspiegel zu beobachten, wie sie immer kleiner wird.
Wenn ich zur Arbeit gehe, steht sie vor meinem Büro, obwohl ich Auto fahre und sie nicht. Vielleicht fährt sie Taxi? Wenn ich nach Hause komme, steht sie auch da. Wieder Taxi? Im Supermarkt steht sie im Kühlregal, meine Brot-Frau, wenn ich an der Theke Fleisch kaufe. Sie hat einen Korb in der Hand, ohne Fleisch zu kaufen, weil ich irgendwann begriffen habe, dass sie wirklich nur wegen mir da steht. Ich kaufe Obst, sie steht bei den Melonen, die sind rund, wie sie. Ich kaufe Wasser, sie ein Ayran, Brot-Frau hat Durst, den Ayran trinkt sie noch im Laden und legt den leeren Becher in ihren leeren Korb.

Zwischen den Zwiebeln und dem Knoblauch stelle ich meinen Korb ab. Ich gehe in der Kaffeeabteilung Kaffee kaufen, ich greife wahllos ins Regal, suche einen aus und laufe zu meinem Korb zurück – da sehe ich sie, fetti Brot-Frau Paletti, die sich über meinen Korb mit meinen Einkaufssachen beugt und mir eine Box mit Karotten reinlegt. Das macht sie ganz schnell und ich tue so, als ob ich es nicht gesehen habe. An der Kasse bezahle ich die Karotten und schmeiße sie draußen weg. Ich bin mir sicher, das ist ihr nicht entgangen. Oben angekommen schließe ich die Tür hinter mir zweimal ab. Ich räume den Einkauf aus und bemerke sie, die unten vor meinem Haus steht. Ich schalte den Fernseher ein und zappe. Irgendwann schlafe ich in meinen Klamotten vor dem Fernseher ein.

Als ich wieder aufwache, läuft irgendeine Werbung. Es ist 3:00 Uhr nachts. Ich schleiche mich in die Küche, ohne das Licht anzumachen, und schlitze mit meiner Schere, die in der Schublade liegt, einen dünnen Streifen in die Gardine, damit ich den Vorhang nicht zur Seite schieben muss. Der Streifen ist groß genug, dass ich mit zusammengekniffenen Augen hinuntersehen kann. Sie sitzt auf einem Plastikstuhl (weiß) in einem T-Shirt (weiß) mit ihrer Handtasche, aus der das Brot kam, auf dem Schoß. Brot-Frau isst ein Brot oder etwas Ähnliches, und sieht hoch zu mir. Ich erschrecke mich kurz, aus Reflex ducke ich mich ruckartig und halte mich an der Heizung fest. Ich schaue wieder auf sie hinunter, sie ist weiterhin in derselben Position, immer noch am Fressen, so als ob sie in ihrem Wohnzimmer auf der Couch sitzt, frisst und TV glotzt.

IV

Was kann ich für Sie tun?, frage ich mit fester Stimme. Es ist der Tag danach und sie steht nicht mehr auf der anderen Straßenseite, sondern vor mir. Da sie weiß, wo ich wohne und wo ich arbeite, ist es kein Wunder, dass sie hier ist. Es wundert mich trotzdem. Ich habe mich sehr an unsere Co-Existenz gewöhnt. Beim Reinkommen habe ich sie nicht bemerkt. Ich hörte nur die schreckliche Glocke über der Tür. Die klingelt, wenn jemand das Büro betritt. Ich versuche meistens nicht hochzuschauen, wenn das passiert. Sie kam sofort auf mich zu und räusperte sich. Jetzt steht sie vor mir und räuspert sich wieder. Brot-Frau hat vielleicht ein Stück Brot im Hals.

Was kann ich für Sie tun?, frage ich nochmal. *Wollen Sie vielleicht eine Wohnung kaufen?*, füge ich hinzu, da ich mir ziemlich sicher bin, dass sie keine Wohnung kaufen will. Sie schlägt die Augen nieder. Ich begutachte das Muster auf ihrem Kleid (heute weiß). Sie presst ihre Lippen zusammen: *Ich möchte, dass du wieder nach Hause kommst.*

Ich lache: *Wie bitte*? Als hätte ich nichts verstanden.

Ich möchte, dass du wieder nach Hause kommst, erwidert sie, diesmal etwas fester und schielt auf meine Krawatte (dunkelblau) und setzt sich mir gegenüber auf den freien Stuhl, der für Kunden reserviert ist.

Sie müssen mich verwechseln, ich schiebe einen Stapel Papier, der vor mir liegt, von links nach rechts.

Nein. Nein, ganz gewiss nicht. Ihre Erkenntnis bringt sie zum Strahlen. Ein kurzes *HAHA* meinerseits, ohne Nachklang.

Wohin soll ich?, frage ich und fummle an meiner Krawatte herum. Sie lehnt sich etwas nach vorne, über den Tisch, am iMac vorbei, der halb zwischen uns steht, räuspert sich wieder, mit der Tasche im Schoß (dunkelgrün, Henkel weiß) und flüstert diesmal, mit ihrer vermutlich eindringlichsten Stimme, die wie ein Geheimnis klingt: *Ich bin auf der Suche nach meinem Sohn.* Diesmal grinse ich hämisch. Sie stinkt nach Brot.

Ok, sage ich.

Mein Sohn, wiederholt sie, als wäre ich bereits ihr Sohn.

Und was hat das mit mir zu tun?

Ihre Hände werden langsam weiß von den Henkeln ihrer Tasche, die

sie zerquetscht. Weil sie nicht antwortet, und sie immer noch über meinen Schreibtisch gelehnt ist, frage ich: *Wo ist denn Ihr Sohn?*
Ich glaube, Sie sind mein Sohn.
Ich bin nicht Ihr Sohn.
Und sie antwortet: *Doch, doch, ich glaube schon.*

Dann lässt Brot-Frau die Henkel ihrer Tasche los und faltet ihre Hände ineinander.
Hören Sie, sage ich und sieze sie, weil ich sie nicht kenne, *das muss eine Verwechslung sein.* Noch nie in meinem Leben wurde ich für einen anderen gehalten, denn ich war immer ich selbst. Der Einäugige sagte immer: *Nur Verräter werden verwechselt.*
Vielleicht sehe ich ihrem Sohn ähnlich oder er mir, aber leider kann ich ihnen nicht helfen, erkläre ich, während ich den Papierstapel wieder von rechts nach links schiebe.
Ich gebe Ihnen Geld, sie zieht mehrere tausend Euros aus ihrer dunkelgrünen Tasche mit weißen Henkeln. Euros sind immer wertvoll.
Geld wofür?, frage ich, diesmal etwas neugieriger.
Geld, damit Sie mitkommen.
Wohin mitkommen?
Nach Hause. Zu deiner Mutter, Junge. Dann stopft sie das Geld zurück in ihre Tasche und zieht einen Stapel Papier heraus. Es sind nicht wirklich Blätter, es ist ein schlecht zusammengebundenes Buch. Auf der Vorderseite ist was draufgekritzelt, aber ich kann es nicht lesen.
Ich habe ein Skript geschrieben, erklärt sie und fuchtelt mit dem Buch in der Hand in der Luft rum, *Das Cover ist auch von mir!* Ich schiele auf das Buch und sie freut sich. Wahrscheinlich darüber, dass es fertig ist. Das wäre ein nachvollziehbarer Grund.
Ich spiele die Hauptrolle. Das ist schön für sie. *Aber mein Sohn auch,* erklärt sie mir weiter, während sie das schlecht zusammengebundene Buch immer noch in die Luft hält. Sie freut sich scheinbar über beide Rollen.
Aha, sage ich monoton.
Denn er kommt zurück. Ja, mein Sohn kommt zurück, und sie wirft ihr Skript auf meinen säuberlich sortierten Papierstapel, den ich nicht mehr von links nach rechts schiebe.

Wo war Ihr Sohn?, frage ich mich im Kopf, sage es aber aus Versehen laut. *Das ist nicht wichtig,* jauchzt sie, *mein Skript ist fertig!* Mit ihrem Zeigefinger klopft sie gegen das Cover. *Mein Sohn kommt zurück. Mein Sohn kommt zurück nach Hause zu seiner Mutter.*
Wahnsinnsstory, sage ich, ohne ihre Story zu kennen. Dann zeigt sie auf sich und sagt: *Ich bin die Mutter.* Sie mag ihr Drehbuch. *Meine Serie heißt: TAXI und ich habe zehn Jahre an dem Skript gearbeitet, jetzt ist es perfekt.* Ich korrigiere mich. Sie liebt es. *Fantastisch, ich liebe es,* weint sie beinahe und klatscht in die Hände. Seit zehn Jahren hat sie ihren Sohn nicht mehr gesehen, erklärt sie mir ganz leise.
Wo ist er?, frage ich.
Die wollen mich verarschen.
Wer die? Ich verstehe meine Brot-Frau von der anderen Straßenseite immer noch nicht.
Alle!, und sie haut auf meinen Tisch. *Ich bin auf der Suche nach einem Mann, der meinem Sohn ähnlich sieht.* Sie hält mir ein Stück Brot entgegen. *Du bist mein Sohn, glaub mir.* Ich will kein Stück Brot von der Brot-Frau. *Ich bin die beste Mutter der Welt,* erzählt sie beim Kauen. *Das kann ich bestätigen und mein Sohn würde es auch bestätigen, wenn er hier wäre. Leider ist er nicht hier. Aber ich habe ein Skript, das ist ausreichend, das genügt,* fügt sie hinzu. Jetzt ist sie fertig mit Essen.
Und das hier, sagt sie, *ist besser als jeder Film und jede Serie.* Bei dem Wort »besser« zeigt sie erst auf mich, dann auf sich, zuletzt auf ihr Skript auf meinem Tisch. *Es ist die beste Serie des Jahres!*
Sie wollen, dass ich Ihren Sohn in Ihrer Serie spiele?, frage ich sie.
Genau, erklärt sie mir stolz. *Ich habe es geschrieben!*
Aber warum?, frage ich.
Warum nicht, antwortet sie bloß. Dann lacht sie und wischt sich den Mund mit einem feuchten Tuch sauber.

V

Ich komme nach Hause, auf Zehenspitzen. Meine Schritte kennen den Boden noch nicht, ich öffne die Tür (weiß). Die Frau, die nicht meine Mutter ist, sondern die Brot-Frau von der anderen Straßenseite, erwartet mich, hat die Hände vor ihrer langen, baumelnden Goldkette (ohne Anhänger) verschränkt, blickt glücklich drein, etwas fett, betet zu ihrem Gott, das höre ich, betet, dass ich unversehrt diese Tür betreten habe, in ihrem Flur stehe, auf der Stelle stehe, auf der sie mich erwartet. Ich bin mitten im Geschehen. So etwas passiert ab und zu. Sie fängt mich ein, wie man einen Vogel fängt (keine Taube). *Mein Junge.* Ihre sauren Augen sind feucht. Vor lauter Aufregung vergesse ich, wie ich sie anzureden habe. Das ist meine erste Hauptrolle. Ich bin Amateur. War es Mutter oder Mama oder einfach nur Ma? *Mutter,* platzt es aus mir heraus. Bitte verstehen Sie, das ist meine erste Hauptrolle.

EPISODE EINS (DER SOHN – MAKING OF)
Ein sonniger Tag. Leicht bewölkt. Vielleicht 14:00 Uhr.

Sie schluchzt, als habe ich ihr die richtige Antwort gegeben, die Antwort, die sie braucht, um dieses Spiel so zu beginnen, dass es wahrheitsgetreu beginnt. Es bedeutet: Die harte Arbeit des Schreibens hat sich ausgezahlt. Eigentlich finde ich das schwachsinnig, wer schreibt zehn Jahre an einem Skript für eine Serie? Sie ist ebenfalls ein Amateur. Das ist mir unangenehm. Ich versuche die Ruhe zu bewahren, wie ein Nicht-Amateur, ohne besonders auffällig zu wirken oder ohne aus der mir zugeschriebenen Rolle zu fallen. Mit tapsigen Schritten hoppelt sie in ihren gelben Homer-Simpson-Pantoffeln in meine Richtung, bückt sich vor mir auf die Knie, bis sie mit dem Bauch beinahe auf dem Boden liegt und anfängt, meine Schnürsenkel zu öffnen und mir die Schuhe auszuziehen. Ich bleibe einfach stehen, so steht es im Skript. Ich grinse, als die Schuhe nicht mehr an meinen Füßen sind. Wie könnte ich sonst reagieren? Dann läuft sie mit schnellen Schritten zum weißen Schuhschrank, der neben der weißen Kommode in einem gänzlich weiß dekorierten Flur steht und packt die Schuhe in das zweite Fach von oben rechts. Sie hat viele Schuhe. Während sie die Tür des Schuhschrankes schließt, erkennt sie ihr eigenes Gesicht im Spiegel, der auf der Schranktür befestigt ist und lächelt. Ich weiß nicht, ob sie mich durch den Spiegel anlächelt oder sich selber einen aufmunternden Blick schenken möchte. Sie hat ihre Rolle jahrelang einstudiert, das merke selbst ich, der Laie.

Hast du Hunger?, fragt sie.

Es ist das erste Mal, seitdem ich durch die Tür dieses neue Leben betreten habe, eine Zeitspanne von elf Minuten umfassend (da hatte ich bisher nur einen Einsatz), also die Zeit davor, in der nur Stille herrschte, bricht. Es ist das erste Mal, dass ich ihre Stimme in dieser Wohnung höre. Diese Stimme klingt anders als in meinem Büro. Heute klingt sie verdutzt. Ob ich Hunger habe. Nein, ich habe keinen Hunger, ich bin nervös, aber ich antworte, wie ich muss: *Ja, Mutter, ich habe Hunger*. Das stand im Skript auf Seite neun. Und in Klammern: Nickt dabei mit dem Kopf. Ich nicke danach schnell mit dem Kopf. Die fiktive Kamera schwenkt rüber zur Mutter.

Sie: *Das ist schön. Heute Morgen bin ich um 4:30 Uhr aufgestanden. Trank einen schwarzen Tee ohne Zucker. Zucker macht dick. Dann lackierte ich mir die Fingernägel, in deiner Lieblingsfarbe, rot, ist dir das aufgefallen?* Sie hält mir ihre gespreizten Finger entgegen. *Das war schon immer deine Lieblingsfarbe, seitdem du vier bist. Das mache ich nur für dich, weil du mein Sohn bist und ich deine Mutter bin und ich dich über alles liebe und weil du so lange fort warst, es ist ein Ausdruck meiner Liebe zu dir und ich kann mir wieder die Nägel lackieren, so, dass es dir auffällt, weil ich das nur für dich tue. Ich bin aufgewacht. Ich schlug die Bettdecke zur Seite, schlüpfte in meine Hausschuhe, lief ins Bad, machte das Licht an, kaltes Wasser aufs Gesicht, Haare kämmen, Bett ausschütteln, lüften, Bett machen, meinen Schlafanzug unter mein Kopfkissen legen, exakt unters Kopfkissen. Nicht auf die Bettdecke oder unter die Bettdecke, sondern unter das Kopfkissen. Bitte nicht vergessen. Dann bin ich ins Wohnzimmer, es war dunkel, Licht anmachen, saß erst auf der Couch, da wurde mir warm, bin dann auf den Stuhl, da war es nicht besser. Egal, habe ich gesagt, die Arbeit kann nicht warten. Ich wischte die ganze Wohnung, jedes Zimmer, auch hinter den Schränken. Sauberkeit ist gut. Es sollte doch alles für dich glänzen. Sauberkeit ist wichtig. Wie ein Neuanfang. Sie müssen wissen, liebe Zuschauer* (sie dreht sich zur Kamera, die nicht da ist, und läuft auf sie zu), *sie müssen wissen, liebe Zuschauer, auch Sie können Ihr Leben verändern.* (Dann dreht sie sich zurück zu mir) *Um 7:45 Uhr war die Wohnung blitzeblank. Um 9:30 Uhr habe dir einen Fernseher gekauft (schwarz), einen ganz schönen, dünnen (6K), die stauben auch nicht so schnell wie die alten Dinger, sind nicht grob, wenn sie im Regal stehen, aber wir hängen ihn sowieso an die Wand – jedenfalls, dachte ich, du könntest einen neuen Fernseher gebrauchen. Dein Homecoming-Geschenk! Ein Geschenk von einer Mutter an ihren Sohn! Hundertneunzig Zentimeter Bildschirmdiagonale, kannst du dir das vorstellen? Da kannst du viel glotzen. Bis du satt wirst. Und wenn du satt bist, dann kaufe ich dir einen anderen.* Sie lacht wie ein Schwein. *Der Fernseher ist größer als ich.* Diesmal lache ich mit ihr mit, damit sie nicht mehr alleine lacht, aber wirklich lustig finde ich diesen Witz nicht. Aber was soll's. Einmal holt sie tief Luft und streckt die Arme nach links und rechts, vom Körper weg, dass sie beinahe die Vase auf der Kommode umschmeißt. Sie bemerkt es rechtzeitig und lässt die Arme sinken.

Sie fährt fort: *So beginnt der Vorspann:* (Im Skript stand nichts vom Vorspann, aber ich bin offen für Improvisation, das sind alle guten Schauspielerinnen und Schauspieler) *Schreiend werde ich mich auf den Boden werfen, ich werde erst stehen und nach drei Sekunden anfangen zu schreien. Auf dem Boden werde ich erst auf dem Rücken liegen und mich dann auf den Bauch drehen, dabei werde ich mir Haare vom Kopf reißen und einige Büschel werden auf den Boden fallen und verstreut um mich herumliegen. Ich werde sehr laut schreien. Es wird der Situation entsprechen. Ich spiele eine Mutter, die ihren Sohn vermisst. Das wird klingen wie eine Ohnmacht oder wie ein Tod, oder so wie ich mir einen Tod vorstelle, der Tod ist gleichzeitig mein Kind und meint die Explosion. Eine Bombe. Das Glas Wasser, ein Requisit, das neben mir auf dem Tisch steht, – was ich mir vorher dort hingestellt habe – wird mir weit weg erscheinen, und wenn ich endlich danach greife, bin ich zu nichts mehr fähig, denn ich bin traurig, als mir das Glas Wasser aus der Hand fällt. Auf dem Teppichboden wird es*

landen und ich werde trotzdem Durst haben, dafür wird meine Hand bluten, aber das wird mir nichts mehr ausmachen, ich werde weiter klagen und mich hier wälzen (sie zeigt auf die Stelle neben Fenster und Pflanze) *und irgendwann, exakt nach zwölf Minuten, auch nachdem ich zum vierten Mal gesagt habe, »Mein Sohn!«, wirst du durch die Tür in dieses Zimmer treten und mich finden. Und weil ich es nicht glauben werde, musst du voller Mitgefühl (langsam aufbauen) und Sehnsucht (Sohn und Mutter gleichzeitig) in meine Richtung rennen, um dein Leben rennen, als ob du vor der Bombe wegrennst, weil meinen Sohn die Bombe traf, meine Schultern packen, nach Luft schnappen, mich schütteln, erst sanfter, dann immer schneller, weil ich nicht reagieren werde, weil ich in meiner Schockstarre warten werde, die ich jeden Tag mindestens achtmal durchlaufe. Meine Augen werden glasig (leer, leblos, linsenförmig) aussehen, aber ohne Tränen sein. Dann wirst du versuchen etwas zu sagen, wahrscheinlich wird es das Wort »MUTTER« sein, weil ich deine Mutter bin, logisch, aber du wirst nicht dazu kommen, denn genau in diesem Augenblick werde ich mich von dir fortreißen und voller Elan, mit Absicht, meinen Kopf gegen die Wand hauen, dann werde ich mich wieder zu dir drehen und mir selber eine Ohrfeige verpassen und danach werde ich dir dieselbe Ohrfeige verpassen, vielleicht etwas stärker, aber nicht zu stark, um dich vorwurfsvoll zu fragen, was du dir eigentlich gedacht hast, warum du dich nicht gemeldet hast, warum deine Mutter denken musste, du seist tot. Leise wirst du antworten »MUTTER« und deine Stimme wird dabei brechen, der Sohn vermisst ebenfalls seine Mutter, logisch. Dann werden wir uns für zweiundzwanzig Minuten umarmen, ohne ein Wort zu sagen, das heißt wir werden schweigen. Verstanden?*
Sie mustert mich. *Ja, Frau Kaplan, natürlich,* erwidere ich.
Mutter, Mutter. Ich bin deine Mutter.
Ja, Mutter.

Das Elend, das ich aus allernächster Nähe erlebe, ist real und fiktiv, es gehört zu ihr. Sie ist, wie sie schon selbst beschrieben hat, einerseits eine große, tickende Bombe (wie ihr Sohn) – man spürt es förmlich in der Luft hängen (wie die Tauben an ihrem Brot) zwischen ihrem straff getakteten Skript, dessen Seiten sie wohl im Schlaf aufsagen kann. Andererseits ist hier der Traum (trocken wie ihre Tränen), der ihrer war, endlich in Erfüllung gegangen und ihr Kind steht wieder da und ist zurück und nicht mehr in der weiten Welt und Frau Kaplan braucht nicht mehr zu schreiben oder zu denken oder zu schlafen, um ihm nah zu sein. Dafür wurde ich bezahlt und dafür bin ich hier, dafür ist die Weltgeschichte alt, dafür, dass sie sich neu erzählt. Das ist auch ihr Preis. Es gibt sehr oft, im Leben, wie im Film, einen fließenden Übergang. Ich wurde gefunden und ich gehe mit, denn es bedeutet mir nichts.

Um 18:15 Uhr beginnt ihre Geschichte, nachdem sie mir alles zum sechsten Mal erklärt hat. Wild habe ich genickt und versucht mir alles zu merken, auf jede Kleinigkeit zu achten und die wichtigen Dinge, die für Frau Kaplan besonders wichtig sind, nicht zu vergessen, aber es sind so viele Dinge, dass ich schon vieles vergesse, ehe sie zu Ende erzählt hat. Wenn ich den ersten Tag überstehe, dann wird alles gut.

Die Serie beginnt, Vorspann, Musik, weiter Vorspann, Close-Up auf die Tür, Hand, Finger, und ich klingle endlich an ihrer Haustür. Vereinbart war, dass Frau Kaplan nicht die Tür öffnet – seitdem ihr Sohn weg ist, hat sie keinem mehr die Tür aufgemacht und wird es jetzt auch nicht, wenn ihr Sohn, also quasi ich, vor der Haustür steht. Deshalb hole ich den Schlüssel aus meiner Hosentasche, den sie mir vor einigen Augenblicken dezent in die Tasche gesteckt hat, raus und drücke ihn sanft ins Schloss. Einmal drehen, klick, zweimal, klick:
DA BIN ICH.

Durch den Türrahmen blicke ich mit großen Augen in eine leere Wohnung. Ich schwitze und rieche es selber. Ich falle kurz aus meiner Rolle, obwohl ich erst seit einigen Sekunden drin bin. Ich sehe sie nicht. Sie sagte doch, sie sitze auf dem Sofa. Aber auf dem Sofa ist sie nicht. Mit den Stiefeln, die mir nicht passen, weil die Schuhe zwei Größen zu klein sind, watschele ich wie ein Pinguin ins Wohnzimmer und frage leise: *Bist du da?* Und sofort hinterher: *Mutter?*
Als ich sie sehe, zusammengekauert in der Ecke, versteckt vor mir, lasse ich vor Schreck meine Tasche fallen, die leer ist. Sie erspäht mich, erhebt sich im selben Augenblick, sie quiekt, der Stuhl fällt um.

In den zwei Minuten, in denen ich vor der Tür stand und bis hundertzwanzig gezählt habe, hat sie sich umgezogen. Warum hat sie sich noch einmal umgezogen? Jetzt trägt sie ein blaues Kleid, es ist lang, bis zu den Knöcheln. Sie hat sich auch nochmal geschminkt, dann schreit sie los. Als der Schrei endlich aus ihrem Mund tönt, breitet sich in mir eine Erleichterung aus, das heißt alles läuft nach Plan. Sie kreischt, wirft sich auf den Bauch, Rücken, reißt sich die Haare raus, aber es ist nichts da, um mit ihr durchzureißen. Sie spielt die Ohnmacht (leger), den Tod (unbesetzt), dann kommt das Wasser (grünes Coca-Cola Glas). Weil wir wirklich spielen, ist sie wirklich froh, dass ihr Sohn zurückgekehrt ist. Wem könnte man das übel nehmen? Die erste Folge dauert länger (einundzwanzig Minuten) als es im Skript steht (siebzehn Minuten). Ich krabbele auf allen Vieren und krieche zu ihr rüber. Besonders zart wiege ich sie von links nach rechts wie ein Stück Brot. Als sie gar nicht mehr anders kann als in meinen Armen zu liegen, liegt sie schon längst in meinen Armen, *Mutter,* spreche ich so zart aus, dass es den Hunger ersetzen kann und es scheint ihren Hunger gestillt zu haben und dort, wo früher ihr Hunger saß, oder mein Brot, saß auch ein anderer Boden in einem anderen Haus, aber jetzt liegt sie in meinen Armen auf diesem Boden in diesem Haus. Ich spiele sozusagen Boden und Haus in allen Episoden. Ich bin da, um ihre Lücke zur Geschichte zu schließen, um sie vor dem Leben zu bewahren, das ihr geraubt wurde. So muss sich Gott fühlen. Ich fühle mich zurückgebeamt in den Prügelring. Das ist ein schönes Gefühl. Ich begreife, dass es in jedem System Mütter gibt, die ein ganzes System aufrecht erhalten, um ihre Kinder zu schützen. Das System beginnt bei ihr und bei mir. Das nennt man Folter oder Gerechtigkeit.

PROLOG

Polat Kaplan war nach einer Bombenexplosion, die sich gegen 5:30 Uhr am Morgen des 01.01.2007 ereignete, nicht wiederzufinden. Er war in der 3. Armee mit Stab an der Grenze zum Kaukasus. Seine Einheit bestand aus fünfzig Männern: vierzig Soldaten, fünf Ärzten, drei Kommandanten und zwei Unterkommandanten. Vierundzwanzig Särge, die nach Hause geschickt wurden, versteckten keine Leiche, weder ein Bein, noch einen Arm von ihm.

Als er nach sechs Monaten immer noch unauffindbar blieb, weder in Schutt, noch unter Trümmern lag und auch sonst nicht zu finden war, einigte man sich darauf, ihn als »vermisst«, aber »wahrscheinlich tot« abzustempeln. Für die Toten, sowie für die Lebendigen gab es eine offizielle Begräbnisfeier, damit alle Beteiligten akzeptierten, wer tot war und wer nicht, das wusste man wegen der Särge, in denen niemand lag, aber so blieb wenigstens eine Erzählung davon übrig, denn der Tod war stärker und die Hinterbliebenen alleine mit sich. Das schürte Hass, das spürten sie, und diesen schürte man weiter. Irgendwann nennt sich das Rache. *Und Rache sei eine Sünde*, sagt Frau Kaplan und es bleibe solange eine Sünde, bis es um das eigene Kind ginge.

Es gab Tut-Tut-Blasorchester. Hinterher kamen die Soldaten, die Märsche stampften. Die Särge der Gefallenen, man nannte sie Märtyrer, wurden auf vier Schultern getragen. Die Soldaten liefen im Takt ihrer Schritte. Zwischen dem Takt weinten die Mütter mit den Bildern ihrer Söhne im Arm. Es waren Portraitaufnahmen ihrer Kinder in Uniform. Die Bilder waren nicht klein, sondern eher groß, manchmal in einem Rahmen und manchmal hingen diese Bilder auch vorne an den Särgen. Man sah Männer in Uniformen und auf der Trauerfeier sah man Söhne in Särgen, umhüllt in die Fahne.
Meistens hielten die Kommandanten belanglose Reden, die waren vorgefertigt. Nur der jeweilige Name wurde ausgetauscht, weil so viele ums Leben gekommen sind, weil alle ums Leben kommen, und so die elenden Verhältnisse überdeckt und bewacht waren, sodass keiner auf die Idee käme, etwas dagegen zu setzen, sich zu wehren oder zu verweigern. Es ging ja weiter. Das ist der Krieg. So wie immer.

Das passierte in dem Staat, den Frau Kaplan ihr Vaterland nennt. Aber am Ende blieb nur die Fahne übrig. Das hat sie mit eigenen Augen gesehen.

Frau Kaplan hat bei der Beerdigung ihres Sohnes nicht geweint. Warum auch, in dem Sarg war ja nichts. Er war leer und dennoch in die Fahne gehüllt und wurde trotzdem: getrieben mit einer Mission, auf Schultern zu Grabe getragen. Und danach kam nichts mehr. Das ist der Krieg und deswegen gibt es Frieden, aber im Frieden sind auch immer die, die der Krieg waren. Deshalb bleiben sie der Krieg und man denkt nicht mehr an die anderen, sondern nur noch an seine Waffe.

Frau Kaplan beschwerte sich, dass die Musik der Blaskapelle sehr laut war und sie sich dadurch nicht unterhalten konnte. Ein Kommandant fragte: *Was gibt es hier zu reden*? Frau Kaplan konnte darauf nicht mehr antworten, das verwirrte sie, der Kommandant lief ohne Antwort an ihr vorbei und befahl zwei Soldaten, sich links und rechts neben sie zu stellen und Frau Kaplan bei Seite zu ziehen, falls noch einmal solch blöde Fragen ihr loses Mundwerk verlassen würden. Mit diesen Soldaten links und rechts sah Frau Kaplan dem Sarg zu, in dem ihr Kind nicht lag, der ins Grab gebettet wurde und in der Erde für immer verschlossen, für immer leer blieb. Die Sonne schien und die Vögel zwitscherten, es war ein kühler, aber lebendiger Septembertag und Frau Kaplan saß fassungslos auf einem Plastikstuhl, straff in einem pinken Kleid. Schwarz trugen nur Trauernde. Frau Kaplan hatte niemanden zu betrauern, sondern sie hatte die Erzählung über ihr Kind zu betrauern. Sie bohrte mit ihrer Schuhsohle den Boden auf, um die Erzählung zu stoppen, wie ein Kind, mit dem man nicht spielen wollte oder das zur Bestrafung alleine in der Ecke sitzen musste.

Jeder sagte: FÜRS VATERLAND.
Frau Kaplan sagte nichts.

Dann umarmte man sich, denn man war traurig. Die Beerdigung war draußen, weil niemand drinnen im Haus beerdigt wird. Drinnen gab es Essen und Trinken, ein Büffet. Vor dem Büffet umarmte man sich wieder, mit den Tellern in der Hand, man aß und trank. Jemand sang ein Lied. Frau Kaplan wusste, dass man nicht vor Hunger stirbt, aber vor Durst und dieser Durst war wie ein Brennen für sie, weil ihr Kind in keinem Sarg lag. Das war ein so schamvoller Gedanke, dass sie sich im Nachhinein grämte, ihn gedacht zu haben. Aber würde er wenigstens schachteltot da drinnen liegen, schachteltot bestätigt, dann wäre der Verlust erträglicher und real: Dann hätte sie getrauert, so wie eine Mutter trauert, denn das Bild ihrer Trauer wäre ihr toter Sohn.

Frau Kaplan lief zum Kommandanten und fragte: *Wo ist mein Kind?* Der Kommandant ließ sie zum Auto bringen, Frau Kaplan ging mit, ohne einen Mucks von sich zu geben und zwei der Soldaten (sehr jung), die vorher im Stechschritt den Särgen folgten, fuhren sie nach Hause. Als der Wagen vor ihrer Tür zum Halten kam, drehte sich einer der beiden zu Frau Kaplan um, und lächelte sie an. Frau Kaplan starrte weiter in die entgegengesetzte Richtung. Da sie sich weigerte, aus dem Auto zu steigen, wurde sie an den Haaren aus dem Auto gezerrt und nach Hause gebracht. Ein Jahr lang lief sie morgens und abends zur Polizeistation und fragte, wo ihr Sohn sei. Einmal lief sie nachts zum Friedhof und versuchte den Sarg ihres Sohnes auszugraben, um nochmal sicher zu stellen, dass er wirklich nicht da drinnen liegt. Manchmal war sie so verwirrt, dass sie nicht mehr wusste, ob er nun drinnen oder draußen lag. Irgendwann kam die Polizei zu Frau Kaplan nach Hause, mit einem Brief, mit passendem Siegel und Stempel, der ihr untersagte, noch einmal zur Polizeistation zu kommen und nach ihrem Sohn zu fragen, das Militär und die Polizei weiter zu behindern und ihr auferlegte, den toten Sohn-Soldaten ruhen zu lassen.

TAXI

SEASON 1 EPISODE 1

STARRING

ROSA KAPLAN & POLAT KAPLAN

New York Times critics' picks

»Must see«

POLAT IST MEIN EINZIGES KIND
ER IST EIN LIEBER JUNGE
ER HAT DUNKLE HAARE UND DUNKLE AUGEN
ER HAT KURZE DICHTE HAARE UND GEPFLEGTE FINGER-NÄGEL
ER IST EIN METER ZWEIUNDACHTZIG GROSS
ER WIEGT EXAKT ACHTZIG KILOGRAMM
ER IST AM VATERTAG GEBOREN OHNE VATER
WENN ER LACHT, DANN ZIEHEN SICH DIE SCHULTERN HOCH
WENN ER ISST, DANN ISST ER LANGSAM
AM LIEBSTEN ISST ER DAS ESSEN, DAS SEINE MUTTER FÜR IHN ZUBEREITET
SEINE LIEBLINGSSPEISEN SIND RINDEREINTOPF, FRISCH-KÄSE AUF BROT MIT SUCUK, PIZZA, NUDELN MIT UND OHNE SOSSE, LAHMACUN, GEFÜLLTE TEIGTASCHEN MIT UND OHNE FLEISCH, KISIR SALAT
ER MAG KEINE KARTOFFELN
NACH DEM ESSEN RÄUMT ER GERNE DIE SPÜLMASCHINE EIN
SEINE LIEBLINGSFARBE TEILT ER MIT SEINER MUTTER: PURPUR
WIE AUCH SEINE LIEBLINGSTIERE: DELFINE, MÄUSE UND KATZEN
UND SEINE ANDERE LIEBLINGSFARBE IST: ROT
ER HAT EINE SEHR SCHÖNE STIMME
WENN ER SINGT, DANN STERBE ICH
NACHTS KNIRSCHT ER MIT DEN ZÄHNEN
ER BACKT GERNE BROT, ABER KEINEN KUCHEN
ER SCHNÜRT SICH ERST DEN LINKEN UND DANN DEN RECHTEN SCHUH
BEVOR ER DAS HAUS VERLÄSST, STREICHT ER SICH DURCH DAS HAAR
ER BENUTZT KEIN PARFÜM
ER TELEFONIERT IM STEHEN
ER HAT EINEN FÜHRERSCHEIN, ABER KEIN AUTO
ER IST LIEB UND HÖRT LEISE MUSIK IN SEINEM ZIMMER
ER IST SEHR ORDENTLICH

ER LIEBT SEINE MUTTER ÜBER ALLES, WEIL ICH IHN ÜBER
ALLES LIEBE
ER IST DIABETIKER
ER IST IMMER PÜNKTLICH
ER MAG AUCH BLUMEN
ER TRINKT NICHT GERNE MILCH
DAFÜR ABER GRÜNEN TEE, SCHWARZEN TEE, KAMILLENTEE,
KRÄUTERTEE, YOGI TEE, PFEFFERMINZTEE, HAGEBUTTEN-
TEE, FENCHELTEE, ROOIBOSTEE, BIRKENBLÄTTERTEE,
ROSMARINTEE, FRÜCHTETEE, BRENNESSELTEE, BRENNESSEL-
WURZELTEE, CAYENNEPFEFFERTEE, HIMBEERTEE
ER TRÄGT IMMER EINEN STIFT BEI SICH
ER LIEST ZEITUNG
ER TRINKT KEINEN KAFFEE, ABER AB UND ZU EINEN EIS-
KAFFEE MIT ZWEI EISWÜRFELN OHNE ZUCKER
ER MAG KEINE SCHOKOLADE
ER MAG GUMMIBÄRCHEN
ER GEHT JEDEN DRITTEN TAG JOGGEN
ER SAMMELT STEINE
ER IST FÜRSORGLICH, SPARSAM UND AUFRICHTIG
ER TRÄGT EINE UHR AM RECHTEN HANDGELENK MIT
DÜNNEN ZEIGERN
ER IST ATHLETISCH UND AUFMERKSAM
JEDEN MONTAG BRINGT ER DEN MÜLL RAUS
JEDEN DIENSTAG GEHT ER INS KINO
JEDEN MITTWOCH TRINKT ER EINE COLA
JEDEN DONNERSTAG GIESST ER DIE BLUMEN
JEDEN FREITAG GEHT ER MIT SEINER MUTTER SPAZIEREN
JEDEN SAMSTAG BLEIBT ER ZUHAUSE
JEDEN SONNTAG SPIELT ER FÜR SEINER MUTTER FLÖTE
JEDEN TAG PUTZT ER SEINE SCHUHE
ALS KIND WOLLTE ER ARZT WERDEN
ALS KIND WAR ER LINKSHÄNDER
ALS KIND LIEF ER EINMAL EINEM MANN HINTERHER
ALS KIND FIEL ER EINMAL IN EINEN BRUNNEN
ALS KIND BRACH ER SICH DEN LINKEN ARM

ALS KIND KONNTE ER NICHT INLINE-SKATES FAHREN
ALS KIND WURDE IHM IM AUTO SCHLECHT
ER HAT EIN MUTTERMAL ÜBER DEM BAUCHNABEL
ER KANN JONGLIEREN
ER IST EIN GUTER HANDWERKER
ER KANN BOHREN, SCHWEISSEN, DÜBELN, LACKIEREN,
SCHLEIFEN, MALERN, SÄGEN, RICHTIG ABMESSEN
ER MAG KÄSEKUCHEN, GRIESSKUCHEN, SCHOKOKUCHEN,
ZITRONENKUCHEN, STREUSELKUCHEN, FANTAKUCHEN,
KAROTTENKUCHEN, APFELMÖHRENKUCHEN, APRIKOSEN-
KUCHEN, BIRNENKUCHEN, BIENENSTICH, RUSSISCHEN
ZUPFKUCHEN, ERDBEERKUCHEN

Mein neues Zimmer ist quadratisch, an zwei gegenüberliegenden Wänden (weiß) befinden sich zwei Fenster, die groß sind, sich aber hinter Gardinen (weiß) verbergen. Die Muster der Vorhänge verschnörkelt, neben meinem Bett, ein Metallgestell (weiß lackiert), ist ein kleiner, grüner (nicht weißer) Nachttisch, mit einer Lampe (auch grün). Es sieht nicht aus wie ein Gefängnis, aber auch nicht wie ein Filmset. Es sieht aus wie das Zimmer eines Sohnes, eingerichtet von seiner Mutter.

Neben meinem Bett ist noch eine Tür, die in ein kleines Badezimmer führt. Der Raum ist sehr zart und schlicht gehalten. Eine Dusche, eine Toilette, ein Waschbecken, neben dem Wasserhahn der weiße Untersetzer mit einer kleinen Mini-Seife. Auf der anderen Seite des Wasserhahnes steht ein filigraner Zahnputzbecher, fast wie ein Reagenzglas, so groß, dass die Zahnbürste exakt bis zur Mitte in diesem Glas versunken ist. Ein weißes Handtuch an einem weißen Handtuchhalter, befestigt an der Kachelwand. Frau Kaplan beschreibt die Farbe weiß so: WENN ALLES WEISS WÄRE UND WEISS BLIEBE, WÄRE NICHTS MEHR DRECKIG. DIE LEBENSQUALITÄT ALLER WÜRDE SICH FÜR ALLE ERHEBLICH STEIGERN. ICH DENKE, MAN WÜRDE LÄNGER LEBEN. WEISS IST DIE SCHÖNSTE FARBE IN JEDER WOHNUNG IN ALLER WELT, EGAL, WO AUF DER WELT.

Im Kleiderschrank sind alle meine neuen Klamotten verstaut. Es waren Polats Klamotten, jetzt sind es meine. Khakigrüne Hemden, Hawaiihemden, Hemden mit und ohne Brusttaschen, khakigrüne Hosen, khakigrüne T-Shirts mit Hawaiimustern und Pullis, aber auch einige schwarze Teile. Ein Fach für Unterhosen. Beim Anziehen habe ich etwas Probleme. Das neue Kostüm sitzt eng an mir, es klebt, wirft Falten. Ich bin zwei oder drei Größen drüber, wie mit den Schuhen, die mir zwei Nummern zu klein sind, bei denen Frau Kaplan nur erwiderte: *Schneid dir die Zehen ab oder mach sonst was. Lass dir etwas einfallen.*

Ein Bekannter des Einäugigen hatte sich als Jugendlicher drei Zehen abgeschnitten, um ein Mädchen zu beeindrucken, weil sie ihm nicht geglaubt hat, dass er sich das trauen würde. Als er es getan hat, hat sie ihn verlassen, so wie seine drei Zehen. Sein ganzes Leben lang lief er nur noch mit Socken rum, barfuß bekam ihn keiner zu Gesicht. Es wurde gemunkelt, dass er die Socken noch nicht einmal beim Baden abnahm, sodass wir alle nicht wussten, ob er tatsächlich an einem Fuß nur noch zwei Zehen hatte oder ob er alle anlügt und uns aus bloßer Verachtung weiter glauben ließ, dass er wirklich keine Zehen mehr habe. Als Kind hatte mich das tief beeindruckt. Das war wie ein ganz leichter Schlaf. Ich habe Reue empfunden, weil ich ihm nie die Socke weggezogen habe, um zu sehen, was sich drunter verbarg.

Mein Tagesplan ist minutiös festgelegt. Jeden Tag stehe ich zur selben Zeit auf. 6:15 Uhr. Aufstehen, Bett machen, duschen. Essen gibt es in regelmäßigen Abschnitten, alle paar Stunden. Frühstück zwischen 7:00 Uhr und 7:15 Uhr. 11:30 Uhr Mittagessen. 15:00 Uhr Kaffee und Gebäck. 18:30 Uhr Abendessen. 21:00 Uhr ein kleiner Abendsnack vorm Fernseher, wenn wir beide nebeneinander auf dem Sofa sitzen und sie entscheidet, was wir gucken.
Dazwischen, also jeden Tag, üben wir den ganzen Tag. Ich probe bis zum Erbrechen. Ich werde vom Linkshänder zum Rechtshänder. Ich bekomme einen neuen Ausweis. Da klebt mein Foto neben meinem neuen Namen. Meine Haare sind jetzt kurz und meine Fingernägel sind immer sauber. Ich esse ihren Käsekuchen und ich bringe den Müll runter. Ich werde nicht mehr wütend, wenn sie sagt: *Ich habe hart an diesem Skript gearbeitet.* Stattdessen vergesse ich mit der Zeit, wo ich hergekommen bin und was ich erlebt habe.

Es ist wahr, dass sie jetzt meine Mutter ist. Ich nenne sie mittlerweile Mutter, selbst wenn wir nicht spielen. Eine Mutter hat ein Kind. Das ist logisch. Sonst wäre man keine Mutter. Stimmt. Ihre Haare sind kraus, die sind braun gefärbt.
Die schulterlangen Haare befestigt sie lose mit zwei braunen Klammern links und rechts oberhalb ihrer Nase. Der Scheitel ist gerade gezogen, lässt das Haar starr entlang ihrer Ohren kleben, die nicht ganz an der Haut befestigt sind, sondern abstehen. Manche Menschen mögen Segelohren, ich nicht. Ihre Segelohren tragen auch nicht besonders zu ihrer Schönheit bei. Dunkelgrüne Ohrringe trägt sie am

liebsten, die haben dieselbe Farbe wie ihre Augen. Ihr Hals wirft Falten bis zum Triple-Kinn, aber sie verstärkt diesen Effekt mit einer Goldkette, die um ihren Hals gebunden ist. Wenn sie läuft, erinnert sie mich an einen Hund. Besonders, wenn sie im Dunkeln umherschleicht und das Licht nicht anmacht, einen Schritt vor den anderen setzt und ihr dabei der Atem stockt, der meistens nach Grießbrei riecht. Das ist das erste, was sie sich morgens reinschaufelt und das letzte, bevor sie abends zu Bett geht. Mit riesigen Bissen verputzt sie eine große Schüssel in wenigen Minuten. Es ist unglaublich. Manchmal, wenn sie plötzlich lachen muss, lacht sie einem spuckend Grießbrei entgegen. Wo ihr Mann ist, also mein Vater, darüber reden wir nicht. Einige Male habe ich probiert, es aus ihr rauszuquetschen, ich habe mich richtig bemüht, aber ihre Antwort, die das Gespräch beendet, ist immer dieselbe: *Dieser Hund, er ist nicht der Rede wert.*

Meistens trägt sie ein Kostüm, selbst wenn sie den ganzen Tag das Haus nicht verlässt. Sie geht nicht oft aus dem Haus. Der Rock reicht ihr bis zu den Waden, dazu trägt sie ein weißes T-Shirt, das sie hinter einem Jackett mit V-Ausschnitt verbirgt und auch niemals abnimmt. Die fünf Knöpfe dieser Jacke knöpft sie, nach und nach, von unten bis oben hin zu. So, wie ich es früher auch getan habe.
Bevor sie aus dem Haus geht, begutachtet sie sich mehrere Minuten im Spiegel, ohne die Miene zu verziehen, als ob es etwas zu retten gäbe. Ich frage mich manchmal, wann ihre hautfarbene Strumpfhose, die mindestens zwei Hauttöne zu hell ist, platzt. Dann schlüpft sie mit einem Schuhlöffel in ihre braunen Schuhe und beendet das Ganze mit einem Blick in den Spiegel: *So, fertig.*

Im Wohnzimmer läuft der Fernseher den ganzen Tag im Hintergrund. Von morgens bis abends. Jahrelang hat sie nach dem Namen ihres Kindes gesucht und durch die Sender im Fernseher gezappt. Morgens. Mittags. Und abends. Auch am Wochenende. Es gibt ja kein Wochenende im Krieg. Durch alle Breaking News, durch alle Anzeigen, aber ihr Sohn war einfach nicht aufzufinden. Kein Name. Kein Bild. Noch nicht einmal ein ähnliches Bild. Ein Bild, dass eine Kopie von ihm hätte sein können. Manchmal war sie sauer auf ihn, weil sie dachte, wenn er endlich auf dem Screen zu sehen wäre, hätte alles ein Ende. Wenigstens ein Name ohne Bild. *Der Krieg hat mich zum Tier gemacht,* sagt sie, während sie zwischen den Sendern umherschaltet.

Nie ist sie ungeschickt oder unkontrolliert, alles hat seine Ordnung und seinen festen Platz. Ihre Lieblingsfarbe ist purpur, meine Lieblingsfarbe ist purpur, aber sie mag auch rot. Sie vergöttert Mäuse, Katzen und Delfine, Tiere im Allgemeinen, *weil sie nicht sprechen können,* fügte sie zweimal am Tag hinzu. Ich vergöttere Mäuse, Katzen und Delfine, Tiere im Allgemeinen, weil ich nach meiner Mutter komme. Dann betrachte ich sie manchmal aus dem Augenwinkel und gestehe mir ein, dass sie meine Mutter ist. Das ist der Krieg und sie ist der Frieden. Es ist das Zuhause, in das ich mich eingekauft habe, vor und hinter der Kamera. Und der Preis, den ich dafür bezahlen muss, wiegt leicht und schwer, so wie alle Dinge.

Ende der ersten Episode: Der Held taucht nicht in den Nachrichten auf. Der Held ist zuhause bei seiner Mutter.

TAXI
SEASON 1 EPISODE 2

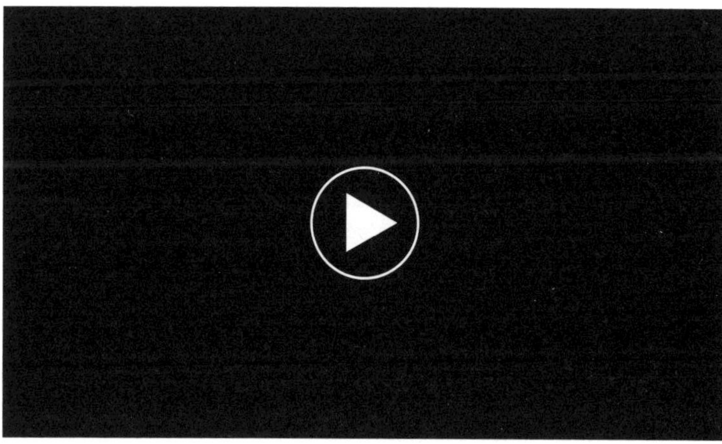

STARRING
ROSA KAPLAN & POLAT KAPLAN

New York Times critics' picks
»Amazing cast«

Wir beginnen im Arbeitszimmer. Das Arbeitszimmer gleicht einem Wartezimmer. In der Mitte des Raumes ragt eine Art Tribüne aus dem Boden heraus, oder vielleicht ist es eine Theke. Es ist eckig, aber zugleich in Zickzack-Form. Es erinnert mich an eine Arztpraxis, weil auch in diesem Zimmer alles weiß ist wie in einer Arztpraxis. Ich stelle mir vor, dass ich einen Termin beim Zahnarzt habe. Ich nehme im Wartezimmer Platz, obwohl ich stehe und warte, bis ich aufgerufen werde. Aber ich warte vergeblich, mich ruft keine Schwester auf, sondern meine Mutter, die hinter der Tribüne oder Theke auftaucht.

An der Decke des Arbeitszimmers ist ein Beamer der Firma Panasonic befestigt, dem Geräusch nach zu urteilen, öffnet sie eine Schublade und schwingt mit schneller Bewegung etwas in die Luft. *Tadaaaa,* ruft sie und klingt dabei wie eine Frau aus den Shopping-Sendern, die einem tagtäglich beim Zappen entgegen strahlen, da bleibe ich immer hängen. Ich liebe Shopping-Sender. Meinen Smoothie-Maker, den Staubsauger, die Vorhänge, selbst meine Gardinenstangen – das kaufe ich alles da. Es ist so praktisch. Sie hat dieselbe Wonne in der Stimme und versucht mir, dem Zuschauer, etwas zu verkaufen, wie die Frau aus dem Fernsehen, die versucht dem Zuschauer etwas zu verkaufen. Frau Kaplan verkauft mir eine Fernbedienung. Ich kaufe sie ohne Geld, mit einem Klatsch, den ich von ihr in die Hand gedrückt bekomme. *Du drückst einmal auf den roten Knopf, der sich links oben befindet. Einmal drücken. Mindestens drei Sekunden.* Als ob ich zu dumm sei, eine Fernbedienung zu bedienen. Ich drücke extra nur ganz kurz, um sie zu ärgern: *Oh, will wohl nicht,* grinse dabei etwas spöttisch. Als ich sehe, dass sich ihre Augenbrauen vor Ärger beinahe berühren, drücke ich etwas länger auf diesen besagten roten Knopf und der Beamer an der Decke erwacht mit einem brummenden Geräusch aus seinem Tiefschlaf. Mit einer anderen Fernbedienung dimmt sie das Licht der Lampe im Raum. Sie ist sehr modern für ihr Alter. Das mag ich an ihr. Meine Brot-Frau-Mutter ist fast wie ein Digital Native.

Kurz ist es dunkel, dann gewöhnen sich meine Augen an die Dunkelheit und ich erkenne langsam ein Bild, dass sich auf der Wand zusammenfügt. *Lektion Eins* steht in weißen Buchstaben auf einem knallroten Hintergrund. Dann schaltet sie weiter.

Das erste Bild ist das Bild eines Sarges.

Das ist das wichtigste Bild meines Lebens, fängt sie an, *aber auch das wichtigste Bild deines Lebens. Das ist der Sarg deiner Beerdigung. Es war ein hässlicher Sarg, den ich mir nicht ausgesucht habe. Das haben andere Leute für mich gemacht.* Auf der Farbfotografie sieht man einen hölzernen Sarg, der parallel zu einem Loch, das ausgegraben ist, auf der Erde ruht. Das Loch ist etwas größer als der Sarg. Drumherum eine Wiese. Hinter dem Sarg erahnt man den Friedhof. Ich sehe viele Grabsteine. Zwischen Loch und Sarg sitzt sie auf einem weißen Plastikstuhl und blickt mit grimmiger, eiserner Miene in die Richtung der Person, die das Foto gemacht hat. Wer hat sie fotografiert? Wer fotografiert auf Beerdigungen? Auf ihrem Schoß hat sie ihre Tasche. Die Beine sind übereinander verschränkt. Sie trägt einen schwarzen Trauerschleier, der ihr nicht passt und zu groß über ihrem Kopf weht. Der Schleier reicht ihr bis zu ihren Knien. Es sieht aus wie ein Hochzeitsschleier. Sie wirkt verkleidet, als ob die Beerdigung eine Inszenierung allein für sie war. Das Kleid, das sie trägt, ist pink und nicht schwarz. Es bedeckt ihre Knie, nicht aber die Knöchel. Ihr eiserner Blick ist derselbe, den ich auch jetzt in ihrem Gesicht ablese, lammfromm, aber bösartig, so, als ob ihr die Welt etwas schuldet und sie nichts der Welt. Keine Zeit ist vergangen seitdem.

Sie drückt den Knopf und ein neues Bild erscheint.

Wir sehen festlich gekleidete Gäste.

Das sind die Gäste deiner Beerdigung. Ich kannte noch nicht einmal alle, die da waren. Sie sagten, mein Sohn wäre tot und kamen angewatschelt wie Enten. Eine hässliche Ente nach der anderen. Meine Beine wurden taub von ihrem Entenblick. Wir wussten, dass du nicht da warst, aber ich wusste, dass du nicht tot bist. Und dann bricht es für die anderen ein, denn sie brauchen das, diese eine Seite, die ihnen versichert, wie es ist, dass es so ist, diese Tölpel. Was wissen die schon? Was soll das bringen? Was dachten sie, dass ich einfach so mitmache? Ich wünsche keinem diese Rolle, die ich zu spielen hatte. Sie waren traurig, weil vielleicht ein Mensch gestorben war. Ich aber war traurig, weil kein Mensch gestorben war und ich tun musste, als ob ein Mensch gestorben war. Wenn kein Mensch stirbt, dann ist man auch nicht traurig. Das klingt vielleicht etwas gemein, aber das entspricht doch der Wahrheit. Sie haben deinen Tod gebraucht, damit sie die Welt akzeptieren. Eben auch die Welt akzeptieren, die vergeht.

Ich kannte die Wahrheit, egal wie viele Menschen um mich herum weinten. Ihre Tränen konnten mir nichts klauen. Ich blickte noch nicht mal hoch, um zu sehen, wen ich da vor mir habe. Während sie annahmen, dass ein Händedruck das Richtige in diesem Moment war, hörten sie einfach nicht mehr auf, diese Version der Geschichte zu glauben. Ständig stand jemand vor mir und hielt mir die Hand entgegen. Irgendwann schlief ich beim Händeschütteln ein. Bevor ich nach hinten wegsackte, wachte ich wieder auf, leider. Wirklich, ich wäre einfach gerne nach hinten gefallen. Aber da standen Männer mit Waffen, die angerannt kamen, um mich aufzufangen. Da standen Männer mit Waffen, die sahen, wie die anderen Männer mit Waffen angerannt kamen, um mich aufzufangen. In ihren Armen dachte ich über die Bomben nach. Ich fragte mich, wo sie dich getroffen haben. Welche Stelle am wenigsten weh tut. Einem der Männer entriss ich die Waffe und schoss in die Luft. Wer schoss die Bombe? Was machen Sie denn da?, fragte mich der Jüngste von ihnen verdutzt. Nichts, antwortete ich, ich wollte nur einmal schließen. Es kam einfach so über mich. Ich habe vielleicht verstanden, dass in meinem Leiden für meinen Sohn kein Platz für das Leiden meines Jungen war. Wo hat die Bombe ihn getroffen? Das frage ich mich noch heute. Keiner kann mir diese Frage beantworten.

Sie drückt den Knopf und wir sehen ein neues Bild.

Wir sehen Männer in Uniformen.

Nur, weil mein Sohn Soldat ist, sind die anderen Soldaten verpflichtet, seiner Beerdigung beizuwohnen? Vielleicht hatten sie genauso wenig Lust wie ich? Aber hat sie überhaupt jemand danach gefragt? Nein! Natürlich hat sie keiner gefragt, Junge! Mich hat auch niemand gefragt. Ich nicke, denn das leuchtet mir ein.

Sie legt eine künstliche Pause ein.

Mein Verhalten führte die Anwesenden der Beerdigung zur Annahme, dass ich in solch schrecklicher Trauer war, dass ich mich nicht mehr beherrschen konnte. Aber in Wirklichkeit habe ich mich einfach nur gelangweilt. Ich bemerkte, wie die Leute mich ansahen und versuchten, meinem Verhalten einen Sinn zu geben. Sie kamen immer näher, bis sie einen Kreis um mich herum bildeten. Eine Frau sagte: Rosa, wir sind für dich da. Ich habe keine Luft mehr bekommen, denn sie drückten von jeder Seite. Da sie annahmen, dass ich beinahe zerrissen war, rückten sie noch näher an mich heran, aber dadurch bekam ich noch weniger Luft. Das versuchte ich ihnen mitzuteilen, doch stattdessen fing der Kreis an, mich zu umarmen. Dann weinte ich ganz kurz, weil mir keiner zuhörte. Dann weinten sie, weil ich weinte und sie dachten, ich bin bereits zerrissen. Als ich aufhörte, weinten sie einfach weiter, weil sie dachten, ich habe vor Zerrissenheit keine Tränen mehr. Dieselbe Frau sagte: Rosa, unsere Tränen sind deine Tränen. Ich schrie: Halt's Maul!

Das nächste Bild.

Wir sehen einen Feigenbaum.

Dieser Freitag war ein Freitag mit Gebet am Ende. Neben dem Sarg stand ein Feigenbaum. Ich riss die Blätter von den Zweigen, die ich zu fassen bekam und schlug zwischen ihren Gebeten mit schnellen Hieben auf deinen Sarg ein. Ihr Gebet und meine Hiebe vermischten sich miteinander. Es war ein Surren. Ich hörte nichts mehr. Ich wollte kein Gebet. Ich sehnte mich nach meinen Jungen, der für seine Mutter Flöte spielt. Ich konnte nicht mehr aufhören. Beim Zuschauen wirkte der Sarg wie eine kleine Flöte, das riss mir den Boden unter den Füßen weg. Und da ich schnell peitschte, verlor ich in diesem Wirrwarr meinen linken Ohrring. Als ich das bemerkte, wollte ich mich auf den Boden stürzen und danach suchen. Da packten mich die Männer mit den Waffen und zerrten mich in die entgegengesetzte Richtung. Weg von den Hieben und weg von meinem Ohrring. Ich war so traurig über diesen Ohrring, wirklich betrübt. Es war ein Gebet, bei dem ich nicht sprechen konnte. Ich habe es nicht verstanden. Ich versuchte mich aus ihren Armen zu reißen und knallte dabei gegen ihre Waffen. Ich brüllte nach meinem Ohrring. Wie hätte ich ihnen diese Dringlichkeit erklären können? Sie sagten, ich sei durcheinander wegen deines Todes. Aber ich war durcheinander wegen meines Ohrrings. Als ich versuchte mich zu ihnen zu drehen, um ihnen das Ohr zu zeigen, an dem der Ohrring fehlte, rissen sie mir stattdessen das Ohr, das mit dem anderen Ohrring beschmückt war, vom Ohrläppchen bis zur Ohrmuschel auf, sodass der andere Ohrring in der Hand des Mannes mit der Waffe war. Er zeigte mir den Ohrring mit dem Ohrläppchen in seiner Hand. Ich habe geblutet und einer hielt mir ein weißes Tuch ans Ohr, aber es blutete weiter und ich fragte, ob ich wenigstens den einen Ohrring wiederhaben kann, aber der Mann steckte meinen letzten Ohrring einfach in seine Brusttasche. Das sind alles Nichtsnutze. Diebe. Sie machen alles für Geld. Jetzt habe ich eine Narbe am Ohr. In diesem Zustand lief deine Beerdigung vor mir ab. Aber ich wehrte mich nicht mehr. Irgendwann drückte mir jemand einen Klumpen Erde in die Hand, wies mich zurecht, das weiße Tuch immer noch am Ohr, mein Trauerschleier war auch weg, das bemerkte ich erst mit dem Klumpen in der Hand, irgendwer zeigte auf die Stelle, auf die ich zielen sollte, mit dem Klumpen in der Hand, ohne Ohrläppchen. Was habe ich gemacht? Wo hat die Bombe meinen Sohn getroffen? Genau, im Sarg. Ich spuckte auf deinen Sarg. Sogar mehrmals! Dann warf ich den Klumpen hinterher, aber nur, um nochmals auf den Klumpen zu spucken.

Ich machte mir Sorgen, dass ich ihre Häuser womöglich in Brand stecken würde. Das stellte ich mir kurz vor.

Wie hätte ich mich mit ihnen versöhnen können? Mit welcher Fahne? Mit welchem Staat? Der Sarg war in eine Fahne gehüllt. Ich hatte ein weißes Tuch am Ohr. Und mein Junge sollte von einer Bombe getroffen worden sein. Wo hat sie ihn getroffen? Und dann stand ich so da, ohne Trauerschleier, und mit meinem Ohrring in der Brusttasche, ohne meinen Sohn, denn ihn traf die Bombe und nicht mich. Aber ich habe nur überlebt, obwohl mich die Bombe nicht traf, weil ich dem Leben und seinen Folgen nicht recht gegeben habe.

Nächstes Bild.

Wir sehen den Title Screen der Serie: TAXI

Ich habe die Geschichte nicht akzeptiert, doch ich leide unter der Reihenfolge der Dinge, die passiert sind. Denn die Zukunft verändert diese Reihenfolge nicht. Ich kann sie nur verändern, wenn ich die Geschichte aus der Vergangenheit heraus neu erzähle. Dann wird in der Zukunft, die kommt, keine Bombe meinen Sohn treffen, selbst wenn die Bombe wiederkommt, wird sie vorbeizielen, weil ich es verhindern werde. Denn ich erzähle die Geschichte. Und in der Zukunft meiner Erzählung werde ich nicht ohne Sohn sein, der gestorben ist. Nein, ich werde glücklich sein, dass mein Sohn zurück ist.

Nächstes Bild.

Kein Bild, schwarz.

Am Anfang konnte ich all das noch nicht glauben. Ich wusste, dass es schlechte Nachrichten gab. Die Nachricht von deinem Tod habe ich von einem Soldaten gehört. Ich erkannte sofort, dass er ein Soldat war, denn er trug dieselbe Uniform wie mein Sohn. Er legte seine Hand grobmotorisch auf meine Schulter und ich wich einen Schritt nach hinten zurück. Ich hatte Angst vor seinen Worten. Er erzählte mir, was passiert sei. Die Geschichte hörte ich mir wie einen Film an. Sie sagten, du warst schon tot. Er betonte zweimal, dass es nicht weh getan hat.

Sie drückt den Knopf ihrer Fernbedienung.

Wir sehen eine junge Frau.

Auch sie sitzt auf einem Stuhl, nackt von den Oberschenkeln bis zu den Knöcheln. Sie trägt ein eng anliegendes dunkelblaues Kleid. Ich habe diese Frau noch nie gesehen. Die hüftlangen Haare trägt sie offen. Ihre Hände ruhen auf der Stuhllehne, der Kopf ist leicht nach rechts geneigt. Ihre Lippen gleichen ihren Augen, die einen groß und verführerisch dazu einladen, sie zu erkunden. Ich bin von ihrer Schönheit ergriffen. Mein Blick wandert weiter an ihren Armen entlang, die nicht bedeckt sind von ihrem Kleid, bis hinunter zu ihren Händen, die mit rot lackierten Fingernägeln auf der Armlehne des Stuhles ruhen.

Wer ist das?, und meine Stimme klingt neugieriger, als ich es wollte. *Das ist deine Verlobte.* Sie antwortet schneller, als ich denken kann. Das stand nicht im Skript. Ich habe eine Verlobte. Früher hatte ich keine Verlobte. Warum erfahre ich das erst jetzt? Ich frage mich, ob Frau Kaplan auch ihr ein Bild von mir zeigt, mit der Nachricht, dass ihr Verlobter zurück sei? Bei diesem Gedanken schleicht sich eine Panik durch meinen Körper. Die Umstände dieser Aufgabe waren mir weitläufig bekannt, ich wollte es aus Gründen machen, über die ich nicht sprechen kann.

Und wie heißt sie?
Esra. Esra. Das ist Esra.
Und wie alt ist sie?
Jünger als du.
Ich bin fünfunddreißig Jahre alt.
Das ist richtig.
Und wie alt ist sie?
Sie hat einen Namen!
Wie alt ist Esra?
Esra ist fünfunddreißig Jahre alt.
Wo wohnt sie?
Nicht weit von hier.
Wie lange bin ich schon mit ihr verlobt?
Seit zwei Jahren vor deinem Tod.
Also, seitdem ich dreiundzwanzig bin?
Ja, das ist richtig.

Trägt sie das Haar immer so offen?
Gefällt dir das?
Ja.
Meinem Sohn hat das auch immer gefallen. Wenigstens seid ihr euch in diesem Punkt einig.
Ja.
Wenigstens das!
Kurze Pause.
Was macht sie?
Wie, was macht sie?
Arbeitet sie? Studiert sie?
Natürlich arbeitet sie. Esra ist ein sehr fleißiges Mädchen! Nicht so fleißig wie mein Sohn, der ist der fleißigste, aber dennoch sehr fleißig! Sonst hätte mein Sohn sie nicht zu seiner Freundin gemacht!
Verstehe.
Du verstehst gar nichts.
Ja.
Wie auch immer.

Dann schnappt sie kurz nach Luft.

Als sie von deinem Tod erfuhr, rührte sie sich nicht. Ich bin zu ihr nach Hause. Sie wusste bereits, was passiert ist. Ich fragte sie: Wer hat dir das gesagt? Aber sie antwortete nicht. Sie klagte nicht oder warf sich auf den Boden oder war unkontrolliert. Ich habe sie nicht einmal weinen gesehen. Warum hat sie nicht geweint? Hat sie sich nicht gefragt, wo die Bombe ihren Verlobten getroffen hat?

Wir sehen Esra und einen Kochlöffel im Split Screen.

Nicht einmal zur Beerdigung hat sich Esra getraut. Ihre Mutter musste sie zwingen. Vielleicht hat sie es auch nicht geglaubt. Ich habe sie nicht gezwungen. Sie war nicht wiederzuerkennen. Die Haare fielen ihr aus. Irgendwann hatte sie keine Haare mehr. Armes Ding, sie sah so hässlich aus. Und nach deiner Beerdigung blieb ihr scheinbar nichts mehr übrig. Vielleicht hat sie auch die Bombe gesucht. So wie ich. Aber seit dem Tag deiner Beerdigung hat sie kein Wort mehr gesprochen. Mit niemandem. Nichts mehr. Sie verstummte. Hat die Bombe auch sie getroffen? Manchmal vergesse ich, wie lange das her ist, dass ich mich nicht einmal mehr an ihre Stimme erinnern kann. Alles haben wir versucht, wirklich alles. Aber je länger sie schwieg, umso härter wurde es, sie vom Gegenteil zu überzeugen. Nichts hat geholfen, weder beten, noch Geld, noch der Arzt. Wir haben sie ins Krankenhaus gebracht. Dort war sie wochenlang. Sie hatte ein schönes Zimmer mit einem Bett und drei Fenstern. Es sah aus wie im Hotel. Jeden Tag sind wir sie besuchen gegangen. Aber es änderte nichts. Irgendwann wurde sie entlassen und wir haben sie zurück nach Hause geholt. Dort saß sie immer in einem Sessel und sah weiter schweigend aus dem Fenster wie im Krankenhaus. Als ich nicht mehr konnte, habe ich ihr mehrmals Schläge angedroht, hab den Kochlöffel in die Luft gehalten, sie angebrüllt und gesagt: Esra, jetzt reicht es! Öffne deinen Mund und sag etwas! Das ist nicht so schwer! Sag etwas! Das geht so nicht weiter! Esra, willst du, dass ich dir mit dem Kochlöffel eine verpasse?
Ich war so sauer, ich schmiss ihre Lieblingsvase gegen die Wand. Dann schrie ich weiter: Ich hau dir eine runter, dass du von deinem dummen Sessel fliegst und auf der Fresse landest! Ich mache keine Witze, Esra! Esra, wenn du jetzt nichts sagst, kriegst du eine gescheuert.
Natürlich hat sie nicht geredet, und mich nur mit ihren riesigen, hölzernen Augen angesehen. Da konnte ich nicht anders und habe meine Drohung wahr werden lassen. Ich habe ihr ordentlich eine verpasst, auf sie eingeschlagen, solange, bis mein Kochlöffel in zwei Teile zersprungen ist. Ich habe sie weiter angeschrien und gesagt: Esra, siehst du, was du angestellt hast! Wegen dir ist mein Kochlöffel kaputt! Ich habe ihr den Kochlöffel gezeigt, aber ihr war das egal. Du dummes Ding, warum sprichst du nicht? Ich prügelte sie vom Sessel auf den Boden, da blieb sie liegen. Das hat mir leid getan. Aber ich kann einfach nichts dafür. Manchmal reißt meine Geduld mit diesem Mädchen. Wie sie nur dasitzt und rumglotzt, wie ein Stück

Holz. Wirklich. Hau Holz gegen Holz und es geht kaputt. Wie mein Kochlöffel. Sie hat geblutet, das hat mir wirklich leid getan. Aber ich konnte nicht mehr. Das ertrag ich nicht. Dünn und zerfasert wie sie ist. Wirklich. Irgendwann verliere ich mich. Wie schwer sie es einem macht. Denkt, der Tod fällt von den Bäumen. Aber er kommt mit der Bombe. Wo hat die Bombe ihn getroffen? Fragt sie sich das auch? Aber sie schweigt einfach weiter, als ob sich dadurch etwas ändert.

Ich suche die Wand, auf der sie als Bild sitzt, nach Antworten ab.

Ende Episode zwei: Der Held wird nicht von der Bombe getroffen.

TAXI
SEASON 1 EPISODE 3

STARRING

ROSA KAPLAN & POLAT KAPLAN

New York Times critics' picks
»Best TV show of 2019«

ER MAG GIRAFFEN, SPATZEN UND KAMELE
EINMAL SASS ER AUCH SCHON AUF EINEM KAMEL
SEINE LIEBLINGSEISSORTE IST ERDBEERE
BEIM LESEN TRÄGT ER MANCHMAL EINE BRILLE
SEINE BRILLE IST ROT GEMISCHT MIT PURPUR
ER LEBT MIT SEINER VERNUNFT, WEIL ER GESPÜR HAT
ER IST NIE BÖSE ODER VERÄRGERT
ER TRINKT SEINE COLA MIT EINEM STROHHALM
ER MAG KEIN FUSSBALL ODER TENNIS, DAFÜR BASKETBALL
IM BUS SITZT ER AM LIEBSTEN HINTER DEM BUSFAHRER
IM KINO SITZT ER AM LIEBSTEN IN DER ELFTEN REIHE
ER IST NICHT REDSELIG, SCHWEIGSAM ABER AUCH NICHT
BEIM ESSEN REDET ER NICHT UND KAUT KLEINE STÜCKCHEN
SEIN GANG GLEICHT DEM GANG EINER KATZE (SÜSS)
SEINE ERSTE KATZE HIESS BONCUK
BONCUK LEBTE NUR ZWEI JAHRE LANG
AM TAG TRINKT ER ZWEI KOMMA FÜNF LITER STILLES WASSER
DREIMAL DIE WOCHE GEHT ER BADEN
ER KANN GUT TANZEN UND ER HAT KEINEN BART
ER MAG KEINE PIERCINGS UND TATTOOS SO WIE SEINE MUTTER
ER ISST TOMATEN, GURKEN, ARTISCHOCKEN, PETERSILIE, INGWER
ER ISST ÄPFEL, BIRNEN, WASSERMELONEN, HONIGMELONEN, ERDBEEREN
ER SCHMIERT SICH GERNE BUTTER AUF SEIN BROT
ER FOTOGRAFIERT GERNE SEINE MUTTER UND SICH SELBST
ER TRÄGT GERNE HAWAIIHEMDEN IN DEN FARBEN GRÜN, GELB, UND ROT
ER FÄHRT NICHT GERNE FAHRRAD
ER PUTZT DIE FENSTER, WISCHT DEN BODEN UND MACHT DEN ABWASCH
ER FRAGT NICHT NACH SEINEM VATER, WEIL ER WEISS, DASS ES SEINER MUTTER SCHADEN KÖNNTE
ER TUT NIE ETWAS, DASS SEINER MUTTER SCHADEN KÖNNTE

Seit vier Monaten habe ich das Haus nicht verlassen. Ich weiß nicht, wie ich das gemacht habe. Die Zeit ist einfach vergangen. Ich habe jeden Tag geübt, mit und ohne Mutter. Ich kann jetzt reden, laufen, meine Stirn runzeln, schreiben wie Polat. Sitzen, essen, schlafen, ich bin besser als seine Kopie. Beinahe rieche ich schon wie er. Lachen, singen, kacken, wir sind nicht mehr voneinander zu unterscheiden. Übung macht den Meister. Wer hat das gesagt? Das ist egal. Aber ja, ich habe mich meiner Rolle hingegeben. Der Übergang war fließend. Jetzt kann man ihn nicht mehr zurückverfolgen. Immer öfter lobt mich meine Mutter, aber ich habe kein Zeitempfinden mehr. Vier Monate können auch vier Jahre sein, vielleicht ist auch mehr Zeit vergangen und ich habe mich beim Zählen verrechnet, aber die Zeit ändert nichts. Wenn wir gerade nicht proben, stehe ich im Wohnzimmer hinter der Gardine und gucke heimlich hinaus. Dann frage ich mich, welche Reihenfolge die Geschichte ausmacht. Ein Bekannter vom Einäugigen hat einmal wegen einer Wette seinen kleinen Finger verloren. Er hat um ein Abendessen gewettet, dass er sich das traut. Es gab kein Essen mehr in der Stadt und wir waren alle immer hungrig. Es war kein großes Opfer für ihn. Er sagte: Niemand braucht den kleinen Finger. Er hatte einen Zwillingsbruder und dieser hat aus Solidarität zu seinem Bruder ebenfalls seinen Finger abgetrennt, damit beide wieder identisch und nicht voneinander zu unterscheiden sind. Er sagte, manchmal muss man im Leben Opfer bringen. Ich dachte, er ist dumm. Aber vielleicht war mein Hunger nicht groß genug. Ihm reichte es, dass sein Bruder nickte und seiner Meinung war. Beide bekamen einen großen Teller mit Reis und Linsen von den Soldaten. Mit uns anderen haben die Zwillinge nicht geteilt. Sie haben sehr laut geschmatzt. Wenn ich heute Reis und Linsen rieche, wird mir schlecht.

Ich frage mich, was der Einäugige macht. Er sagte immer: *Hau ab!* Ich fragte bloß: *Wie meinst du das?* Er trat gegen meine selbstgebaute Puppe, die ich mir aus Stöckern gebastelt hatte: *Hau ab! Bist du schwer von Begriff?* Da war er schon der Einäugige. Er redete wieder mit mir, denn wir hatten nur noch uns. Das war vor zwanzig Jahren, da kamen die Polizisten nachts in unsere Stadt und nahmen unsere Eltern mit. Wir sind auf den Krüppelbaum geklettert, so konnten wir uns retten. Wir beobachteten, wie sie die Erwachsenen in LKWs quetschten, obwohl nicht genug Platz war, schoben sie immer mehr Menschen hinein. Die Erwachsenen wurden zu Tieren. Wir wussten nicht, wo man sie hinbrachte. *Jeder muss sich selbst retten,* flüsterte der Einäugige, während er einen Ast weiter saß. Es war ein Dienstag und wir haben sie seitdem nie wieder gesehen. Das zu benennen, das macht mich klein, denn ich merke, dass ich nur noch dieses Leben habe. Jetzt stehe ich hinter der Gardine im Wohnzimmer und frage mich, ob auch er ein neues Leben hat, so wie ich. Ob er abgehauen ist, so wie ich. Ich weiß nicht mehr, warum ich ihm damals den Stock ins Auge gerammt habe.

Plötzlich höre ich ein Geräusch. Ich habe dieses Geräusch so lange nicht mehr gehört, dass ich länger als gewöhnlich brauche, um mich daran zu erinnern, was es genau ist. Das Geräusch, das hinter mir beginnt, endet in einem Telefon. In der hinteren Ecke des Wohnzimmers steht ein kleiner eckiger Couchtisch. Ich bin sehr unaufmerksam. Das Telefon ist mir vorher nicht aufgefallen. Die letzten Wochen muss ich wohl immer daran vorbeigelaufen sein. Oder irre ich mich und es stand nie da? Das wäre mir doch aufgefallen. Vor allem hat es die letzten Wochen nicht einmal geklingelt. Oder dachte sie sich, sie brauche ein Telefon, und hat es vor einigen Tagen gekauft? *Das Telefon klingelt!*, sage ich.
Ich höre, dass das Telefon klingelt. Ich bin nicht taub, ich höre das auch.
An der Wand hangelt sie sich entlang, bis sie beim Klingeln angekommen ist. Sie zählt bis drei, ehe sie den Hörer abnimmt.

Mit dem Rücken quetscht sie sich gegen die Zimmerecke, aber sie passt nicht rein, hält den Hörer mit der Patschehand straff gegen die Ohrmuschel und eröffnet das Gespräch mit einem: *Ich habe dir doch gesagt, du sollst nicht anrufen, nur bei Whatsapp schreiben.* Dabei dreht sie sich etwas weg von mir, weil sie sieht, wie ich mit meinen sauberen Fingernägeln ganz Ohr bin. Ihre Stimme verwandelt sich in ein Flüstern.
Ja ... Ich habe doch gesagt ... Natürlich, das ist mir klar. Mh, mh ... ja. Wem erzählst du das. Nein, so ist es nicht ... Aber wem sagst du das ... Das ist ganz alleine meine Entscheidung. Jetzt ist es meine Entscheidung. Nein. Da kann mir keiner etwas vorschreiben. Ich bestimme das. Trotzdem. Nein.

Das ist mir zu weit. Es ist beschlossen. Basta. Ein Haufen Geld. Wofür bezahle ich das ... Bezahle ich dich umsonst ... siehst du ... heute ... und morgen das andere ... Ja ... Bald. Vielleicht Esra ...

Beim Namen Esra wird mir heiß und kalt. Ist es Esras Mutter oder ihr Vater? Was bedeutet, »vielleicht Esra«? Redet sie vielleicht doch wieder? Oder weiß etwas, was Frau Kaplan nicht weiß? Oder sitzt auch sie in ihrem Zimmer und denkt an mich und ich bin ihre nötige Außenwelt? Vermisst sie mich? Ich vermisse sie. Die Stimme an der anderen Seite der Leitung höre ich nicht. Ich weiß nicht, ob Mann, ob Frau. Aber es ist jemand, den Frau Kaplan kennt. Worüber beschwert sie sich wieder? Was ist noch nicht soweit? Das verwirrt mich. *Siehst du ... meine Worte. So ist das. Ja. Guten Tag!* Bevor sie die letzten Worte vollständig ausgesprochen hat, knallt das Telefon zurück in die Ladestation. Einige Sekunden lang bleibt sie regungslos stehen, ehe sie den Kopf schüttelt und sagt: *Es gibt keine andere Lösung.* Ich verstehe nur Bahnhof. Eine Lösung wofür? Oder redet sie noch mit der Person am anderen Ende der Leitung und hat vergessen, dass sie schon aufgelegt hat?

Draußen ist es hell und Tag. Durch die Fenster drückt der Wind und ehe ich begreife, was vor sich geht, steht sie mit einem Baseballschläger plötzlich vor mir. Ich bin nur damit beschäftigt, mich zu fragen: Woher hat sie plötzlich diesen Schläger?, sodass ich nicht mitkriege, wie sie mit voller Wucht, aufgebauscht, ausholt und den Schläger in meine Richtung donnert, bis ich auf dem Kopf einen Schlag spüre, weil es passt, weil der Weg das Ziel ist, das mich vom Stuhl haut. Das Beben wandert aus meinem Gesicht in die Beine. Ich bin benommen, während sich meine Nase mit Blut füllt. Es ist warm. Fast tropisch. Es ist Dienstag. Ich bin es, der ihr entgegen fällt.

ER SITZT GERNE IM SCHNEIDERSITZ
ER IST FREI VON UNRUHE
ER IST NIE KRANK
ER HAT ZWÖLF PAAR SCHUHE, VIERUNDZWANZIG HEMDEN, SIEBZEHN T-SHIRTS, ELF HOSEN: SIEBEN LANGE UND VIER KURZE, SECHS UNTERHEMDEN, DREIUNDZWANZIG UNTER-

HOSEN, FÜNF HOSENTRÄGER UND DREI GÜRTEL, ACHTUNDVIERZIG PAAR SOCKEN: VIERUNDZWANZIG WEISSE UND VIERUNDZWANZIG SCHWARZE, ZEHN ANZÜGE VON SEHR GUTER QUALITÄT
ER MAG GRÜNE, GELBE UND LILAFARBENE TEPPICHE
ER HAT KEINEN TEPPICH IN SEINEM ZIMMER
IN SEINEM ZIMMER HÄNGT EIN BILD VON SEINER MUTTER
UND IN DEM ZIMMER SEINER MUTTER HÄNGT EIN BILD VON IHREM SOHN

So ist das Junge, es geht nicht anders, höre ich sie sagen, ihre Stimme ist weit weg von mir. Dann schlägt sie nochmal zu. Zwischen Brustkorb und Hüfte vielleicht. Das kann ich nicht einordnen. Ich trage meine Uniform und werde meine Soldaten beschützen. Aber jeder wird sich selbst retten. Dann falle ich in Ohnmacht.

Ende Episode drei: Der Held liegt am Boden und träumt von seinem großen Auftritt.

TAXI

SEASON 1 EPISODE 4

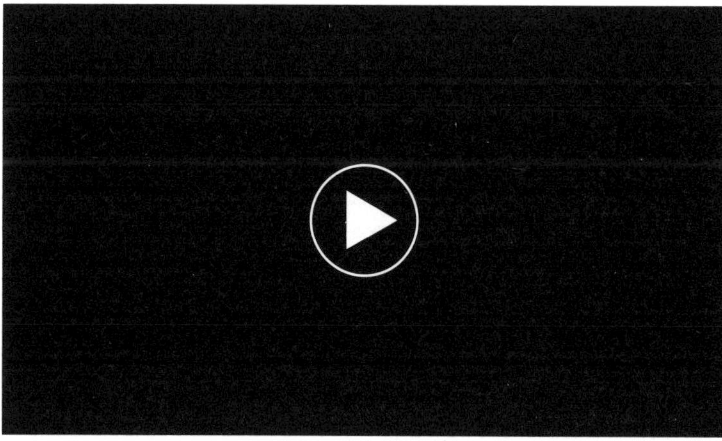

STARRING

ROSA KAPLAN & POLAT KAPLAN

New York Times critics' picks
»Best TV show of all time«

Jemand versucht mich auf die Seite zu drehen, ich keuche unter der Last, die zu mir gehört. Wo drückt der Schuh. An der Rippe oder im Bein. Jemand fummelt an mir. Ich möchte etwas sagen. Mein Arm versucht sich bemerkbar zu machen. Ich brauche fast eine halbe Stunde, um das zu bemerken.

Ich wache auf von einer Stimme, die ich höre. Das ist die Stimme meiner Mutter. Ich habe keine Mutter mehr, denn ich kann nicht mehr unterscheiden, ob es die eine Mutter ist, die ich Mutter nannte oder die Mutter, die mir beibrachte, dass das Wort Mutter zu ihr gehört. Irgendwann flößt mir jemand mit einem Löffel Flüssigkeit in den Mund. Ob es Suppe ist oder bloß Wasser, weiß ich nicht. Es schmeckt flüssig. Ich werde nicht satt. Der Löffel verlässt mich. Kraftlos versuche ich, mich dagegen zu wehren. Dann schlafe ich wieder ein.
Die Tür zu meinem Zimmer wird geöffnet und ich versuche den Kopf mit dem Verband zu drehen, bis ich aufgebe und höre, dass sie es ist. Das sind ihre fetten Schritte auf dem Dielenboden, der knarrt. Etwas erleichtert, weil ich Besuch bekomme und auch ein wenig, weil sie es ist, warte ich, bis sie um mein Bett herumgelaufen ist und auf der Seite, auf der mein Kopf liegt, ankommt, leise schnauft, dann zweimal tief Luft holt. *Du sieht schrecklich aus, ach!*, sagt sie.
Wie sehe ich aus?, frage ich trotzig. Sie weiß es doch.
Warte!, sagt sie, *warte, das haben wir gleich.*

Aufgeregt wühlt sie in der Schublade der Kommode, die am anderen Ende des Zimmers ist, eine Ewigkeit entfernt von mir. *Nein, hier ist es nicht,* murmelt sie. Dann zieht sie die nächste Schublade auf und wird fündig. Mit einem iPad in der Hand hopst sie zurück zu mir.
Willst du das wirklich sehen, Junge?, fragt sie und runzelt ihre Stirn. Ist das eine Frage oder eine Aufforderung?
Ja!, sage ich, bestimmt und entschlossen.
Sie fummelt am iPad rum, sagt: *Mist, wie war das Passwort.*

Mach schon, sage ich mit Nachdruck, *Ich sehe nichts. Ich sehe nur die Holzdecke.*
Verdutzt blickt sie zwischen iPad und mir umher.

Wenn du so frech wirst, kannst du das Tablet knicken, Junge! Etwas mehr Respekt für deine liebe Mutter! Die dir extra ein Tablet aus der Kommode kramt!

Ich bin besessen. Ich flehe und bettle sie an, ich weine sogar ein bisschen dabei.
Mutter verzeih mir, ich muss wissen, was du getan hast. Ich schluchze. Dann sehe ich wie ihr eine Träne über die Wange läuft.
Ich habe nichts getan. Ich habe gar nichts getan. Mir wurde das angetan und ich trage keine Schuld. Das mache ich nur für dich. Dann hast du es leichter. Das haben wir beide auszuhalten. Es dauert. Aber bald ist es vorbei. Wenn du liegst und wartest, vergeht auch die Zeit.
Ich will wissen, was in meinem Gesicht ist!, brülle ich.
Ich will meinen Sohn zurück!, brüllt sie.

Sie entfernt sich von mir, dreht sich um und lässt die Tür mit einem entsetzlichen Knall ins Schloss fallen.

Mutter! Mutter, komm wieder zurück zu mir! Ich kläffe, bis mir die Sabber auf das Kinn tropft und da muss ich vor Ekel aufhören. Die Ohnmacht über meine Machtlosigkeit begreife ich als vorübergehenden Umstand und mit diesem Umstand wurzele ich auf der senkrechten Seite meines Körpers. Ohne fremde Hilfe schaffe ich die Drehung auf den Rücken nicht. Stattdessen lasse ich mich so fallen wie ich liege, geradewegs, aus dem Bett zu Boden.

Das hört sie vermutlich von draußen, denn plötzlich rennt sie mit schnellen Schritten zurück ins Zimmer. *Junge!* Sie macht sich Sorgen um mich.

Mit einem kräftigen Ruck dreht sie mich auf die andere Seite, ich liege endlich auf dem Rücken und kann doch nicht entspannen. Vor lauter Verkrampftheit beiße ich die Zähne zusammen und mir wird schwindelig, es schießt mir ins Gehirn, aber mehr als umfallen kann ich nicht, ich liege bereits. Ich hasse Blut. Krampfhaft versuche ich mich zu artikulieren, versuche dabei die Hände in die Luft zu werfen, ihr zu zeigen, wieso mein Mund so verschlossen ist, aber sie versteht kein Wort, starrt mich nur entsetzt an und schüttelt mich.

Mach dein Maul auf, Junge! Hast du Schmerzen! Geht es dir nicht gut! Was ist los mit dir?

Die Flüssigkeit, vor der ich zu fliehen versuchte, läuft mir als eine Schleimspur am Mund entlang. Sie wischt mir mit ihrem Ärmel die Scheiße aus der Fresse. *Wie siehst du aus, du dummes Ding.* Dann steht sie auf, eilt aus dem Zimmer und kommt mit einem Glas Wasser zurück.

So!, sagt sie und stopft mir mehrere Tabletten in den Mund. *Die nimmst du jetzt, die nimmst du und dann geht es dir besser!* Sie kippt mir das Wasser hinterher. Mein Hawaiihemd wird nass. Um zu überprüfen, dass ich die Tabletten wirklich geschluckt habe, greift sie nach meiner Zunge und zieht sie ein Stückchen raus, bis ich zu röcheln anfange. Dann ist sie zufrieden. *So und jetzt gehst du zurück ins Bett.* Bevor ich begreife, was sie vorhat, hänge ich über ihrer Schulter und sie legt mich zurück ins Bett. *Einen neuen Verband bekommst du. Und wenn du aufwachst, ist alles ganz anders. Alles wird besser. Da kannst du Gift drauf nehmen, Junge.*

Als ich aufwache, ist es wieder dunkel und ich kann nicht genau erkennen, wer meine Hand hält. Ich kann nicht sitzen, es tut weh, aber ihr Händedruck beruhigt mich. *Junge, wie geht es dir.* Ich sehe nicht, wie es mir geht. Der Kopf scheint über meinen Rand hinauszuwachsen. Dick. Aber nicht schwer genug. Aber so dick sind auch ihre Augen, die warten, bis ich antworte.

Wie notwendig ist eine Geschichte, bis sie eine echte Geschichte wird? Zu welchen Mitteln greift sie. *Junge, es ist nicht so, wie es aussieht.*

IM SOMMER TRÄGT ER MANCHMAL EINEN HUT
IM SOMMER TRÄGT ER NICHT SO GERNE KURZE HOSEN
IM SOMMER GEHT ES IHM IMMER BESSER ALS IM WINTER
IM SOMMER SCHLÄFT ER LÄNGER ALS IM WINTER

IM SOMMER SITZT ER AUF DEM STUHL IM WOHNZIMMER UND BEOBACHTET DIE NACHBARN, MANCHMAL DAUERT DAS STUNDENLANG
IM SOMMER ISST ER NICHT SO VIEL WIE IM WINTER
IM SOMMER TRÄGT ER WEISSE SOCKEN
IM SOMMER FÄHRT ER MANCHMAL ANS MEER

Zum ersten Mal seit langer Zeit kann ich den Kopf wieder in die Richtung drehen, aus der das Geräusch kommt, die Ecke, aus der ich angesprochen werde.

Wie sieht es aus?
Denk nicht, ich habe dich nicht gerne.
Nein, das denke ich nicht.
Bist du dir sicher?
Ist das wichtig?
Natürlich ist das wichtig. Versprich mir, dass du das nicht denkst ...
Aber ich kann es dir versprechen und trotzdem nicht so meinen.
Nein, das kannst du nicht.
Warum nicht?
Mein Sohn lügt nicht. Und wenn mir mein Sohn etwas verspricht, dann meint er es so. Genauso. Und nicht anders. Also?
Also, was?
Versprichst du mir, dass du nicht auf solche Art und Weise über deine Mutter denkst?
Ok.
Nein. Sag: Ich verspreche es dir.
Warum?
Sag: Ich verspreche es dir.
Na gut, ich verspreche es dir.
Ich möchte, dass alles perfekt ist. Alles an seinem Platz ist. Dass wir uns um nichts mehr Sorgen machen müssen. Junge, glaub mir, das Gröbste haben wir schon hinter uns. Wirklich.
Das ist keine leichte Aufgabe, auch für dich nicht. Das weiß ich. Ich bin mir nicht sicher, ob sie das weiß. *Wenn die Leute Wind davon bekommen, dass mein Kind wieder da ist, sie werden durchdrehen. Und sie werden*

riechen, wenn irgendetwas nicht stimmt. Die Leute sind geschwätzig. Sie sind dumm. Und wenn sie etwas finden, werden sie sich auf dich stürzen. Das macht mir noch Sorge.
Aber Mutter, was ist, wenn sie mir nicht glauben?

ER WAR EIN SEHR GUTER SCHÜLER
ER HATTE NUR EINSEN UND ZWEIEN
ER SIEHT NICHT GERNE FERN UND WENN ER FERN SIEHT, GUCKT ER DIE NACHRICHTEN ODER EINE FOLGE DER SIMPSONS
ER HÖRT GERNE RADIO UND MERKT SICH DIE STAUWARNUNG
ER IST HÖFLICH KLUG UND HEITER

Zum ersten Mal, seitdem ich hier bin, macht sich eine Art Mitgefühl in mir breit. Mitgefühl für die, die mit ihren glasigen Augen nach Antworten sucht, nach Mustern, die ihre Welt beschützen. Uns beschützen.

Aber Junge, warum sollten sie dir das nicht glauben?
Jetzt fehlen mir schon die Antworten. *Du bist mein Sohn. Keiner wird das anzweifeln. Das ist die Wahrheit. Und es gibt nichts anderes dahinter.*
Jetzt sind wir still, weil wir es glauben oder weil wir wissen, dass es nicht stimmt. Sie fährt fort:

Ich habe dich mit dem Baseballschläger geschlagen, weil ich das alles nicht mehr ertrage habe. Und die Form deiner Nase auch nicht. Die Gesichtsform hat noch nicht ganz gepasst. Ich kenne einen sehr netten Arzt, der sich dazu bereiterklärt hat, mir zu helfen. Er hat ein sehr interessantes Programm auf seinem Laptop. Das ist ganz erstaunlich. Man lädt ein Foto hoch und das Programm zeigt dir an, wie die Person in so und so vielen Jahren aussehen könnte. Das benutzen sie auch bei der Polizei, wenn sie jemanden suchen, der lange weg war. Und als wir dein Bild hochgeladen haben, waren wir beide, der Doktor und ich, so erstaunt. Ich war etwas stolz auf mich, ich habe so einen guten Riecher, kein Wunder, dass ich dich gefunden habe, ich weiß immer was ich tue. Aber ihr beiden. Das kann ich nicht beschreiben. Seht euch so ähnlich. Niemand würde mir das glauben. Wie schade das ist. Alles bleibt ein Geheimnis. Niemandem kann ich das erzählen.

Wenn sie wüssten, was ich alles kann. Das kannst du dir nicht vorstellen, eine Mutter kennt doch ihren Sohn. Ich weiß, wen ich vor mir habe.

Ich bin so verwirrt, dass ich wirklich denke, meine Mutter sitzt vor mir. Sie legt eine Pause ein und wartet etwas länger, als diese künstliche Pausen zu dauern haben.
Nur die Nase hat euch voneinander unterschieden. Deine war viel zu groß. Du hattest einen richtigen Zinken. Aber der Rest. Meine Güte, Junge, das hättest du sehen müssen.
Du hast mir die Nase operiert?
Ja, sagt sie und strahlt.

ALS KIND KLETTERTE ER GERNE AUF BÄUME, BIS ER NICHT MEHR RUNTERKAM
ALS KIND HAT ER NIE GEWEINT
ER KANN BÜGELN, NÄHEN, KOCHEN UND BILDER AUFHÄNGEN

Wir leben in einer amerikanischen Serie, erklärt sie mir, *die Charaktere verändern sich. Das ist ganz normal.* Obwohl es angeblich normal ist, weint sie bitterliche Tränen. Ich nicht. Das beobachte ich von meinem Platz aus.

Ende Episode vier: Der Held ist nicht sauer auf seine Mutter.

TAXI

SEASON 1 EPISODE 5

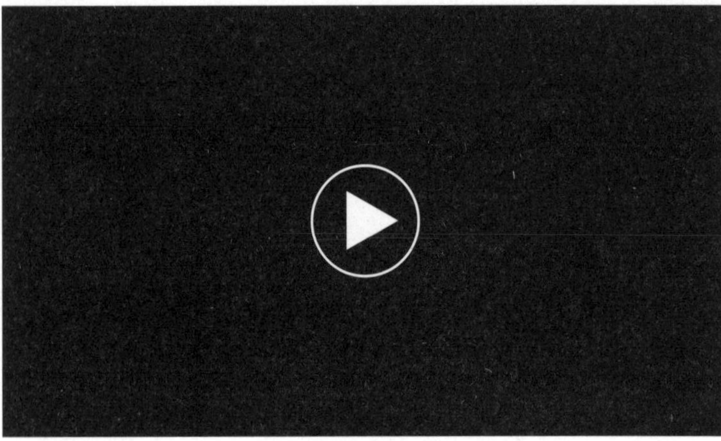

STARRING

ROSA KAPLAN & POLAT KAPLAN

New York Times critics' picks

»Groundbreaking«

In einem Hochhaus, das silberfarben gegen die Straße und weit über die Stadt hinausragt, das Straßen und Menschen als Miniaturspielzeuge verschwinden lässt, verlasse ich die Wohnung. In diesem Hochhaus lebe ich jetzt, von diesem Hochhaus werde ich als Miniaturspielzeug auf der Straße zu sehen sein, falls mich jemand von oben beobachten sollte.

Sechs Monate sind seit meiner Ankunft vergangen. Es ist September. Mutter hat mir eine neue Jacke für den Herbst gekauft. Es ist keine Tarnjacke. Heute früh, im Halbdunkeln, wurde mir die Jacke von Mutter angezogen.

Mit meiner neuen Nase und dieser neuen Jacke betrete ich zum ersten Mal nach Monaten die Straße, die vor Mutters Tür beginnt. Mir wird schwindelig. Die Straße, in der ich jetzt lebe, ist eine grüne Straße. Ich hebe meine Hand schützend vor den Kopf, um mich vor den Sonnenstrahlen, die leicht durch diesen sehr frühen Septembermorgen auf der Haut landen, zu schützen.

Das ist die Sonne. Hier stehe ich. Ich stellte mir vor, ich sei einer dieser Filmschauspieler, die in irgendwelchen amerikanischen Filmen oder Sitcoms durch die Tür treten und den kühlen Hauch der Luft auf ihrer Wange spüren, um dann das Haar zu schwenken, bis die Nachbarstochter rüber schaut, die ihn insgeheim seit Jahren, heimlich, dass es niemand mitbekommt (und es kriegt niemand mit), verehrt. Dieser Filmschauspieler stolziert ohne Furcht oder Bangen den Gehweg entlang. Die Blicke der anderen stören ihn nicht, im Gegenteil, sie beflügeln ihn und machen ihn zu dem, der er eigentlich ist. Er lebt für diese Momente und er saugt sie auf. Sonst geht er ein. Ich hingegen bin zum ersten Mal draußen, die fehlplatzierte Figur in einem Skript, das sich gegen die Bomben erheben will. Ich stehe auf der Türschwelle, rieche wie Mutter, sehe so aus wie Mutter. Wir sehen aus, wie wir uns fühlen: an die Geschichte genäht. Diese Frau, die hinter meinem Rücken auf der Straße lungert, verrenkt ihren Kopf panisch in alle Himmelsrichtungen. *Für diesen Tag haben wir hart gearbeitet. Wir sind einfache Menschen, die hart arbeiten. Wir haben uns die Geschichte verdient,* sagt sie.

Wenn wir die erste Person überstehen, Junge, dann ist alles gut. Ich schnaufe. *Ist dir kalt, Junge?* Ich schüttele den Kopf. *Hast du Hunger, Junge?* Nein. Ich schüttelte wieder den Kopf. Ihre Patschhand legt sich auf meinen Brustkorb und ich bin froh, ihre Zuneigung zu spüren. Natürlich kommt niemand vorbei, um uns zu beglückwünschen, dass Polat Kaplan, unerwartet und unverhofft oder vielmehr einfach so unversehrt, plötzlich-unversehrt, aus-dem-Nichts-unversehrt, wieder zurück ist.

Es ist 6:30 Uhr in der Früh und die Straße ist menschenleer. Alle schlafen noch. Wer könnte uns sehen? Mutter und ich haben letzte Nacht kein Auge zugemacht. Während ich mich im Bett hin- und herwälzte, hörte ich sie im Nebenzimmer Möbel umherschieben. Die Füße der Kommoden kratzten auf dem Boden und verschluckten ihre Stimme, die vor sich hin fluchte. Ich hätte ihr helfen können, aber dafür war ich selber viel zu aufgeregt. Unsere Unruhe war von großer Bedeutung, auch jetzt, und besonders an diesem Tag. Es ist eine Aufregung, die als Frequenz gegen die Welt dient. Wir wissen, dass der heutige Tag unser großer Tag ist und der größte Tag meines Lebens quasi. Alles beginnt jetzt. Oder nicht. Aber es ist der Tag, an dem unsere amerikanische Serie wirklich beginnt, mit mir in der Hauptrolle, als schöner, junger, sanfter (oder hauchzarter), herzbrechender, mutiger Adonis, der nach Jahren der Abwesenheit zurückfindet. Und Mutter, als zweitwichtigster Charakter, der liebevolle Felsen, der anmutig kocht und sich kümmert, dem nie etwas Gutes passiert, wie sie sagt, die wiederum den neuen Tag ihres Lebens mit einer neuer Haarfrisur (blond) beginnt. Sie sagt, *alle bedeutenden Person in einer Serie haben blonde Haare.* Ich weiß nicht, wen sie meint.

Aber Mutter und ich, wir sind aufgeregt und das können wir nicht verbergen. Es ist nicht das Ende der Welt, versuche ich mir einzureden. Während ich mit ihr rede, nehme ich ihre Körperhaltung ein, damit wir nicht voneinander zu unterscheiden sind. *Mutter, ich glaube es ist zu früh.*
Das kann sein, mein Junge. Aber wir bleiben noch ein Weilchen vor der Tür, oder nicht?

Ja. Die Zeit vor der Tür überbrücke ich genau wie sie, ich streiche die Sitzfalten aus meiner Hose glatt.

Der schmale Fußweg, der von Mutters Wohnung in die große Straße mündet, ist grau. Links und rechts am Fußweg entlang ragen in unregelmäßigen Abständen Zwerge, die zur Dekoration an einer Stange ins Gras gedrückt sind. Da gibt es einen Opa-Zwerg mit einem grauem Vollbart, einen Nicht-Opa-Zwerg, zwei weitere Nicht-Opa-Zwerge und einen Zwerg, der auf einem Rentier sitzt.
Magst du Zwerge?, frage ich sie und kann es mir nicht verkneifen.
Was?, antwortet sie*, Oh, die Zwerge, ja, waren im Angebot,* raunt sie mit bleierner Stimme. Als ich mich zu ihr umdrehe, steht sie verkrampft zwischen Türrahmen und Fußmatte, die Haustür zum Treppenhaus immer noch sperrangelweit offen, weil sie dagegen lehnt. Wäre ich ein Kind, wäre ich sehr traurig darüber, wenn noch niemand da wäre.

Als Kind habe ich meine Geburtstage nie gerne gefeiert. Ich habe meinen Geburtstag gefeiert, weil die anderen Kinder ihre Geburtstage gefeiert haben. Das habe ich von ihnen gelernt. Die Person, die man nicht einlud, die lud einen beim nächsten Mal auch nicht ein. Ich erinnere mich nicht mehr an vieles, aber an so viel erinnere ich mich.
Und es gab eine Sache, die werde ich niemals vergessen: Am Tisch zu sitzen und den Moment auszuhalten: Wenn alle ein Geburtstagslied für dich trällern und du, ich, starr, eingekesselt von den anderen um mich, dich, herum in der Mitte sitzt und versuchst zu lächeln, aber eigentlich nur, weil man muss. Sie singen und klatschen, aber du weißt, sie singen und klatschen nur, damit sie nicht weinen, weil sie nicht Geburtstag haben und keine Geschenke bekommen, und ich, du, wir gucken panisch umher oder suchen einen Fleck, auf den wir uns fixieren können. Wie grauenvoll das für mich war. An meinem elften Geburtstag saß mir der Einäugige gegenüber, als er noch nicht der Einäugige war. Als alle um mich herum anfingen zu singen, saß er da bloß, mit verschränkten Armen und stimmte nicht mit ein. Ich muss zugeben, dass er mich damals etwas aus dem Konzept gebracht hat. Was ich mehr hasse, als Geburtstag zu haben und in der Mitte sitzen zu müssen, während alle anderen für mich singen? Genau. Ich

hasse Kinder, die sich an meinem Geburtstag um mich herum verteilen, von meinem Kuchen fressen und mich anstarren, statt für mich ein Geburtstagslied zu singen.

Aber Mutter wartet nicht auf die anderen Kinder, Mutter wartet auf die Nachbarn, die eigentlich auf mich warten, die davon aber noch nichts wissen. Ihre Unwissenheit ist die Voraussetzung für das Spektakel, also dass Mutter mich präsentieren kann. *Junge,* flüstert sie in mein Ohr. *Also, was sagst du, wenn sie fragen, wo du warst?* Wie ein wahrhaftiger Filmschauspieler, der für seine Rolle lebt, verdrehe ich die Augen leicht nach hinten, die Geste soll signalisieren, dass ich natürlich weiß, was ich sage und vor allem, wie ich es sage. Mein Selbstbewusstseinsschub gefällt ihr und sie nickt mich eifrig an, zieht vor Vorfreude ihre Schürze zurecht, streicht ihr Haar glatt und steckt sich ihre Spängchen ordentlich zurück an ihren Platz.

Ich erinnere mich nur noch daran, ich beginne meinen stilsicheren, leicht improvisierten Monolog, *dass ich am Euphrat aufgewacht bin.* Eine künstliche Pause wird eingelegt. *Wochenlang bin ich umhergeirrt, oder monatelang, ich weiß es nicht mehr.* Die Stimme senkt sich, wie meine Stimmung. *Ich trug nur noch Fetzen am Leib.* Ich gucke an meinem Hemd runter und rüttle an dem Stoff, um die Fetzen nachzuahmen. *Nicht einmal meine Uhr, ein Geschenk meiner Mutter, trug ich länger am Handgelenk.* Ich schüttele mein Handgelenk, um die Uhr zu markieren, die nicht mehr da war und nicht mehr da ist. *So irrte ich einige Zeit umher, bis meine Erinnerung nach und nach zurückkam. Auf schnellstem Wege versuchte ich zu meiner Mutter zurückzukehren.* Ich sehe meine Mutter an. *Ich konnte nur noch an meine Mutter denken.* Mit dem letzten Satz verändere ich meine Mimik, bekomme Kulleraugen, die es sich zur Aufgabe machen, zwischen Trauer und Auflösung meinen Gegenüber aufzulösen. Das übte ich die letzten Tage mehrere Stunden lang, immer vor dem schlafen gehen. Aber natürlich weiß ich, dass es derselbe Moment ist, den ich über mich ergehen ließ, als der Einäugige zum Einäugigen wurde. Und deshalb fällt es mir besonders leicht. Die Erfahrung, die ich gemacht habe, verändert nicht immer mein Leben, aber ich habe nicht vergessen, wie ich damals reagiert habe und mir dadurch alle geglaubt haben. Meine Taktik ist dieselbe.

Fantastisch!, sagt sie. Mutter ist stolz auf mich. Ich bin auch stolz auf mich. Mutter klatscht. *Aber Junge,* sie packt mich am Kragen, *was ist mit dem Bären? Du hast ausgelassen, dass du ganz alleine gegen den Bären gekämpft hast!* Mutter verliert sich in den vielen Geschichten. *Den du dann eigenhändig gezähmt hast.* Da schmunzle ich zum ersten Mal an diesem Morgen über sie und wäge ab. *Nein, das ist übertrieben. Das glaubt uns keiner. Am Euphrat gibt es keine Bären.*
Das ist egal, das ist unser Skript, alles ist wahr.
Das glaubt uns keiner. Ich wiederhole mich. *Schade,* sagt sie und lässt meinen Kragen los.

Es müssen wohl vierzig Minuten verstrichen sein, ehe wir einen Mann auf einem Fahrrad langsam auf uns zukommen sehen. *Der Postmann,* quietscht Mutter, *schnell Junge, in die richtige Position.* Sie drückt meinen Kopf an ihre Schulter, umschlingt mich mit beiden Händen. Meine Arme streifen ihre starken Hüften links und rechts. Ich merke, wie sie hinter meinem Rücken mein Hemd zurecht zieht. Das gehört sich nicht. Ich kriege keine Luft mehr, weil ich zwischen ihrer Schulter und ihrem Nacken klemme. Ich mache dabei ein Geräusch um Luft zu holen, sie aber denkt, ich fange schon an und tut es mir gleich, verärgert wie ich bin, reiße ich mich los, weil sie ungeduldig ist und alles falsch macht und mich um meinen gelungenen Start meiner neuen amerikanischen Serie (oder Sitcom) mit mir als Hauptdarsteller (nicht zu vergessen: junger, schöner Adonis) bringt. Als ich sie anbrüllen will, sehe ich, wie der Postmann die Briefe in den Briefkasten schmeißt, sich nicht weiter für uns interessiert, sich mit seinen Kopfhörern im Ohr wieder zurück auf sein Fahrrad schwingt und uns bloß aus Höflichkeit (das bemerke ich sofort) einen schönen Tag beim Wegfahren wünscht.
Scheiße, flüstert Mutter.
Ich: *Scheiße. Warum hat er nichts gesagt? Er hat mich doch gesehen, oder nicht?* Sie wirft die Blumen auf den Boden, die sich sich selber heute Morgen um fünf an der Tankstelle gekauft hatte.
Das macht nichts, Junge. Er hat es wohl nicht verstanden. Wir lassen uns

davon nicht beirren. Im Zweifelsfall ist er neu hier, ich glaube, ich kenne ihn gar nicht. Ich bin frustriert. *Kopf hoch, Junge!*, sagt sie, um mich aufzumuntern. *Wir haben noch nicht angefangen. Wenn dich erst die Nachbarn sehen. Die werden staunen. Ja, dann habe ich es allen gezeigt. Mein Junge ist wieder zurück, so wie ich es immer gesagt habe. Ich habe gesagt, eines Tages kommt mein Kind zurück. Und jetzt werden mir alle glauben, wirklich alle! Keiner wird mich mehr mitleidig anglotzen, wenn sie mich fragen, wie es mir denn heute geht und was ich so mache. Interessiert sowieso keinen. Aber jetzt, ha! Niemand kann mich mehr verarschen. Und dich auch nicht! Bist du aufgeregt, Junge?*
Ein wenig, antworte ich.
Das macht nichts, Junge. Aufregung ist immer gut. Das ist das Gegenteil von Langeweile. Stell dir nur einmal vor, dir wäre jetzt langweilig. Wäre das nicht schrecklich?
Das wäre wohl schrecklich, entgegne ich.
Siehst du, sagt Mutter selbstsicher. *Ja, siehst du!*, sagt sie noch einmal zu sich selbst.

Auch das versuchen wir auszuhalten. Wir fangen an, einer alten Geschichte einen neuen Anfang zu geben. In meinem alten Leben wäre ich jetzt aufgestanden, hätte mich angezogen, ohne Socken, wäre barfuß auf den Dielen gelaufen, was Mutter nicht mag, hätte die Teetasse in der Hand, weil der Kaffee wieder alle wäre, würde verdutzt in die Kaffeedose starren, mich langweilen und gedanklich abschweifen, nur um dann meinen Tee auszutrinken oder eine Schüssel Cornflakes zu verschlingen. Danach käme nichts.

Weil uns noch immer niemand entdeckt hat, gieße ich mit Mutter die Blumen im Vorgarten, die neben den Zwergen groß werden. *Keine Zeit verschwenden,* erklärt sie beim Gießen. Dann sammeln wir Müllreste auf und reden nicht miteinander. Das ist nicht unerträglich, denn ich habe mich unerklärlicherweise daran gewöhnt. Ich gucke auf die Uhr, es ist 7:15 Uhr. Mutter schielt auch auf die Uhr und murmelt entnervt: *Warum schlafen die noch? Heute ist mein großer Tag und die verpennen!* Sie tritt gegen einen Gartenzwerg. Ich eile zum Zwerg und stelle ihn wieder richtig auf.

Das macht nichts Mutter, gleich kommt bestimmt jemand.
Sie sollen nicht gleich kommen, sondern jetzt. Wie lange sollen wir denn noch warten? Wenn die wüssten, wie lange wir hier schon stehen! Wir haben monatelang geprobt! Unsere amerikanische Serie ist nach draußen getreten! Das ist Folge fünf! Sie sollten sich schämen! Mein Kind ist zurück! Wieso kommt keiner, um mich zu beglückwünschen?
Aber woher sollen die anderen das denn wissen?, frage ich.
Sie sollten es wissen!, setzt sie empört entgegen.
Aber woher, Mutter?
Na, einfach so. Sie sollten es wissen, Junge. Punkt. Sie tritt noch einmal gegen den Zwerg, der wieder umfällt. Dann starrt sie mehrere Sekunden auf ihre Verwüstung, geht runter in die Hocke und stützt die Hände auf ihren Oberschenkeln ab. Ihre Schürze bildet eine Kuhle zwischen den Schenkeln. Sie sieht aus wie ein Sumo-Ringer. *Ahaaaaa! Junge, folge mir!*

Schnurstracks läuft sie zurück in Richtung Hauseingang. Ich habe Schwierigkeiten, ihr zu folgen. Vier meiner Schritte sind so lang wie zwei ihrer Schritte. *Mutter,* flüstere ich verärgert. Der Plan, dem sie jetzt folgt, ist ein neuer Plan und weicht von unserem Skript ab, das wir uns mühevoll erarbeitet haben. Und ich bin Schauspieler, ich lebe für den Text, den ich auswendig gelernt habe, um ihn zu spielen. Ich eile ihr hinterher. Als sie sich zu mir dreht, bin ich zu langsam, um abzubremsen und wir knallen beide fast ineinander. Eine Strähne der Aufregung löst sich aus ihrem Haar und fällt ihr ins Gesicht. Mit dem rechten Arm hakt sie sich bei mir ein. *Ich gehe da jetzt rein.* Ich folge dem Zeigefinger, der auf die Haustür zeigt. *Dann klingle ich unten bei Frau Batic und werde aufgelöst sein. Natürlich ein bisschen flennen, sonst glaubt mir das keiner.* Sie lacht. *Wobei.* Mutter legt eine Pause ein. *Wobei, wenn ich wie Esra wäre, würde ich nicht weinen. Mh.* Mit dem Zeigefinger und ihrem Daumen berührt sie ihr Kinn und denkt weiter nach. *Mh, nein. Nein, nicht wie Esra. Ich bleibe lieber nah beim Skript. Improvisation nennt man das. Also ich werde bei Frau Batic klingeln und aufgelöst sein. Entsetzt wird sie aus allen Wolken fallen und nicht verstehen, was los ist.* Sie lächelt mich an. Ich lächle zurück. *Aber dann.* Sie gluckst. *Dann kommst du ins Spiel. Irgendwann werde ich auf dich zeigen und du wirst*

ungefähr ... Sie packt mich und zerrt mich auf die erste Stufe des Treppenhauses, zwischen Briefkasten und Mülleimer. *Du wirst hier stehen. Verstanden?* Der Briefkasten ist gelb.
Nein, ich verstehe nicht so ganz. Was machen wir jetzt?
Sie schnauft auf.
Junge, das ist nicht so schwer. Wir können unsere kostbare Zeit nicht mit Warten verschwenden. Ich habe genug gewartet. Wir nehmen die Dinge einfach selber in die Hand. Anstatt auf diese verpennten Nachbarn zu warten, wie es im Skript steht, wecken wir sie alle auf! Ich kann auch nichts dafür, dass sie ihre eigenen Auftritte verpennen. Aber wenn wir mit Frau Batic anfangen, weiß sowieso die ganze Straße, was passiert ist.
Der Mülleimer ist auch gelb.
Ist sie nett?
Das ist nicht wichtig. Sie ist nur eine Nebendarstellerin, die die Geschichte ins Rollen bringt. Die sind aber wichtig. Aber diesmal wird sie mir wirklich helfen. Okay. Ich zähle bis drei und dann geht es los. Bist du bereit?
Nein, antworte ich. Aus ihrem Grießbreigesicht strahlt mir ihre Enttäuschung entgegen.
Warum nicht, Junge?
Was ist, wenn sie misstrauisch wird? Auf einmal habe ich Angst, dass mich jemand entdecken könnte. *Was ist, wenn sie uns nicht glaubt? Oder etwas sagt, was du mir nicht beigebracht hast?*
Ihre Ohrläppchen werden rot.
Hör auf mich zu ärgern! Und sie ringt mit ihren Tränen.
Ich ärgere dich doch gar nicht.
Doch, das tust du. Mit diesen sinnlosen Sätzen. Auf diesen Tag habe ich mein ganzes altes Leben gewartet. Dieses Skript habe ich mir jahrelang mühsam erarbeitet. Jeder Satz ist wahr! Ich habe solange gewartet. Auf diesen Tag allein. Dann fängt sie an zu weinen, dreht sich weg von mir und setzt sich auf die Treppe, die zur Haustür führt, die immer noch offen steht. Jetzt tut sie mir leid. Ich zähle bis zehn, ehe ich mich zu ihr setze. *Ich bin bereit.* Abrupt hört sie auf zu weinen und dreht sich zurück zu mir. Sie sieht aus wie eine Qualle. Mutter steht auf und rennt ins Treppenhaus.
Auf der Straße ist immer noch niemand, aber drinnen herrscht die Stimme meiner Mutter. Sie kreischt etwas Unverständliches und dann

hörte ich eine Tür knallen. Und dann ruft Mutter nach Frau Batic, in einem sehr unwichtigen Tonfall. Dann ist es kurz leise. Langsam laufe auch ich rein. Es ist still. Das Gekreische hat aufgehört und Mutter ist nicht auf dem Platz, auf dem sie stehen sollte. Die Wohnungstür, die zu Frau Batic gehört, steht offen, aber in der Tür steht keiner. Was soll ich jetzt tun? Zur Wohnungstür laufen? An der Tür stehen und klopfen? Sofort in die Wohnung stürmen zu Mutter? Oder bleibe ich hier stehen? Und warte, bis Mutter kommt? Oder Frau Batic? Oder beide?

Vor Aufregung mache ich gar nichts. Ich halte mich am Treppengeländer fest. Bestimmt ist schon eine Minute vergangen. Es ist immer noch still. Ein Tuscheln ist aus der Wohnung zu hören. Ich laufe zwei Treppen auf einmal hoch. Meine Stiefel knarren und ich verziehe das Gesicht. Ich trage die Stiefel, die mir zu klein sind und eine dreckige Uniform, aber mit meiner neuen Jacke drüber. Ich lasse mir nichts anmerken. Egal, denke ich, das ist wie im Film, in den amerikanischen Filmen oder in den Sitcoms. Mit jedem Schritt, der mich näher in die Richtung der Tür bringt, halte ich die Luft an. Der Krieg ist vorbei und der Hauptdarsteller ist zurück. Der Krieg ist vorbei und der Hauptdarsteller hat alle gerettet. Als ich endlich vor der Tür stehe, sehe ich, wie Mutter auf dem Boden liegt, es sieht ungemütlich aus. Aber sie wirkt entspannt und macht den Eindruck, als sei sie am Strand auf einer Sonnenliege. Als sie mich sieht, nickt sie mir entgegen und zwinkert mir zu. Vor ihr steht eine Frau, die ist alt, wie Mutter. Auch ihre Haare sind gefärbt. Aber nicht so wie Mutters Haare, die jetzt blond sind. Nein, ihre Haare sind dunkelrot. Frau Batic trägt eine goldene Brille, die rund ist wie ihr Kopf, und auch mit einem Band um den Hals getragen werden kann. Das Band ist glitzerfarben. Frau Batic trägt gerne weite T-Shirts mit Aufdrucken oder irgendwelchen Sprüchen in irgendwelchen Sprachen. Auch wenn sie nicht versteht, was drauf steht, trägt sie das T-Shirt. Meistens, weil ihr die Farbe oder das Motiv gefällt, so erzählte Mutter das zumindest. Heute trägt Frau Batic ein schwarzes T-Shirt mit einem rot-grünen Schriftzug. Ich lese LA VIDA LOCA oberhalb ihrer Brust. Frau Batic ist schon angezogen und nicht im Schlafanzug, denn sie geht mit ihren Klamotten für den nächsten Tag am Abend zuvor ins Bett. So spart sie jeden Morgen drei Minuten, erklärte Mutter einmal. Dazu hat sie einen knöchellangen orangenen Rock an, der mit rosa Blumen bestickt ist. Von Mutter weiß ich: Frau Batic ist zwei Jahre älter als Mutter. Das macht sie zu einer fünfundsechzigjährigen Frau. Seit dreißig Jahren wohnt Frau Batic in diesem Haus und seit dreißig Jahren ist Frau Batic Mutters Nachbarin. Frau Batic ist eine Frühaufsteherin, die sich gerne mittags noch einmal hinlegt. Als Kind wurde sie in Bulgarien geboren, aber da lebt sie nicht mehr, weil wir nicht in Bulgarien sind. Frau Batic spricht hier kein Bulgarisch mehr. *Das sei vorbei,* erzählte sie meiner Mutter, die es wiederum mir erzählte. Wenn sie jemanden Bulgarisch auf der Straße sprechen hört, tut sie so, als verstünde sie nichts. Wenn man sie fragt, wo sie eigentlich herkommt, sagt Frau Batic immer: *Aus meiner Wohnung. Ich komme aus meiner Wohnung.* Irgendwann hat sie niemand mehr gefragt und Frau Batic war traurig darüber. Das hat sie aber keinem erzählt und das weiß ich auch nur von Mutter und die weiß es von Frau Batic, obwohl Frau Batic nicht darüber spricht. Ihr Mann ist vor zwanzig Jahren abgehauen und Frau Batic ist froh, weil der Mann von Frau Batic, der Ivan hieß, ein Taugenichts gewesen ist, sagt Mutter. Frau Batic hat keine Kinder, aber eine Geige. Die spielt sie manchmal und weint dabei, weil sie denkt, sie ist wieder jung und zurück in Bulgarien, weil sie als junges Mädchen Geige in Bulgarien gespielt hat. Alle sehnen sich immer nach Zuhause.

Mutter schnauft und Frau Batic schnauft nicht. Auf der Rückseite ihres T-Shirts strahlt mir in glitzernden Buchstaben QUE PASA entgegen. Das irritiert mich. Ist das echt? Meinen wir alle dasselbe? Mutter zeigt mit dem Finger auf mich, immer noch liegend. Um ihrer Verzweiflung weiter Platz zu machen, verdreht sie dabei die Augen, als ob sie kurz vor der Ohnmacht stehe. Frau Batic kniet sich runter zur Mutter und blickt zwischen Mutter und mir hin und her. In dem Moment, in dem Frau Batics Blick auf Mutter haftet, schaue ich Mutter besonders eindringlich an, damit sie merkt, dass ich etwas überfordert bin. Aber Mutter sieht das nicht. Denn Mutter übertreibt ihre Rolle, als könne sie aufgrund des Geschehens nicht geradeaus sehen, so als könne sie nicht anders als aus Verzweiflung zu schielen. Dann zeigt Mutter wieder mit dem Finger auf mich und sagt mit schwacher, brechender und bebender Stimme: *Da!* Und macht sich nicht einmal die Mühe in die Richtung zu gucken, in die sie zeigt. Frau Batic guckt auf den Zeigefinger meiner Mutter und auch ich tue es ihr gleich. Dann schauen wir beide aus der Wohnungstür heraus, weil das die Richtung ist, in die der Zeigefinger meiner Mutter deutet, obwohl Mutter ja eigentlich nur mich meint. Irgendwann sieht mich dann Frau Batic an. Ihre Blicke sind nicht eindringlich. Sie deuten von ihrem Desinteresse. Das weiß ich, weil ich das gut kenne. Mein Hemd klebt vor Aufregung an mir, und ich klebe aus der Ferne an Mutter und warte immer noch auf meinen Auftritt. Auf dem rosafarbenen Teppich rollt sich Mutter wie eine Robbe von Seite zu Seite, bis ihr Kopf auf Frau Batics Schulter liegt und Frau Batic dabei fast umfällt, aber im letzten Moment noch das nötige Gleichgewicht bewahrt. *Wer ist das?*, fragt Frau Batic Mutter, während sie mich ansieht und von mir spricht, sich aber zurück zu Mutter wendet. Das ist kein glücklicher Moment für mich. Mutter hievt sich, weiter als Robbe getarnt, obwohl sie eine Mutter spielt, in die nächsten Halbdrehung und landet auf dem Bauch. Mutter ist ein unduldsamer Mensch. Mutter gibt ein Schnaufen von sich. Und ich weiß, dass sie dabei wieder die Augen verdreht, weil sie immer sagt, *so mache man das in Filmen bei bedeutenden Szenen,* während sie versucht den Kopf in den Teppich zu bohren. Auch ich bin ein unduldsamer Mensch und kralle mich so lange an der Garderobe von Frau Batic fest, die neben der Tür an der Wand befestigt ist, bis einige Jacken auf dem Boden landen, auf dem Mutter weiterhin als Robbe lebt. Mutter und ich buhlen um dieselbe Aufmerksamkeit. Das ist immer so in den amerikanischen Filmen oder Sitcoms. Und wir sind die neue, beste Serie. Amazon und Netflix Nummer 1 Click-Hit, die Gewinner des New York Times Critic Awards. Die zwei Hauptcharaktere kämpfen um die Gunst der Zuschauer. Die zwei Hauptcharaktere vertrauen ihrer Darstellung. Frau Batic weiß es nicht, aber mit ihrer Gunst beginnt unsere Geschichte. *Was geht hier vor?*, sagt sie zu mir, meint aber Mutter. *Wer ist das?*, sagt sie dann und zeigt auf mich.

Ich bin davon überzeugt, dass ich gemeint bin. Ich gebe ein Geräusch von mir, es klingt nach dramatischer Musik in einer dramatischen Serie. *Wer ist das?*, fragt Frau Batic im selben Tonfall. Weder ich, noch

Mutter antworten auf diese Frage. Mein Geduldsfaden reißt, natürlich nur innerlich, äußerlich lasse ich mir nichts anmerken oder versuche es zumindest, aber ich kann meine Enttäuschung nicht verbergen. Ich habe nicht meinen Job gekündigt, um in irgendeiner Tür zu stehen und mir anzuhören, dass ich nicht wiederzuerkennen bin. Mutter versucht sich zur Wand zu drehen, um sich dann aufzurichten oder dem Teppichboden zu entkommen. Mit der Hand stützt sie sich an der Wand ab, bis sie sich so dagegenstemmen kann, dass es aussieht, als wolle sie sich aufrichten. Doch sie spielt, dass es nicht funktioniere und wendet den Kopf zu Frau Batic zurück. Mutters Haare sind zerzaust, zwei ihrer Spangen fehlen. Das Jackett ist offen und der Busen drückt gegen das weiße T-Shirt, das sie darunter trägt. Die Laufmaschen ihrer Strumpfhose werden immer größer, wegen der Robberei am Boden. Frau Batic steht auf und bringt Mutter ein Taschentuch. Dankbar greift sie danach und wischt sich das Gesicht einigermaßen trocken, rotzt sich dann ordentlich die Nase frei. Um ihrer Trauer eine Form zu schenken, knüllt sie das vollgerotzte Taschentuch in ihrer Handinnenfläche zusammen und wirft es in eine Ecke. Es fliegt nicht sehr weit weg von ihr. Frau Batic kniet sich wieder zu Mutter herunter und packt ihre Schultern. *Rosa,* und sie klingt ernst, *was ist los? Was geht hier vor sich?*, jetzt klingt sie besorgt. Mutter antwortet nicht, Frau Batic packt sie fester, Mutter quietscht. Dann fängt Mutter sehr laut an zu weinen, dass auch ich sehr berührt davon bin. Wirkliche, echte, dicke Krokodilstränen kullern ihr bis zum Kinn herunter, wo sie dann in einer Halsfalte verschwinden. Ich klebe unbeweglich an der Garderobe fest. Das ist gut oder schlecht. Mutter wird von Frau Batic nicht in den Arm genommen, aber Mutter weint einfach weiter. Frau Batic lehnt sich an die Wand und rutscht mit dem Rücken an ihr herunter, bis auch sie auf dem Teppich sitzt, Mutter gegenüber. So vergehen vielleicht fünf bis sieben Minuten oder vielleicht sind es auch nur zwei. Frau Batic und ich, wir schweigen und Mutter weint weiter. Da ich es nicht mehr aushalte, kann ich nicht anders und weine leise mit. Also nicht wirklich, aber zumindest so, dass auch mir heiße Tränen über die Wange laufen und auch ich langsam, sehr langsam, mit dem Rücken an die Wand gelehnt herunterrutsche. Das heißt: Auch ich bin halb sitzend, halb liegend auf dem Boden wiederzufinden. Dort liegend, starre ich meine Schnürsenkel an, die sind schwarz, wie meine Stiefel. Ich fange nicht an mitzuspielen, weil unser Publikum Frau Batic heißt, sondern wegen des Gedankens, der sich in mir einschleicht: Als Mutter weinte, sehr bitterlich, spürte ich zum ersten Mal Neid in mir aufkommen. Ich war neidisch auf das Kind, das sie beweinte, das ich nicht bin, sondern nur nachempfinde.

Frau Batic steht auf. Sie und QUE PASA verschwinden hinter einer Tür. Es muss die Küche sein, ich höre Gläser klirren und es riecht sogar nach Essen. Es riecht fast wie Zuhause. Als ich mich zurück zur Mutter drehe, dreht sich Mutter nicht zu mir. Sie bemerkt gar nicht, dass ich sie ansehe, sondern starrt weiter etwas verschallert vor sich hin, geradewegs durch die Wand hindurch. *Mutter,* hauche ich und fuchtle dabei panisch mit der Hand herum, damit sie mich schnell ansieht, bevor Frau Batic zurück ist. Auf das Fuchteln reagiert sie nicht. Jetzt bin ich nicht mehr neidisch, sondern genervt. Wenn sie mir diese Show kaputt macht, werde ich ihr das nie verzeihen oder ich rede einfach nicht mehr mit ihr oder ich haue ab und schreibe die Geschichte um. Ich greife nach einem der Hausschuhe, die säuberlich in einer Reihe unter der Garderobe aufgereiht sind, und fuchtle wieder mit dem Arm, damit sie, wenn sie denn guckt, sieht, dass ich gleich den Hausschuh werfe, wenn sie nicht bald reagiert. Sie heult weiter und ich werfe den Schuh in ihre Richtung, treffe sie nicht, ich habe sie verfehlt, der Schuh landet hinter ihr im Wohnzimmer (nehme ich an) und landet auf der Fensterscheibe, die Vase, die vor dem Fenster auf dem Fensterbrett steht, fällt zu Boden. Mutter schreckt auf, Frau Batic in der Küche auch. Dort höre ich Gläser klirren, vor Schreck muss sie wohl etwas fallen gelassen haben. Die Küchentür geht auf und Frau Batic und LA VIDA LOCA auf der Vorderseite ihres T-Shirts kommen angerannt. Erst sieht sie mich, dann Mutter, dann die Vase. *Genug jetzt!*, sie brüllt nicht ganz, aber ein bisschen. *Rosa, was geht hier vor sich?* Mutter rafft sich auf, weil sie spürt, dass unsere Zeit gekommen ist, stemmt sich auf das linke Knie und steht auf. Sie schnauft und knöpft sich die Jacke zu, blickt in den Spiegel und murmelt: *Oh, Gott. Wie sehe ich aus.* Dann holt sie einige Male tief Luft. Es ist 7:55 Uhr und Mutter sagt zu Frau Batic, dass ihr Sohn zurückgekehrt sei.

Was?, schnappt Frau Batic entsetzt.
Ja, sagt Mutter, *da ist er. Mein Sohn. Das ist Polat.* Sie zeigt wieder auf mich, obwohl wir drei die einzigen Personen in diesem Raum sind. *Polat ist wieder zurück,* erklärt sie noch einmal.
Was?
Er ist zurück!, kreischt Mutter. *Habe ich nicht gesagt, er ist nicht tot? Das habe ich euch allen gesagt.* Das ist Mutter besonders wichtig. *Und niemand hat mich ernst genommen.* Das auch. *Alle wollten mich nur trösten und dachten, alles sei vorbei, weil das Leben meines Kindes angeblich vorbei war. Aber er ist zurück. Polat ist zurück.* Fassungslos blickt Frau Batic zwischen Mutter und mir hin und her.
Ich verstehe nicht, murmelt Frau Batic.

Wieso freust du dich nicht für mich?, kreischt Mutter.
Ich freue mich für dich, sagt Frau Batic freudlos. Die Ärmste, sie steht unter Schock.
Nein, du freust dich gar nicht, das höre ich an deiner Stimme.
Ich kann es nur nicht glauben, Frau Batic versucht, sich zu erklären.
Ich kann es doch auch nicht glauben. Mutter grinst.
Aber ich verstehe nicht. Mutter unterbricht sie: *Ja, ich auch nicht, aber das ist egal, weil Polat wieder da ist.*
Aber, wo war er?
Wie, wo war er?
Wo war er die letzten Jahre?
Verschollen.
Wie verschollen?
Na, verschollen halt.
Ich dachte, er sei tot?
Er ist aber nicht tot, weil er hier vor uns steht. Tadaaa, Mutter öffnet ihre Arme.

Endlich dreht sich Frau Batic zu mir um, putzt sich die Brillengläser mit ihrem T-Shirt sauber und setzt sich die Brille auf die schiefe Nase. Sie mustert mich und neigt dabei den Kopf schräg zur Seite. Mit der rechten Hand hält sie die Brille am Gestell fest, die andere Hand verbirgt sie hinter ihrem Rücken. Sie guckt, als ob sie durch ein Mikroskop sehe, versucht ihre Konzentration nicht zu verlieren. Frau Batic läuft einmal um mich herum und dann noch einmal, fährt mir durch die Haare, bis meine Haare verwuschelt sind. Auch sie zupft an meinem Hemd, sie hebt und senkt meine Arme (warum weiß ich nicht) und lässt mich nicht aus den Augen. Plötzlich sagt sie: *Polat, was stehst du wie ein Fremder da? Willst du deine Tante Batic nicht umarmen?* Sie spreizt ihre Arme und nimmt mich in Empfang. Frau Batic ist noch kleiner als Mutter. Ihr Kopf passt unter mein Kinn, aber Frau Batic versucht mich an ihre Brust zu drücken. Ich wehre mich nicht und mache einen Buckel, sodass ich auf ihre Brust passe.

Ich suche Mutter und finde sie in der Ecke. Mutter verdreht die Augen und ich lache heimlich. Aber mir entgeht nicht, dass sie nicht so froh ist, wie sie eigentlich sein sollte.
Frau Batic: *Ich stehe unter Schock.* Mutter antwortet nicht. Frau Batic: *Ich kann es wirklich nicht glauben. Das wird keiner glauben.*
Nein, niemand, fügt Mutter aus der Ecke hinzu.
Und wir dachten alle, er sei tot. Plopp und tot. Plopp und zurück. Die Brillengläser werden noch einmal geputzt. *Ich dachte auch, dass du tot bist Polat.* Jetzt sieht mich Frau Batic sehr wehleidig an. *Was soll ich sagen? Ojemine. Was soll ich sagen. Das ist. Also. Ich weiß nicht. Meine Güte. Das ist. Das kann doch nicht. Wenn ich es selber nicht gesehen hätte, würde ich glauben, das ist ein schlechter Film.* Frau Batic lacht. Mutter und ich nicht. *Aber wie wir sehen, ist das kein Film,* betont sie. Sie lacht noch einmal. *Zum Glück, oder,* fährt sie fort. *Mein Sohn ist zurück,* flüstert Mutter leise und klatscht in die Hände.

Setz dich, setz dich, du musst mir alles erzählen! Frau Batics Stimme überschlägt sich.
Ich kann mich nicht erinnern, hauche ich. Es ist das erste Mal, dass ich rede oder versuche zu sprechen, um mich zu erklären.
Er kann sich nicht erinnern, wiederholt Mutter.
Aber wo warst du?, fragt Frau Batic entsetzt.
Ich kann mich nicht erinnern, sage ich wieder.
Er kann sich nicht erinnern, wiederholt Mutter noch einmal.
Warum kann er sich nicht erinnern?, fragt Frau Batic Mutter, obwohl ich

auch da bin. *Ich weiß es nicht,* antworte ich.
Aber was ist passiert? An irgendetwas musst du dich doch erinnern?, fragt sie neugierig. Bevor ich antworten kann, redet sie mir dazwischen. *Seit wann bist du zurück?*
Seit eben, sagt Mutter.
Oh mein Gott, erwidert Frau Batic und schlägt eine Hand vor den Mund. *Jetzt verstehe ich,* und sie dreht sich zu Mutter. *Du Ärmste. Jetzt verstehe ich. Das ist alles erst jetzt passiert. Deswegen warst du so aufgelöst.* Mutter nickt eifrig. *Du meine Güte, und ich habe nichts verstanden.* Mutter flüstert dramatisch: *Mein Sohn ist zurück.*
Das ist ja entsetzlich. Nein, wie furchtbar. Ich weiß gar nicht, was ich sagen soll. Frau Batic hört auf zu reden und überlegt. Dann sagt sie: *Ich mache uns jetzt einen Tee.* Sie steht auf, dann setzt sie sich wieder, dann dreht *sie* sich zu mir um: *Kannst du dich daran erinnern, Junge. Als du klein warst, kamst du immer zu deiner Tante Batic runter und ich habe dir einen Tee gemacht. Kannst du dich erinnern? Das haben wir beide früher immer gemacht. Ja, Tee getrunken. Kannst du dich erinnern?* Ich schüttele den Kopf. *Ich kann mich nicht erinnern.*
Er kann sich nicht erinnern, sagt Mutter und versucht, nicht zu weinen. Diesmal weine ich mit. Unsere Tränen sind heute für Frau Batic. Sie ist sichtlich berührt von unserer Geschichte. *Ich mache uns jetzt einen Tee.* Frau Batic läuft in die Küche. Mutter und ich stehen aufgereiht, wie die Zwerge draußen im Gehweg nebeneinander, und haben uns nichts zu sagen, bis Frau Batic aus der Küche zurückkommt, reden Mutter und ich kein Wort miteinander. Auf einem Tablett trägt Frau Batic drei kleine Gläser mit Untersetzer. Es riecht nach schwarzem Tee und ich setzte mich auf die Couch und sinke tief auf meinen Platz ein.

Ich nehme mir zwei quadratische Zuckerwürfel aus der Zuckerdose und werfe erst den ersten Zuckerwürfel rein, rühre um, und erst dann folgt der zweite. So trank Polat Kaplan immer seinen Tee. Ich bemerke, wie Frau Batic mich dabei beobachtet und ich merke auch, wie sie etwas Vertrautes in meiner Art bemerkt (der Umgang mit Zucker), der ihr versichert, dass ich es vielleicht wirklich bin. Eigentlich ist es sehr einfach, Menschen hinters Licht zu führen. Das Beispiel mit Frau

Batic ist eines von vielen. Schweigend rühren wir alle in unserem Tee umher. Die kleinen silber-goldenen Löffel klirren in unregelmäßigen Abständen gegen das Teeglas.
Wer weiß davon?, fragt Frau Batic zwischen dem Geklirre.
Niemand außer dir, sagt Mutter. *Er ist doch gerade erst gekommen. Es ist noch nicht einmal 9:00 Uhr. Wer sollte es wissen?*
Ja, ja, du hast recht Rosa.
Wir trinken alle einen Schluck Tee. Erst jetzt bemerke ich, dass der Fernseher die ganze Zeit läuft. Ich verliere den Faden und starre auf die türkischen Musikvideos. Ich nehme einen sehr großen Schluck Tee. Der Tee ist zu heiß, ich strecke die Zunge raus, etwas verbrannt. Um den Tee etwas abzukühlen, puste ich leise ins Teeglas. Es ist öde.
Kannst du dich an irgendetwas erinnern, Polat?
Ich höre auf zu pusten und stelle mein Glas zurück auf den Wohnzimmertisch. Ich erzähle ihr die Euphrat-Geschichte, wie ich aufgewacht bin und nicht wusste, wo ich bin, die Klamottenfetzen, die Uhr, und so weiter. Beim Erzählen hängt sie an meinen Lippen und murmelt zwischen meiner Erzählung immer wieder: *Oh, du meine Güte!* Oder: *Das ist nicht zu glauben.* Oft auch: *Ich kann es nicht fassen.* Die Geschichte beendete ich mit: *Aber an mehr kann ich mich auch nicht erinnern.* Das reicht.
Weiß es Esra schon?, fragt sie in die Runde und schielt vorsichtig zwischen Mutter und mir umher. Mutter schielt mich auch an und ich antworte selbstsicher, aber traurig: *Nein, sie weiß es noch nicht. Nur du weißt es Tante Batic,* sage ich ihr damit sie sich besonders fühlt und es niemals vergisst, dass sie die erste war, die es wusste. Frau Batic stellt ihre Teetasse auch auf dem Tisch ab. *Oh mein Junge!*, flüstert sie, *Esra wird Augen machen. Sie wird umkippen. Sie wird es nicht glauben.*
Ich glaube es auch nicht, sagt Mutter schnell, um wieder im Mittelpunkt zu stehen. Frau Batic nickt und sagt: *Niemand wird es glauben.*
Mein Sohn ist zurück, fügt Mutter noch einmal hinzu, dass es ja niemand mehr vergisst.

Ich aber weiß, solange man genügend Menschen immer wieder dieselbe Geschichte erzählt und nicht von dem abrückt, was man erzählt, können die Leute gar nicht anders, als einem zu glauben. Das ist ja das Lustige: Eine Lüge wird größer und wächst und alle denken es stimmt, weil alle glauben, was die anderen machen. Ob Frau Batic mir glaubt, kann ich noch nicht sagen. Es wird etwas dauern, das herauszufinden.

Ich möchte Esra sehen, sage ich eigentlich zu Mutter, starre aber Frau Batic an, bevor meine Augen zu Mutter rüberwandern. Sie verschluckt sich an ihrem Tee und stellt ihn schnell ab, ehe sie anfängt zu husten und mich und Frau Batic links liegen lässt. Sie steht auf und hustet, kriegt sich nicht ein, setzt sich wieder hin und hustet weiter, klopft sich auf die Brust, bis sie wieder zu sich kommt. *Puh,* sagt sie mit ihrem heiserem Organ, *wäre fast verreckt,* diesmal lacht sie dabei. Frau Batic neigt den Kopf leicht zur Seite, das ist ihr Signature-Move in unserer amerikanischen Serie oder Sitcom und mustert Mutter, etwas verwirrt, aber dennoch wortlos-mitleidig.

Was machen wir jetzt?, fragt Frau Batic.
Nichts, antwortet Mutter.
Wie nichts?, fragt Frau Batic verdutzt. *Wir können nicht nichts machen.*
Wovon redest du?, fragt Mutter. *Der Junge ist gerade erst angekommen. Er ist sicherlich müde.* Mit fettigen Augen dreht sich Mutter zu mir. Da wir jetzt in einem Team sind, verstehe ich sofort ihre versteckte Botschaft an mich und nicke eifrig.

Dann steht Mutter auf und läuft aus dem Zimmer hinaus. Verwirrt schnappt Frau Batic nach Luft, schiebt ihre Brille zurecht und fragt mich: Wo sie hin will? Ich sage solange nichts, bis sie meinen Namen sagt, weil ich denke, das baut etwas Spannung auf. Traurig antworte ich: *Ich weiß es nicht.* Dann steht Frau Batic auf und verlässt auch das Zimmer, wahrscheinlich geht sie Mutter suchen oder läuft ihr einfach hinterher. Ich lasse mich zurück in das Sofa fallen und betrachte die Bilder, die an Frau Batics Wohnzimmerwand hängen. Es ist etwas schwierig, oder zumindest empfinde ich das so, eine klare Entscheidung zu treffen. Ich überlege zu lange, ob ich aufstehen soll und den beiden Frauen hinterhergehen soll oder ob ich vielleicht nicht doch einfach hier sitzen bleibe, bis die beiden wiederkommen. Verschwinden werden sie ja wohl nicht. Ich bin doch der Verschollene, auf den alle gewartet haben. Wozu diese Eile. Es ändert den Verlauf der Geschichte sowieso nicht. Egal, wie lange eine Episode dauert. Und wenn sich der Verlauf nicht ändert, muss sich gar nichts verändern, was bedeutet, dass ich hier sitzenbleiben kann, bis etwas passiert oder Frau Batic und Mutter zurückkommen. Als plötzlich das Telefon anfängt zu klingeln, sehe ich sehnsüchtig zur Tür. Das Klingeln brummt wie ein Rasenmäher durch das Zimmer. Niemand kommt angerannt und das Telefon klingelt einfach weiter. Frau Batic hört wahrscheinlich nicht sonderlich gut, das Klingeln fiept förmlich in meine Ohren, es ist durchgängig schrill, so laut, dass ich mir mit den Händen die Ohren verdecke. Ich sitze immer noch versunken im Sofa, aber schreie gegen das Telefon: FRAU BATIC, DAS TELEFON! Bis ich mich besinne und sage: TANTE BATIC, DAS TELEFON! Aber nichts. Als ich aufstehe und zur Tür laufe, klingelt das Telefon nicht mehr. Weder Frau Batic, noch Mutter sind im Treppenhaus zu sehen. Ich sehe in jeder Ecke nach, oben, unten. Immer noch nichts. Das verärgert mich. Ich kicke mit meinem Stiefel gegen die Garderobe. Seht ihr! Sehr ihr! Ich öffne meine Arme für mein Publikum hinter dem Bildschirm. Dieser Tag dreht sich um mich. Als Verschollener. Wieder aufgewacht. Wieder zurück. Aber Mutter und Frau Batic laufen nacheinander aus dem Zimmer. Das ist entblößend. Ich lasse die Arme wieder sinken.

Dann klingelt das Telefon erneut und ich laufe so wie Mutter und Frau Batic aus der Tür, schnurstracks zum Telefontisch (gelb wie der Teppichboden), um hypnotisch auf das klingelnde Telefon zu starren. Ehe ich begreife, was ich tue, halte ich auch schon den Hörer in der Hand.
Hallo?, sage ich erst leise, dann bestimmter.
Veta?, antwortet eine Frauenstimme. *Wer ist da? Veta? Bist du es?*
Nein, hier spricht nicht Veta, sage ich akzentfrei, denn Frau Batic hat einen Akzent.
Ich habe mich doch nicht verwählt?
Mit wem wollten Sie denn sprechen?
Mit Veta. Veta Batic.
Das tut mir leid, sie ist gerade nicht da.
Wo ist sie?

Ich glaube, sie ist oben bei meiner Mutter.
Bei wem?
Bei meiner Mutter.
Ich möchte mit Veta sprechen.
Sie ist bei meiner Mutter.
Bei wem?
Bei Rosa.
Rosa wer?
Rosa Kaplan.
Ich möchte mit Veta sprechen.
Sie ist bei meiner Mutter.
Rosa ist nicht deine Mutter.
Doch ist sie.
Nein.
Rosa hatte einen Sohn und der ist tot.
Aber ich bin nicht tot.
Was?
Schweigen.
Lange.
Mit wem spreche ich?
Ich bin es, Polat.
Polat?

Dann höre ich sie nur noch schlucken und in der nächsten Sekunde ist ihre Stimme weg, dafür bleibt das Tuten in der Leitung übrig, das ich noch einige Sekunden am Ohr halte, weil es mich beruhigt. Ich weiß nicht, wer das war. Ich kenne nur die Bilder von den Menschen, die wichtig sind. Ich kenne ihre Stimmen nicht, nur die Bilder mit den Geschichten, die mir Mutter zeigte und die ich eindringlich studierte. Plötzlich klingelt es wieder. Wer kann das sein. Ich gucke zur Tür. FRAU BATIC, schreie ich. Nein, falsch: TANTE BATIC. Niemand kommt. Ist es wieder dieselbe Frau? Ich sehe das Telefon. Jetzt klingelt es immer noch. Oder jemand ganz anderes? Ich drehe mich wieder zur Tür um und schnaufe. Ob ich wieder einfach rangehen soll? Dann gehe ich ran.

Polat?, fragt dieselbe Frauenstimme von eben.
Ja?, hauche ich wie ein Geliebter, der, fünftausend Kilometer entfernt von seiner Geliebten, in das Feuer starrt.
Bist du es?
Ja.
Ist das wahr oder ein Scherz?
Nein, ich bin es.
Polat?
Ja?
Polat?
Ich bin es.
Wer?, frage ich.
Ich bin es, erkennst du mich nicht? Ich schüttele den Kopf. *Nein, ich kann mich nicht erinnern. Ich kann mich an nichts mehr erinnern.*
Polat.
Ja?

Dann legt sie wieder auf. Frustriert haue ich das Telefon zurück auf den Tisch und stampfe aus der Wohnung. Frau Batics Tür ziehe ich hinter mir zu und laufe wie ein kleines Kind die Treppen hoch, zu Mutters Wohnung in den vierten Stock. Es gibt einen Aufzug, aber der ist kaputt und ich keuche. Als ich endlich oben angekommen bin, stützte ich die Arme auf den Oberschenkeln ab und lehne mich nach vorne. Dann überlege ich, ob ich meine Schuhe ausziehen soll, ziehe sie dann doch nicht aus und sehe, dass die Wohnungstür auch hier offen steht. Das macht mich unglücklich. Nichts funktioniert so, wie ich es mir vorgestellt habe. Ich dachte, es beginnt mit mir, aber jetzt bin ich derjenige, der allen hinterherrennen muss, weil sich alle aus dem Staub machen. Ich drücke mit der Hand gegen die Tür, dass sich diese einen Spalt öffnet. *Mutter? Wo bist du?* Sie lässt mich jetzt schon alleine in dem Plot. Ich ziehe meine Schuhe aus und räume diese in den Schuhschrank. Die Jacke behalte ich an, weil es eine neue Jacke ist und sie mich warm hält.
Als ich das Wohnzimmer betrete, kriege ich einen kleinen Schreck. Über dem Sofa hängen bunte Luftballons und Girlanden. Auf der anderen Seite, zwischen Fernseher und Wand, klebt ein großes, gedruck-

tes WELCOME BACK-Plakat. Auf dem Sofa sitzen sie alle nebeneinander aufgereiht und starren mich mit offenen Mündern an. Da sitzt Mutter und da Frau Batic. Daneben ein dicker Mann mit einer dünnen Frau. Auf dem Tisch steht Kuchen und Gebäck. Mutter versteckt ihre Hände in der Schürze, die sie trägt. Frau Batic wischt sich die Brille wieder mit ihrem T-Shirt sauber, teils aus Verlegenheit, teils aus Rührung. Der dicke Mann sitzt wie eine Krabbe breitbeinig in einer dunklen Hose, die ihm bis zu den Knien geht und einen grauen Tanktop, das sich über seinem Bauch zusammenzieht. Die Frau trägt ein Kleid, es ist lang und schwarz mit beigen Schlangenmuster. Ihre Haare sind nicht gefärbt, aber beinahe komplett weiß, weiß, aber dicht, zu einem streng gezogenen Dutt am Hinterkopf gebunden. Sie ist die Einzige, die nicht mich ansieht, nein, stattdessen blickt sie verstohlen auf ihre grauen Schuhe.

Ich glaube es nicht. Das ist nicht zu fassen, sagt der Mann und versucht aufzustehen. Er benötigt mehrere Anläufe, um sich auf die Beine zu hieven. Langsam läuft er auf mich zu und kommt kurz vor meiner Nasenspitze zum Stehen. *Das ist nicht zu glauben. Ich glaube es nicht,* sagt er und dreht sich zu den drei Damen auf dem Sofa. Meine drei Engel für Polat. *Die Jahre sind im Fluge vergangen. Wir haben dich sogar beerdigt. Aber du!* Er haut mir leicht gegen die Rippen. *Du bist zäh. Stimmt's?!* Er klopft mir auf die Schulter, das findet er witzig. *Einfach so. Als ob nichts wäre. Zack. Und der tote Junge ist nicht mehr tot. Das ist unbegreiflich.* Er präsentiert mich den anderen. *Unbegreiflich, aber versöhnlich. Deine Mutter ist völlig aufgelöst.* Wir blicken alle zur Mutter. Sie sieht extra aufgelöst auf. *Wo passiert sowas? Doch nicht bei uns, dachte ich. Aber doch. Jetzt stehst du da, als ob keine Zeit vergangen sei. Als ob du geschlafen hättest und wieder aufgewacht bist. Die Zeit ist an dir vorbei gefahren, aber an uns allen leider nicht.* Er zeigt auf sich und die anderen, er meint, glaube ich, die ganzen weißen Haare. *Wir sind alt. Aber du siehst immer noch wie früher aus.* Er mustert mich genau. *Das ist absurd. Wie kann das sein?* Er klopft noch einmal gegen meine Schulter. *Warum sagst du nichts?* Er ist ungeduldig. *Aber ich weiß schon: Der Krieg, die Bomben, da werden alle anders. Ich habe gelesen, verrückt wird man da, da ist man nicht mehr wiederzuerkennen. Wenn es einmal vorbei ist, dann ist es für immer vorbei. Zack. Puff. Und es geht nichts mehr. Man kann nicht mal mehr von früher träumen. Schreckliche Dinge musst du gesehen haben.* Er legt mir beide Hände auf die Schultern. *Aber jetzt bist du wieder zurück.* Er sieht mir lange und eindringlich in die Augen. *Früher gibt es nicht mehr. Hier bist du sicher.* Er streichelt meine Wange, wie ein Vater. *Hätte ich dich auf der Straße gesehen, ich hätte dich nicht wiedererkannt. Nein.* Er lacht, aber ich dachte kurz, er müsse weinen. *Zana. Zana, komm her und sieh dir den Jungen an. Er hat sich nicht verändert,* sagt er zu der Frau mit den fast weißen Haaren. Er winkt die Frau im langen Kleid zu uns. Wenn das Zana ist, dann steht ihr Mann Zoran Orloff vor mir, das weiß ich von Mutters Bilderkunde.

Zögerlich steht auch sie auf und kommt näher auf mich zu. Hinter Frau Zanas Kopf erahne ich Mutters Umrisse und sehe, wie sie den Kochlöffel in der rechten Hand zerquetscht. Ihre Anspannung ist nicht zu überhören, zumindest in meinem Kopf. Etwas verloren muss ich auf meinem Präsentier-Teller-Fleck wirken, eingekesselt zwischen Couchtisch und Stehlampe, misstrauisch von meinem Publikum beäugt, das darauf wartet, dass das Spiel beginnt, weil sie das echte Leben nicht ertragen. Wir wissen doch alle, was hier passiert. Das kann ich annehmen, ohne Aufregung zu spüren, aber Polat ist nicht mehr Polat. Ich bin jetzt Polat und ich bin da, um dem Krieg ein Zuhause zu geben. Es ist das einzige, das uns retten kann!

Frau Zana tapst zerbrechlich auf uns zu. Frau Batic putzt ihre Brille und Mutter glättet ihre Schürze mit dem Kochlöffel.
Es ist aussichtslos, murmelt Frau Zana. Der dicke Zoran legt seinen Arm um ihre Schulter.
Was ist aussichtslos?
Das alles, sagt sie, *aber wenigstens ist einer von ihnen zurück. Aber mein Kind ist nicht zurück. Polat, weißt du etwas von Dima?*
Und ich verstehe, dass ihr Sohn, Dimitri, den sie mehr liebt als mich, weil es ihr Sohn ist, tot bleibt. Nicht so wie ich. Aber dafür können weder Mutter noch ich was. Alles an mir ist erstklassig und ich kann mich aufregen wie Marlon Brando in DER PATE, doch ohne am Ende erschossen zu werden. Ich bin unsterblich, denn ich bin der Star un-

serer amerikanischen Serie oder Sitcom. Ich kann kein Mitgefühl für Zana und ihren dicken Mann entwickeln. Mutter sagte, Dimitri, auch Dima genannt, sei ein rotzfrecher Junge, schlimmer als ich als Kind gewesen. Eigenschaften, die man ein Leben lang mit sich herträgt, verblassen nicht, wenn man stirbt. Man wird ja nicht anders, wenn man stirbt, nur weil man tot ist.

Zana, mein Herz, aber wenigstens ist Polat wieder da, stellt ihr zart-fetter Mann fest. Es folgt ein leises: *Ja,* von Zana, dann wendet sie sich von ihm ab und sieht mir in die Augen. *Du hast dich verändert,* sagt sie diesmal zu mir, während sie mich auf Haut und Haar prüft. Ich antworte darauf nicht.
Das macht doch nichts, sagt ihr Mann, doch ihr Misstrauen verbirgt sie nicht.
Etwas ist anders, erklärt sie ihm und mir. *Ich komme nicht ganz dahinter. Du hast dich verändert, aber irgendwie auch nicht. Aber dein Blick. Ich weiß es nicht.* Dann streicht sie mir mit der Hand über den Rücken. *Natürlich freue ich mich, dass er wieder da ist,* sagt sie zu ihrem Mann, als ob ich nicht da wäre. *Ich freue mich sehr, ich bin nur etwas, etwas ... schockiert? Nein. Das ist nicht das richtige Wort. Überrumpelt bin ich. Wer hätte damit gerechnet?*

Sie dreht sich um zu Mutter. *Du musst unglaublich glücklich sein, Rosa.* Mutter sieht nicht sonderlich glücklich aus, eher aufgedunsen. Ich weiß nicht, ob es ihre Anspannung ist, ob es eine echte ist oder die gespielte. Mutter ringt nach Worten und murmelt nur. *Ich bin so aufgelöst, ich habe nichts zu sagen.* Frau Batic putzt wieder ihre Brillengläser und wendet ihren Blick von Frau Zana ab. *Komm Junge, setz dich. Du stehst die ganze Zeit wie eine Statue vor uns. Setz dich,* ermahnt sie mich. Zwischen dem Dicken und der Dünnen bewege ich mich in Richtung Sofa und setze mich auf den Sessel, auf dem Mutter sonst sitzt, wenn sie nachdenkt.

Frau Zana drückt meine Hand, während der Dicke ein Foto von mir mit seinem Smartphone macht. *Du musst uns alles erzählen,* sagt Zoran voll freudiger Erwartung und mit einer Ungeduld, die mich etwas be-

drängt. Als ich bloß sage: *Ich kann mich nicht erinnern,* sehe ich die Enttäuschung in ihren Gesichtern. *Wie, du kannst dich nicht erinnern?*, fragt die dünne Zana, W*as soll das heißen?*, gereizt. Ich wiederhole meinen Satz. *Aber wir wollen alles wissen. Was ist passiert?*, fragt sie, diesmal mit noch mehr Enttäuschung. Ich kann nur schnaufen und drücke ihre Hand zurück, um dann meine Hand von ihr zu reißen, mein Gesicht hinter den Händen zu verbergen, bis ich in meiner Rolle aufgehe und aufbreche, etwas klage und versuche, ihnen allen (außer Mutter) begreiflich zu machen, welch Odyssee ich hinter mich gebracht habe, die mich verrückt gemacht hat. Als alle drei den Kopf zur Seite neigen und die Hand zur Brust führen (jeder mit einem Taschentuch in der Hand), Mutter aber weiter unbeweglich und mit eiserner Miene sich millimetergenau durch die Tischoberfläche arbeitet, ergreife ich zum ersten Mal die Initiative und erzähle die Geschichte mit dem Bären, der mich angreifen wollte, den ich aber zähmen konnte. Als Mutter die Geschichte hört, blüht sie auf, und in der nächsten Sekunde ist alles anders. Sie klatscht mit ihrem Kochlöffel gegen das Sofa. Das Leben ist ganz einfach.
Während wir Kuchen essen, behandeln mich alle mit Vorsicht. Wenn sie denken, dass ich es nicht merke, beobachten sie mich auf eine unverschämte Art und Weise. *Das ist in Ordnung. Das ist in Ordnung,* versichert Herr Orloff in unsere schweigende Kuchenrunde. Alle nicken, ich auch, aber ich weiß nicht, was er meint.

Plötzlich hämmert jemand gegen die Wohnungstür. Ich erschrecke mich und lasse den Teller beinahe aus der Hand fallen. Dann lasse ich ihn aus Absicht fallen, damit es dramatisch wirkt. Frau Batic sieht mich besorgt an und fragt, ob alles in Ordnung sei. Ich murmele, etwas unverständlich, aber verständlich genug: *Die Bomben.* Sie runzelt die Stirn und hat Mitleid mit dem Helden. Wahrscheinlich sind alle so überrascht wie ich, wegen des Klopfens gegen die Tür. Niemand steht auf, aber das Klopfen, das Hämmern, wird stärker.
Rosa! Rosa!, höre ich eine Frauenstimme schreien. *Mach die Tür auf!*
Als alle Mutter anblicken, steht sie langsam auf, ich tue es ihr gleich und halte mich an ihrer Schürze fest, in dem Augenblick, in dem sie neben mir steht. *Mutter, lass mich nicht alleine,* spiele ich weiter, um

den Spannungsbogen nicht zu verlieren. Die dünne Zana nimmt meine andere Hand und animiert mich dazu, mich wieder hinzusetzen. Obwohl sie dünn ist, hat sie eine unglaubliche Kraft.
Setz dich, Polat. Setz dich. Alles ist gut, sagt sie und versucht mich zu beruhigen, weil sie denkt, dass ich Angst vorm Klopfen habe und mich das zurückerinnert an die Zeit, die mir abhanden gekommen ist. Frau Zana flüstert: *Die Bomben,* und hat die Bomben wohl nicht vergessen, weil die Bomben mit ihr zu tun haben, kann ich nur schlussfolgern. Bevor ich etwas sagen kann, stürmt eine Frau zu uns ins Wohnzimmer. Sie ist sichtlich aufgebracht mit ihrem kurzen, braunen, kinnlangem Haar, das sie beim Sprechen (eher Brüllen) vor ihren Mund stülpt. Sie sieht mich, kreischt und schüttelt Mutter, bis es ihr wahrscheinlich wehtut. Ich bemerke, dass sie die Frau vom Telefonat aus Frau Batics Wohnung war. Sie hört auf zu schreien und brüllt: *Seit wann ist er wieder hier? Seit wann ist er wieder hier?* Und zeigt mit ihrer Hand auf mich. Ich bin ER, aber ich bleibe ruhig, bis ich verstehe, dass sie, die ER meint, Esras Mutter ist. *Beruhige dich,* sagt der dicke Zoran. *Wir haben es auch gerade erst erfahren,* sagt die dünne Zana. Frau Batic putzt gedankenverloren ihre Brillengläser und sagt nichts. Mutter jauchzt nur: *Mein Junge.* Ich bin zerkrümelt. Alle wollen etwas von mir. Es reicht nicht allein, dass ich zurück bin. Nein. Ihre Notwendigkeit, die nicht meine ist, besteht aus einer Erklärung, die ich ihnen liefern muss, anders wird es nicht funktionieren. Und wenn die Erklärung die Not ihrer Notwendigkeit nicht füllt, bleibe ich, als Zurückgekehrter, nur halb bestehen.

Esras Mutter sieht nicht aus wie Esra, aber sie kreischt und schreit weiter, bis sie bei mir angelangt ist. Ich wehre mich nicht, und sie schüttelt mich, als ob sie darauf warte, dass ich ein Ei lege, aber ich kann keine Eier legen. Und ich weiß, dass in diesem Moment nichts ihre Wut bändigen kann, die sich selbstverständlich gegen mich richtet, weil ich es war, der ihre Tochter mit seiner Abwesenheit (der Tod) zum Schweigen brachte. *Wo warst du! Wo warst du!,* wehklagt sie. Dann holt sie aus und ich merke rechtzeitig, dass sie mir eine scheuern will, ich kann aber im letzten Moment noch rechtzeitig ausweichen und sie erwischt mich nicht. Mutter faucht sie an: *Wenn du noch einmal deine*

Hand gegen meinen Jungen richtest! Um zu demonstrieren, was sie meint, schwenkt auch sie ihre Hand mit ihrem Kochlöffel in die Luft. *Was dann!* Esras Mutter heißt Esma.
Dann! Dann! Mutter zückt ihren Kochlöffel wie ein Schwert. Aber mich trifft der Blitz und ich sage: *Esra!*, weil sie im Türrahmen steht, sich versteckt, und an den Rahmen krallt. Als sie mich sieht, sackt sie zu Boden und drückt sich mit dem Rücken gegen die Wand. Esra ist schön, auch jetzt, so zerkrümelt wie sie ist, bin ich auch. Das vereint uns in diesem Moment, das spüre ich: *Esra!* Alle drehen sich zu ihr, Esma lässt mich los und rennt auf Esra zu. Esra sieht ihre Mutter Esma auf sie zukommen, zieht die Beine an den Bauch. Esma versucht Esra hoch zu helfen und klagt: *Steh auf. Lass dich nicht so gehen.* Esra wehrt sich gegen ihre Mutter Esma, gibt sich aber wehrlos und lässt sich hochziehen. Esra steht neben Esma und ist größer als ihre Mutter. Aber Esma steht neben Esra und versucht ihre Tochter zu beschützen, indem sie ihren Arm um ihr einziges Kind legt. Aber Esra will den Arm ihrer Mutter nicht und reißt sich von Esma los. Esma versucht sie für einen kurzen Moment festzuhalten, lässt aber dann nach. Esra hat lange braune Haare, bis zum Busen, ihre Haare sind leicht gelockt. Esra läuft in Richtung der Sofalandschaft, in der ich stehe. Esra trägt ein T-Shirt, das dunkler als ihre Haarfarbe ist. Das T-Shirt steckt in der Hose, das eng auf ihrer Taille liegt. Esra steht fast vor mir und ihre Nägel sind nicht lackiert, aber sie trägt hauchzarten Lippenstift. Das sehe ich, weil ihre Lippen etwas rötlich gefärbt sind. Und der Einäugige meinte einmal als Kind zu mir, wenn das so ist, dann ist das leichter Lippenstift, den die Mädchen mit ihren Fingern verwischen, damit es natürlicher aussieht. Esra ist natürlich schön und nur noch wenige Schritte von mir entfernt und ich schlucke. Jetzt kommt sie noch näher und steht beinahe vor mir und ich blicke zu Mutter, die aber blickt zu Esma. Ich sehe wieder Esra an, sie steht vor mir und ich weiche einen Schritt nach hinten aus, ohne dass es jemand mitbekommt. Da ist Esra und hier bin ich. Und ich sage nichts, aber Esras Mutter Esma kreischt. Diesmal nicht so laut wie am Anfang, als sie durch das Zimmer stürmte. Frau Batic steht auch auf und der dicke Zoran und die dünne Zana auch, aber Mutter nicht, weil sie schon steht. Aus dem Nichts oder weil die Luft so dünn ist,

haucht Esra: *Nach all den Jahren.* Und Esma, ihre Mutter, spricht als erste zwischen Kargheit und Unglück: *Habt ihr das gehört!* Und fährt sich mit beiden Händen durch die Haare. Und Mutter steht fassungslos da und die dünne Zana kreischt: *Oh mein Gott!*, und der dicke Zoran zieht an seinem Tanktop, um sich abzukühlen und Luft gegen den Körper zu wedeln, als sei es Hochsommer, obwohl es natürlich September ist. Frau Batic putzt diesmal nicht ihre Brillengläser, isst stattdessen ein Stück Kuchen aus Missverständnis oder Unsicherheit, das weiß ich nicht genau. Und ich, bleibe sprachlos, weil ich weiß, dass Esra eigentlich sprachlos ist. Aber Esra weiß das nicht mehr, sondern weiß, dass ich wieder da bin.

Esra lacht, erst leise, dann klingt sie fast schon wahnsinnig und setzt sich in den Sessel, in dem Mutter immer sitzt, wenn sie nachdenkt. Sie legt ihre Füße auf den Couchtisch, übereinander gekreuzt, und verschränkt die Arme hinter dem Kopf, bis sie aussieht wie ein Kissen. Mit dem Zeigefinger pulle ich an meinem Kragen, weil ich nicht weiß, wie ich reagieren soll, weil Esra sagte: *Nach all den Jahren,* und ich nicht weiß, ob es ein gutes nach all den Jahren ist oder ein schlechtes. Und ich bin auch verunsichert, weil ich nicht damit gerechnet habe, dass sie sofort spricht, weil ich dachte, es dauere Monate oder Jahre, bis sie wieder einen Ton von sich gibt, weil ich mehrere Monate, die mehrere Jahre waren, fern von ihr war.
Ist noch ein Stück Kuchen für mich übrig?, erkundigt sie sich bei niemand persönlich, sondern fragt in unsere stehende Runde. Frau Batic reagiert als erste und gibt ihr den Teller mit ihrem angebissenen Stück Kuchen. Esra nimmt den Teller und fängt an, genüsslich Frau Batics angebissenes Stück aufzuessen. Esma bewegt sich wie ein Detektiv langsam auf ihre Tochter zu und wirkt ganz erstarrt, als sie den leeren Teller erblickt, den Esra in diesem Moment auf dem Tisch abstellt. *Kann ich noch ein Stück haben?*, bittet Esra ihre Mutter. Esma schaut ihre Tochter fassungslos an, dann mich, dann den Teller. *Kuchen, ja*, murmelt Esma und wirft Mutter einen Blick zu, die eilt in die Küche und kommt mit einem frischen Teller, mit einem sehr großen Stück Kuchen zurück. Esra sagt: *Danke,* und Mutter sagt nur: *Gern geschehen,* als ob gar nichts wäre.

Esra isst weiterhin gemütlich, als ob sie keine anderen Sorgen hätte. Und ich setze mich ihr gegenüber, lege die Hände auf die Oberschenkel und warte, bis sie mit dem Essen fertig ist. Mutter und all die anderen stehen immer noch um uns herum. Ich weiß nicht, ob sie einfach fassungslos sind oder tatsächlich komplett versteinert, weil Esra nach Jahren, einfach so, plötzlich, weil sie mich gesehen hat, wieder gesprochen hat. Das muss nichts bedeuten. Vielleicht liegt der Schock auch so tief in ihr, dass die einzige Möglichkeit diesen Schock erträglich zu machen, das Sprechen ist. Denn sprechen ist das Gegenteil von schweigen. Das würde Sinn machen. Zumindest für mich. Oder war das nur aus Versehen? Und es hat nichts zu bedeuten, weil es einmalig war? Vielleicht ist der Schock einmalig. Aber vielleicht bin ich es auch.

Ich fühle mich trotzdem wie Gott. Ich bin ein Ausmaß. Die größte Dimension, die tatsächlich etwas verändern kann – was aussichtslos war – ich bin fast wie ein Wunder. Etwas, das nur in Filmen passiert, aber plötzlich im echten Leben passiert ist, obwohl niemand je damit gerechnet hätte. Das füllt mein leeres Herz ein wenig, denn hier werde ich gebraucht und ich begreife es als den wichtigsten Erzählstrang, der tatsächlich die Geschichte beeinflussen und am Ende verändern kann. Es ist auch die Wiedergutmachung der letzten Monate. Das lässt mich nicht gleichgültig werden, füllt mich aber mit Stolz, mit keinem schlechten Stolz. Es ist einfach das Verständnis, dass ich diesen Leuten entgegenbringe. Es sind einfache Leute, wie Mutter schon sagte. Und es ist das Gefühl, das ich empfand, als ich in den Prügelring stieg: Es gibt Dinge, die bleiben unerklärlich, wenn man nicht über ihnen steht und weil ich damals in den Prügelring stieg, blieb mir meine Kraft nicht unerklärlich. Und wenn Esra spricht, weil sie mich sieht, ist es auch nicht unerklärlich. Das geht miteinander einher und das bedeutet, dass ich immer noch der Stärkste bin und das bedeutet, ich tue das Richtige. So einfach ist das. Esra fragt: *Warum steht ihr alle um uns herum? Setzt euch.* Frau Batic setzt sich fast auf mich, weil sie immer noch verdattert Esra ansieht und es nicht glauben kann. Der dicke Zoran stützt die dünne Zana und auch sie setzen sich wieder dahin, wo sie vorher saßen. Mutter läuft einmal um den Couchtisch herum und dupliziert sich mit einer Pobacke auf die Ecke neben mir. Die Einzige, die sich nicht rührt, ist Esras Mutter Esma. Ihre Augen sind geschlossen und sie fällt in Ohnmacht. Ich bin ein wenig mitgenommen, aber ich weiß auch, dass es normal ist und dass Menschen so reagieren, wenn solche Dinge geschehen. Die Ärmste. Wir sind eben wie Tiere, die zerrissen sind. Ich bin nicht zerrissen, ich bin ganz, denn ich bin zurück. Und ich bin zurück, weil Mutter es so wollte. Und Mutter lässt mich leben, denn ich lebe nur wegen ihr, obwohl ihr Kind eigentlich tot ist. Also bin ich Gott, der diesmal zurück spricht, im Anzug eines Verschollenen antwortet, der wieder auferstanden ist. Das ist lustig. Dann überkommt es mich und ich lache. Und Esra stimmt ein. Und Frau Batic, aus Verlegenheit, und der dicke Zoran und die dünne Zana, weil sie nicht begreifen, was passiert, obwohl nur ich zurück bin und nicht Dima. Und Mutter strahlt, mit der ohnmächtigen Esma im Arm, weil sie weiß, dass ihr endlich alle, alle glauben und sie keiner, keiner, wirklich niemand mehr verarschen kann.

Ende Episode fünf: Der Held liebt seine Geliebte wie am ersten Tag.

TAXI

SEASON 1 EPISODE 6

STARRING

ROSA KAPLAN & POLAT KAPLAN

New York Times critics' picks

»Big-budget drama«

Esra ist ein merkwürdiger Mensch. Nicht, dass sie nicht schön wäre, das ist es nicht, aber etwas an ihrer Art und ihrem Verhalten macht mich stutzig. Ich komme ohnehin nicht drumherum, ihr Verhalten in Frage zu stellen, die Ordnung ihrer Sprache zu bedenken. Ich weiß, dass man über die Dinge, über die man nicht sprechen kann, schweigen sollte, aber war ihre Sprache, die Aussprache, die einzige logische Konsequenz für sie? Um ein Gegenmittel zum Schweigen zu finden? Etwas, das einen stärkeren Eindruck hinterlässt als der Eindruck ihrer Stille der letzten Jahre? Wie hat sie das gemacht? Ich muss mir auch eingestehen, dass ich Esra insgeheim für ihre Stärke bewundere. Ich bewundere den Entschluss, die eigene Sprache zu verlieren, sich bewusst und absichtlich dafür zu entscheiden, es bedeutet doch eigentlich wirklich, sein Leben in die Hand zu nehmen. Oder nicht? Aber es gibt etwas an ihr, das sehe ich, das nicht stimmt.

Nach meiner halbmissglückten, halbfreudig gedachten (und gemeinten) Willkommensfeier beschließen alle Beteiligten, dass es besser und an der Zeit sei, nach Hause zu gehen. Sie raunen mir zu: *Bestimmt bist du müde von der langen Reise*. Aber ich bin nicht müde, ich bin etwas enttäuscht, dass alle jetzt schon gehen. Ich bin doch sonst nur die ganze Zeit zuhause bei Mutter.

Esras Mutter, Esma, wachte zweimal auf, nachdem sie wieder in Ohnmacht fiel, weil sie sich an das erinnerte, was ihre Tochter sagte. Mutter versuchte, mit und ohne Gewalt, Esras Mutter, Esma, wachzuhalten. Ich sah, wie verärgert Mutter war, die schlafende Esma schüttelte, aber dann stattdessen sagte: *Und was soll ich sagen. Ich falle auch nicht in Ohnmacht. Steh auf.* Natürlich stand Esma auf Mutters Befehl hin nicht auf, sie ist ja in Ohnmacht gefallen.
Der dicke Zoran und die dünne Zana umarmen mich sehr lange zum Abschied und gehen in ihre Wohnung, die ein Stockwerk unter unserer Wohnung liegt. Frau Batic läuft den beiden mit ihrer sauberen Brille hinterher, bis ins Erdgeschoss. An der Tür flüstert sie mir ins Ohr: *Ich dachte immer, das Leben sei schlecht, aber jetzt, wo wir dich wieder haben, ist es wie ein Wunder, ist es das Ergebnis eines erträglichen Lebens.* Ich weiß nicht, was sie sonst ertragen muss.

Irgendwann kommt Esma wieder zu sich und ich bringe ihr ein Glas Wasser, wie ein gut erzogener, sympathischer Sohn und habe den Eindruck, dass sie das auch über mich denkt. Doch schlussendlich sagt sie nichts. Nachdem endlich alle gegangen waren, schließt Mutter hinter ihnen die Tür zweimal ab und seufzt: *Puh.* Ich seufze nicht. Kein Puh. Ich folge Mutter zurück ins Wohnzimmer, wo sie sich auf dem Sessel setzt, auf dem sie immer sitzt, wenn sie nachdenkt. Ich setze mich ihr gegenüber.

War es so, wie du dir das vorgestellt hattest?, frage ich sie. *Nein,* ist ihre knappe Antwort. *Aber das ist egal,* fügt sie hinzu. Ihr Nein verärgert mich. Ihr Nein entkoppelt uns von dem, das wir uns zusammen aufzubauen versuchen: Ein Leben, neu ergründet oder ein neu gegründetes Leben, das nach den Ereignissen, die uns bekannt sind, folgt, weil wir doch wissen, wie sie zu Ende gegangen sind. Und wenn sie jetzt mit *Nein* antwortet, dann ist es ein *Nein*, das auch mich widerlegt, mich zerstückelt, mir signalisiert, dass ich mir nicht gehöre, weil ich es nicht bin. Ich spüre, dass sie mir ihre Liebe entzieht. Es ist böse, wenn sie mich nicht bis auf die letzte Zelle liebt, wenn sie meine Liebe nicht erwidert, die ich wiederum nicht brauche, aber sie. Ich kreuze meine Arme vor dem Bauch und frage sie: *Warum? Wie hätte es denn sein sollen?*

Sie lehnt sich nach hinten, bis sie aussieht wie eine Platte.

Das war mein großer Tag. Und es sollte sich alles um mich drehen. Stattdessen hocken hier alle rum und essen Kuchen und können es nicht glauben. Dann trampelt Esma rein und fällt in Ohnmacht. Und mit Esra will ich erst gar nicht anfangen. Was fällt ihr ein? So plötzlich wieder? Als ob nichts wäre? Fragt mich, nachdem sie jahrelang schwieg, ob sie ein Stück Kuchen haben kann? Mit der flachen Hand haut sie auf die Lehne des Sessels. *Ist das so einfach, Junge? Da taucht ein Toter wieder auf, und alles ist beim Alten? Alles ist zurück? So schnell kann man die Geschichte ändern? Wer gibt mir die Zeit zurück? Was mache ich mit den Jahren, Junge? Das ist alles weg. Ich habe es mir ganz anders vorgestellt. Ja, mein Kind ist zurück, aber die Zeit davor. Davor. Davor. Die ganzen Jahre. Alle weg.*

Dann starrt Mutter auf die Uhr, die über der Tür hängt.

Ich habe als Kind einem Jungen einmal das Auge ausgestochen. Das habe ich auch überwunden. Ich weiß nicht, was in mich gefahren ist.
Was hast du?, fragt sie, und glaubt, sie habe sich verhört. *Als Kind habe ich einem anderen Kind das Auge ausgestochen. Was hast du?*, fragt sie wieder. Sie kann es immer noch nicht glauben, also wiederhole ich den Satz zum dritten Mal. Und betone diesmal lautstark: *Das habe ich auch überwunden.*
Mutter streckt sich tiefer in den Sessel, bis sie aussieht wie ein runder Teig.
Und wie?, fragt sie leise, *Wie hast du es überwunden?*
Ich habe mich daran gewöhnt, antworte ich ihr. Kurz sagt sie nichts, aber dann sehe ich den Ärger in ihrem Kopf aufsteigen. *Mein Sohn hat niemandem das Auge ausgestochen! Merk dir das!* Da nicke ich nur. Wenn sie das alles nicht begreifen will, dann kann ich nichts dafür. Aber ich kann was dafür, dass sie die schlechtere Rolle von uns beiden spielt und ich mit meiner Hauptrolle brilliere. Ich fühle mich zum ersten Mal nach langer Zeit wohl in meiner Haut. Ich räume den Tisch ab, räume die Teller in die Spülmaschine ein. Als ich fertig bin, sagt sie nichts, sondern sieht mich nur an und lächelt. Ich bin ein guter Sohn und deshalb ist Mutter nicht mehr verärgert, sondern froh. Und wenn Mutter froh ist, dann bin ich auch froh.

Ich höre sie dann aus dem Flur nach mir rufen. *Was machst du?*, frage ich sie. *Wir gehen raus. Wohin?* Das ist Freude und Entzückung. *Wir gehen raus*, wiederholt sie.

Das Wetter ist schön und kühl, aber warm. Meine Jacke ist neu und ein Geschenk von Mutter. Mutter ist alt, hat sich aber fein herausgeputzt, mit einem neuen Rock und ebenfalls mit einer neuen Jacke. Wir laufen die Straße entlang und ich fühle mich wie ein Zuschauer in einem Film, der mir detailliert erklärt wird. Hier gibt es Spielplätze und die Hecken sind gestutzt. Auf der Straße fahren die Kinder ihre Fahrräder und sind vielleicht fünf oder sechs und brauchen keine Stützräder. Ich hatte einmal ein Fahrrad und es hatte Stützräder. Da war ich zehn. Heute spielen wir der Welt etwas vor, das uns nicht verrät, das uns weiter treibt. Mutter hat kein Auto, wir sitzen an der Bushaltestelle und warten auf den Bus. Sie legt ihre Handtasche auf den Schenkeln ab und zieht eine kleine Tupperdose (pink) mit getrockneten Früchten heraus und reicht mir eine Feige. Ich schmatze zaghaft, dann etwas mehr und verlange nach einer weiteren Feige. Mutter ist froh, dass ich sie brauche und die Feige aufesse und schmatze und reicht mir zwei weitere Feigen. Ich liebe Feigen. Meine Mutter auch.

Als der Bus vor uns zum Stehen kommt, steigen wir vorne beim Fahrer ein. Ich zeige meinen Ausweis mit der Fahrkarte. Der Fahrer nickt mir aufmunternd zu, weil mein Ausweis ihm verrät, dass ich Soldat bin und für das Vaterland, in dem er lebt, gedient habe. Mit einem schweren Gesicht, das viel erlebt hat, blicke ich ihm entgegen, bis unsere zwei intimen Sekunden verstrichen sind, weil mich Mutter weiter in den Bus zerrt. Ich sitze nicht am Fenster, weil Mutter gerne am Fenster sitzt, also sitze ich im Gang. *Wo fahren wir hin?* Wir steigen aus dem Bus aus. Ich winke dem Fahrer zum Abschied. Mutter läuft mit schnellen Schritten vorne weg. *Was machen wir hier?* Sie antwortet nicht. Mutter betritt den Friedhof, der von einer runden Mauer umgeben ist.
Komm jetzt Junge, los. Wir haben nicht so viel Zeit.
Was machen wir hier?
Ich lasse dein Grab entfernen.
Warum willst du das Grab entfernen lassen?
Dein Grab! Dein Grab, Junge! Verstehst du das nicht?

Es ist kein sonderlich großer Friedhof. Je näher wir dem Grab kommen, desto mehr erkenne ich wieder. Ich versuche die Positionen ausfindig zu machen, von denen die Bilder aufgenommen wurden. Als ich vor dem Grab stehe, sehe ich den Feigenbaum, unter dem Mutter auf einem Plastikstuhl saß.

Der Grabstein ist unpersönlich. Er ist dunkelgrau und hat keine schöne Form. Ich lese POLAT KAPLAN, in grauen Buchstaben über die ganze Fläche eingemeißelt. Das Geburtsdatum und der Sterbetag in der Mitte. Ich gehe näher heran und bemerke plötzlich, dass unter den Buchstaben noch etwas anderes steht. Vielleicht Edding. Oder Wandfarbe. Da steht: *Nicht mein Sohn.* Ich drehe mich um zu ihr: *Hast du das*

geschrieben? Sie zuckt mit den Schultern und nickt beiläufig dabei.
Das braucht niemand mehr, sagt Mutter und knipst ein Foto von mir mit ihrem Handy, wie ich als Statue neben dem Grab stehe. *Ein bisschen weiter nach links,* dirigiert sie mich. Ich mache einen kleinen Schritt nach links. *Und stopp!* Ich höre das Klick-Geräusch ihres Smartphones. *Du wartest hier auf mich.* Während sie sich von mir entfernt, macht sie weiter Fotos von mir. *Damit wir das nicht vergessen!*, schreit sie aus zwanzig Metern Entfernung.

Einige Minuten später kommt Mutter mit einem älteren Herren in dunkler Latzhose zurück. Er sieht etwas verstaubt aus. Schon von Weitem höre ich, wie sie auf ihn einredet. Er rückt seine Schiebermütze zurecht, während sie spricht. Sie stehen zu weit weg von mir, ich kann sie nicht wirklich hören, aber ich kriege mit, wie Mutters Triumphgeheul Früchte trägt. Dabei schielt der Wärter in der Latzhose zwischen Mutter und mir umher. Mutter fuchtelt mit den Armen, und schleudert ihre Tasche, die an ihrem Ellbogen hängt, rhythmisch gegen ihr Knie. Ich sehe sie nicht weinen, aber ich bereite mich darauf vor. In zwanzig Sekunden etwa wird sie loslaufen. Zu ihrem Sohn. Dem Verschollenen. Der nicht in der Erde liegt. Ich ziehe meine Augenbrauen hoch, falle durch die Zeit und lande mit meinem trüben, untröstlichen Gesicht vor den Augen des Wärters.
Wie kann mein Sohn auf sein eigenes Grab blicken?, spricht Mutter trotzig und fuchtelt mit dem Zeigefinger in meine Richtung und meint Grabstein und Grabboden. Der Wärter runzelt die Stirn. Mutter geht einen Schritt auf ihn zu. *Da steht er. Vor Ihnen. Und da drinnen ist nichts. Das ist eine leere Kiste und ich möchte, dass diese wieder ausgegraben wird und der Grabstein entfernt wird.*
Mutter zückt ihren Kochlöffel aus der Tasche und haut mit dem Löffel gegen den Grabstein und sagt: *Es reicht.* Der Wärter geht einen Schritt zurück, um Mutter auszuweichen.
Aber Sie haben dafür bezahlt.
Ich habe nicht dafür bezahlt!
Doch.
Nein!, antwortet sie im selben Tonfall und haut ihren Kochlöffel klein. Ich hatte kurz Angst, dass sie jetzt durchdreht, nicht wegen des Gra-

bes, sondern wegen ihres Kochlöffels, stattdessen sammelt sie die drei Teile ihres Löffels ein, steckt diese zurück in ihre Tasche und spricht mit leiser Stimme: *Mein Kind ist wieder zurück.* An diesem Punkt wird mir etwas mulmig. Was ist, wenn er uns nicht glaubt? Oder denkt, wir seien verrückt? Was ist, wenn er die Polizei ruft und die Polizei kommt und uns abführt in Handschellen? Aber er läuft auf mich zu und legt mir seine klobige runde Hand, die faulig aussieht, auf die Schulter. Mir bleiben Millisekunden, um zu entscheiden, wie ich handle. In diesem Zeitraffer setze ich ein weinendes Gesicht auf, ich weine einfach darauf los.

Das muss eine schreckliche Zeit für dich gewesen sein, spricht er, noch untröstlicher.

Die schlimmste Zeit!, bringe ich über die Lippen und lamentiere schnell: *Aber ich kann mich nicht erinnern.*

Ja, sagt Mutter, *Ich weiß auch nicht, wie ich das durchgestanden habe.*

Ich wollte nur nach Hause, sage ich.

Und ich war alleine zuhause und wollte nur meinen Jungen zurück, ergänzt Mutter. Der Wärter mustert mich und Mutter mit einer mitleidigen Miene. Vielleicht ist er auch etwas froh, denke ich, wenigstens hört er endlich mal eine Geschichte, die ein Happy End hat und den Tod austrickst. Er nimmt seine Hand von meiner Schulter und zieht eine Zigarette aus seiner Hemdtasche, die er sich in den Mund steckt und anzündet. Weil ich ihn dabei verdattert beobachte, hält er mir seine Zigarette hin und fragt: *Auch eine?* Aus Reflex und alter Gewohnheit stecke ich mir eine ein. Als ich den ersten Zug tief in die Lunge einsauge, wird mir schlecht. Und natürlich kommt Mutter und reißt mir die Kippe aus dem Mund und wirft diese panisch zu Boden. Um sicher zu gehen, dass die Zigarette aus ist, stampft sie die Kippe mit beiden Beinen mückenplatt.

Was machst du da?, brüllt sie. *Rauchst du jetzt etwa?* Ich antworte nicht. *Was haben sie dort mit dir gemacht?*

Der Wärter und ich sind beide überrascht von Mutters Anfall. *Nein, eigentlich rauche ich nicht.* Nicht einmal manchmal, sehr selten, aber ich weiß nicht was in mich gefahren ist.

Nein, nein, Mutter!, fange ich langsam an, *Ich bin etwas verwirrt, so mitgenommen. Das Grab, der Krieg, die Bomben!*, ich rede mich raus. Mutter

versteht alles sofort. So, wie sie es verstehen will, kommt sie auf mich zu, umarmt meine Hüfte und presst mich als Schnalle an ihre Brust. *Hören Sie, sehen Sie,* und meint den Wärter, *Das hier, das muss weg!*, sie nickt mit dem Kopf in Richtung des Grabsteins. Sie lässt mich los, stampft zurück zum vertikalen Grabfleck und hackt mit ihren spitzförmigen Schuhen in die Erde.
Das alles, das muss weg. Und diese Kiste muss raus. Dann stemmt sie sich gegen den Grabstein und versucht ihn umzuwerfen. Mutter ist fett, aber nicht stark. Mutter stöhnt. Mutter wirkt klamm. Sie setzt ab und probiert es noch einmal, als wieder nichts passiert, haut sie mit ihrer Tasche genervt dagegen und gibt auf. *Bitte!*, sagt sie, *Bitte!* und wühlt in ihrer Handtasche herum. *Bitte, machen Sie das alles weg.* Dann hört sie auf zu wühlen und zieht einen Bündel Geldscheine aus ihrer Tasche und hält es dem Wärter unter die Nase. Er greift mit der Hand, mit der er raucht, danach und steckt sich das Geld zu den Zigaretten in die Hemdtasche und murmelt: *Wird erledigt.* Dann dreht er sich um und geht weg.
Fantastisch. Eine Sache weniger, freut sich Mutter. Sie schießt noch ein Foto, dann watscheln wir zurück, durch die Mauer, zurück zur Bushaltestelle.

Wieder steigen wir beide in dem Moment, in dem der Bus vor uns zu stehen kommt, beim Fahrer ein. Wieder zeige ich meinen Ausweis und werde freudig empfangen. Wieder sitze ich im Gang und Mutter am Fenster und wir schweigen über die ganze Busfahrt. Als wir aussteigen, bemerke ich nach einigen Minuten, dass wir zurück in Mutters Nachbarschaft sind. Als ich unser Hochhaus erkenne, sage ich nur, *Ich weiß, wo wir sind.* Mutter: *Schön!* und läuft weiter, bis wir an der ersten Straße links abbiegen, die Straßenseite wechseln und vor einem Hochhaus zum Stehen kommen, das wie Mutters aussieht.
Hier wohnen wir nicht?, frage ich Mutter, als ob ich eine schwere mathematische Formel zu lösen habe.
Nein Junge, wir wohnen hier nicht. Wir wohnen da drüben. Drüben ist die andere Seite. Aber hier wohnt Esra.
Ich sage nichts dazu.
Wir gehen da jetzt hoch.

Aber was willst du da?
Deine Verlobte besuchen, Junge, was sonst. Was sollen die Leute denken?
Aber ich habe sie doch schon gesehen. Reicht das nicht?
Nein, sagt Mutter und drückt auf die Klingel mit dem Nachnamen KAGAN.

Mit einem leichten Brummen drückt sich Mutter gegen die glasige Eingangstür und zieht mich in den Flur.
Bist du nicht neugierig darauf, was dir Esra zu erzählen hat?, fragt sie mich, während wir auf den Aufzug warten, der sich gerade im zwölften Stock befindet.
Nein, sage ich.
Ich schon, antwortet sie. *Ich möchte wissen, wie sie die Jahre verbracht hat. Was macht man, wenn man den ganzen Tag schweigt?* Sie haut ihre Handtasche gegen meinen Bauch: *Warum bist du nicht neugierig, Junge?* Ich antworte: *Ich weiß es nicht.* Aber ich weiß, warum. Aber es fällt mir schwer darüber zu reden. Esra hat heute Morgen etwas in mir aufgewirbelt und mich nachhaltig und zutiefst beeindruckt. Aber mich lässt das Gefühl nicht los, dass etwas anderes nicht stimmt. Sie fing an zu sprechen und ich sah und dachte, dass in Wirklichkeit ihre Sprache wiederkam, da sie weiß, wer ich nicht bin. Anders kann ich mir das nicht erklären. Und aus diesem Grund sträube ich mich davor, sie wiederzusehen. Esra ist schöner als ich, und das macht mir zu schaffen. Die Aufzugtür öffnet mit einem Plong-Geräusch, Mutter und ich stehen im fünften Stock. Bevor ich den Aufzug verlasse, mustere ich mich im Aufzugspiegel. Meine Nase ist abgeheilt und ist fast schon europäisch. Die Haustür öffnet sich und Esma steht vor uns, wiederhergerichtet, trotzdem zerzaust und grinst und ist sichtlich froh uns zu sehen und breitet die Arme aus und umarmt mich und Mutter gleichzeitig, dass unsere Köpfe beinahe aneinander krachen.

Da stehen wir also. Mutter, Esma und ich. Die Situation wirkt leicht angespannt und ich versuche souverän aufzutreten, damit Esma nicht noch einmal in Ohnmacht fällt und Mutter dadurch zu leiden hat. *Kommt rein, kommt rein,* sagt Esma. Ihre Wohnung ist größer als Mutters, das bemerke ich sofort. Eine Wendeltreppe führt in die zweite

Etage. An der Wendeltreppe hängen Bilder von Esra aus jeder Altersstufe. Vom Flur gehen mehrere Türen ab, Mutter und ich folgen Esma durch die erste Tür rechts ins Wohnzimmer. Dort werden wir gebeten, uns in voluminöse Samtsessel zu setzen. Mutter und ich versinken darin. Esma lächelt immer noch und das verunsichert mich.
Wo ist Esra?, frage ich sie, da mir nichts anderes übrig bleibt. Als ob sie meine Frage nicht gehört habe, steht Esma auf und läuft gedankenverloren aus dem Zimmer hinaus und murmelt dabei: *Wie konnte ich das vergessen.* Ich sehe ihr etwas verwirrt hinterher. Mutter tätschelt meine Hand, ich drehe mich zu ihr um, sie zuckt mit den Schultern und sagt nur: *Mach dir nichts draus, Junge.* Aber ich mache mir etwas daraus. Ich bin der Verschollene und Esma sollte froh sein, dass ich zurück bin und das Zimmer nicht verlasse. Es ist wie in einem schlechten Film, alle verlassen das Zimmer. Gedankenverloren! Das ist der schlechteste Plot, der jemals geschrieben wurde. Und dafür hat Mutter zehn Jahre gebraucht. Ist es für alle so schwer zu begreifen? Kann eine Veränderung nicht einfach eintreten und alles andere vernichten? Ich bin beinahe eine Naturkatastrophe, mit der niemand gerechnet hätte. Und wenn Katastrophen eintreten, dann bleiben Schäden übrig, ja. Aber mit den Schäden danach muss man doch umgehen können? Esma kommt zurück. Sie hat dasselbe mintgrüne Tablett wie Mutter. Muss gerade im Trend sein. Ich rieche schwarzen Tee und Kekse gibt es auch. Ihre kurzen braunen Haare sind zu einem Mini-Zopf im Nacken gebunden, links und rechts einzelne Haarsträhnen, die ihr eckiges Gesicht umschließen. Esma sagt: *Ich bin aufgelöst. Aber erleichtert.* Mutter sagt nichts. Ich frage wieder, wo Esra sei und nehme mir einen Keks, von dem ich genüsslich abbeiße. Mutter pickst mich in die Seite, damit ich nicht gleichzeitig esse und rede. Esma blickt zu Boden, dann an die Wand, dann auf das Bild an der Wand, das eine Landschaft irgendwo auf der Welt zeigt, nur um dann wieder mit ihrem Blick auf dem Boden zu landen.
Wo warst du?, fragt sie mich dann. Ich schlucke den Rest des Kekses hinunter und sage nur: *Weg.*
Wie weg?, fragt Esma.
Ich kann mich nicht mehr erinnern, sage ich.
Aber an irgendetwas musst du dich doch erinnern können?, fragt sie mich mit tiefer Stimme.

Ich kann mich nicht erinnern, wiederhole ich, und bin nicht aus der Ruhe zu bringen.
Aber an irgendetwas?! Jetzt schreit sie ein bisschen. *Du warst immerhin zehn Jahre weg?! Und jetzt bist du einfach wieder da und kannst dich an nichts erinnern?* Jetzt brüllt sie.
Ja, antworte ich ihr. Ich dachte zuallererst, sie explodiert, aber sie schenkt uns Tee ein.
Wo kommst du her? Wie bist du zurückgekommen?, hakt sie noch einmal nach. Ich kenne mein Heimatland, doch ich benenne es nicht.
Mit dem Bus, antworte ich selbstsicher.
Mit dem Bus? Sie schenkt uns immer noch Tee ein und das Glas läuft über. Ich sehe, dass sie mir nicht glaubt. Weil ich Gott bin und meine eigenen Gebete erhören kann und sie auch tatsächlich ausführe, kommt in diesem Moment Esra durch die Tür.
Esra!, sagt Esma und bemerkt das Teewasser auf dem Tisch und auf dem Boden, *Ich dachte, du schläfst.* Esra schüttelt den Kopf. *Hol dir ein Teeglas aus der Küche, mein Kind. Na los!*, sagt ihre Mutter. Esra läuft leise aus dem Zimmer hinaus. Dann lehnt sich Esma nach vorne, näher zu Mutter und mir: *Jetzt spricht sie wieder nicht. Ich weiß nicht, warum. Ob es der Schock ist, weil sie dich wiedergesehen hat, Polat? Auf dem Rückweg nach Hause ist sie wieder verstummt.*
Ich bin enttäuscht. Ich bin nicht mehr allmächtig. Wie kann das sein. Die Mutter weint. Nicht meine Mutter, aber Esras Mutter, Esma. Dann kommt Esra wieder und sieht ihre Mutter, ganz klamm und verzweifelt, setzt sich auf die Lehne ihres Sessels und legt den Arm um ihre Mutter.
Warum weinst du?, fragt Esra Esma. Die ist sichtlich irritiert, aufgequollen vor Irritation. Ich verschlucke mich an meinem Keks. Weil Esra anfängt zu lachen, stimme ich mit ein. Esra sieht mich glücklich an und schüttelt dabei den Kopf, sodass ihre Haare den Busen streifen und fragt ihre Mutter, *Was sie denn habe?* Esma, sichtlich mitgenommen, sichtlich missverstanden, sagt, *dass sie die Welt nicht mehr verstehe.* Esra lacht wieder und ich stimme wieder mit ein, aber Mutter sieht das nicht gerne, möchte das nicht sehen, vor allem jetzt, da Esma weint, haut sie den Arm zwischen meine Rippen und zwingt mich dazu, aufzuhören. Mutter ist humorlos. Esma trocknet ihre Tränen.

Es wundert mich ein wenig, dass Mutter nicht weint, obwohl sie, wie sie immer sagt, so viel zu beklagen hätte.

Mutter reicht Esma ein neues Taschentuch, so wie Frau Batic Mutter ein Taschentuch reichte, als sie bei Frau Batic auf dem Boden lag. Auch Esma nimmt ein Taschentuch entgegen, und schnauft kräftig. *Ich habe das alles noch niemandem erzählt. Das glaubt uns doch keiner. Esra, kannst du das glauben?*, fragt sie ihre Tochter und legt die Hand auf Esras Oberschenkel, ohne sie anzusehen.
Ja, ich glaube das, sagt mir Esra ins Gesicht.
Ich glaube es auch, fügt Mutter hastig hinzu, etwas zu verschlagen. Mutter ist wie ein Papagei. Sie ist trotzig und will Aufmerksamkeit, aber sie versteht auch nicht, dass wir zuallererst Esma auf unsere Seite ziehen müssen, bevor Mutter wieder im Mittelpunkt stehen kann.
Was machen wir jetzt?, fragt Esma. Mit Nachdruck: *Wir müssen zur Polizei.*
Warum müssen wir zur Polizei?!, piepst Mutter. Jetzt weint meine Mutter. Statt zu antworten, spiele ich den Geknickten, der ausgestoßen wird. Esra kniet sich vor ihrer Mutter zu Boden und sagt, *Warum müssen wir zur Polizei? Wir müssen nicht zur Polizei?! Aber, was machen wir denn jetzt?* Mutter reißt sich am Riemen, das sehe ich, denn sie zupft ihr Jackett zurecht.
Wir gehen nicht zur Polizei. Mein Junge ist zurück und alles wird wieder wie früher. Oder nicht?, fragt sie in die Runde und bleibt an Esra haften. Meine Geduld ist heute sehr groß. *Es wird jetzt alles wie früher,* betont Mutter noch einmal. *Oder Esra?*
Esra nickt, immer noch kniend und gibt ein freudiges *Ja!* von sich. Der Trübsal ihrer Mutter scheint etwas zu brechen. Wahrscheinlich ist sie einfach nur froh, dass Esra wieder redet, obwohl sie den ganzen Vormittag wieder geschwiegen hat. Ich sage auch: *Ja! Ich bin froh, dass ich wieder zuhause bin,* und breite meine Hand aus, um mich zu verdeutlichen. Ich opfere mich auf und ich lasse das Mutter spüren, indem ich nochmal zaghaft weine, bis die Tränen kommen und es alle sehen. Ich weine, weil ich Gott bin, zuhause bei seinen Jüngern, verraten von ihrem Drang nach Wahrheit. Ich habe Angst vor Esma, lasse mir das nicht anmerken, aber ich sehe, dass sie uns nicht glaubt. Esra sieht

meine falschen Tränen und kommt auf mich zu und legt denselben Arm, den sie um ihre Mutter gelegt hat, auf mich und ich lasse mich in ihren Geruch fallen, der mich umhüllt, bis es dunkel wird, weil ich in ihren Haaren liege. Ich bin berührt, dass Esra mich versteht und nicht, so wie Esma, gegen mich ist. Als Esra mich loslässt, weine ich nicht mehr, dafür Esma, weil sie sichtlich gerührt ist von Esras Geste. Mutter weint gar nicht mehr, blickt mürrisch drein und spielt mit dem Ring, den sie am Mittelfinger trägt.

Esra und ich verabreden uns zum Abendessen. Ich versuche sie zu hypnotisieren, indem ich sie eindringlich ansehe, aber sie scheint noch nicht zu reden, hält stattdessen meinem Blick nicht länger als drei Sekunden stand oder sie verdreht die Augen und gibt ein merkwürdiges Lachen von sich. Wir sitzen am Tisch und Esma bereitet uns ein Essen zu, Esra setzt sich neben mich und unsere Arme berühren sich manchmal. Ich bemerke, dass sie das mit Absicht macht, aber ich sage natürlich nicht, dass ich es bemerke, weil ich weiß, dass Esra und Polat vor dem Tod verliebt waren und immer noch verliebt sind. Esra sagte, *ich habe mich nicht verändert und das sei schön und das mache ihr Angst.*
Warum macht dir das Angst?
Sie trinkt einen Schluck Wasser, schüttelt dann den Kopf: *Es ist seltsam. Du bist so wie vorher, aber es ist so viel Zeit vergangen und du hast dich nicht verändert und jetzt ist alles wie vorher.*
Ich sage nur, *Ich kann mich nicht erinnern.*
Das entsetzt sie, weil sie denkt, ich habe sie vergessen. Ich korrigiere meine Aussage und erkläre ihr, was ich genau meine. *Vielleicht erinnerst du dich bald wieder.*
Ich sage: *Ich hoffe nicht.* Dann: *Ja, vielleicht,* das sage ich sehr leise, aber zweimal hintereinander, um ihr Hoffnung zu machen. Dann fängt sie wieder an zu weinen, aber ich nicht. Ich bin ein trockener Gott und lege meinen Arm um ihre Schulter, wie sie es heute Vormittag bei mir tat und wie die Erwachsenen es bei mir taten, als der Einäugige sein Auge verlor. Ich lege also meinen Arm um Esra, bis sie sich anschmiegt und Esma ein Foto von uns schießt. Esma wird von Stunde zu Stunde glücklicher, weil sie denkt, ich tue Esra gut. Esma ist nicht glücklich

für mich oder für sich, sondern für ihre Tochter Esra und das ist das einzige, was zählt. Solange ich Esra auf meiner Seite habe, kann mir Esma nichts antun und ich habe meine Ruhe.

Zum Abschied küsst mich Esra auf den Mund und ich werde rot. Sie ist gerührt davon, von mir, denkt, das ist eine Bestätigung an die Zeit, die sich unsere Liebe nicht nehmen kann, egal wieviel Zeit vergangen ist. Der Krieg hätte eher ein Ende genommen, wäre Polat kein Soldat gewesen. Sie küsst mich noch einmal auf den Mund, und Mutter und Esma sehen es, etwas länger und zarter und ich will es beschreiben, doch ich kann nicht.

Mutter und ich stehen wieder im Aufzug, ich bin weiterhin von Esras Kuss errötet, schweigsam, gedankenverloren, während ich das Geschehen im Kopf mehrere Male hintereinander nachspiele, ist Mutter bloß sauer.
Ich kann es nicht ganz glauben, dass alle glauben, dass du es bist. Ich stehe vor einem Abgrund. *Ich meine,* versucht sie zu erklären, *dass sie dich schon küsst?! Wenn das mein Junge wüsste. Er wäre am Boden zerstört.* Ich bin kein kranker Mensch, aber ich begreife in diesem Augenblick, dass ihr Skript gegen sie arbeitet.
Ich bin es, versuche ich ihr zart ins Ohr zu sprechen und drücke meine neue Jacke gegen eine imaginäre Kamera im Spiegel.
Ich weiß, sagt sie. Aber ich weiß nicht, ob sie Polat meint oder mich.

Die nächsten Monate gehen als Vergnügen an mir vorbei. Mittlerweile weiß die ganze Stadt, dass ich wieder zurück bin. Wenn ich mit Mutter im Supermarkt stehe und den Einkaufskorb trage, wird mir zugenickt oder zugewunken. Ich bin ein Star. Ein Popstar. Die Menschen sind verrückt nach mir und behandeln mich wie einen Helden und das gibt mir ein gutes Gefühl. Ich spüre, dass sie mich brauchen. Ich bin der Mittelpunkt ihrer Welt, weil ich das Neue bin. Ich bringe Abenteuer und Spaß in ihren Alltag, ich bin die Wiedergeburt, das Gegenstück zu ihrer alltäglichen Langeweile. Ich bin wie im Rausch. Sabbere, strahle, sauge diese frische, nährende Rolle ein. Jeden Tag gibt es mindestens eine neue Episode. Die Zuschauer lieben mich. Ich habe Mutter endgültig auf den zweiten Platz gedrängt. Ich, die grandiose erste Hauptrolle (Adonis, Tony Montana, Donnie Brasco, Scarface, Vatos Locos Gang) halte den Pokal und die Medaille gleichzeitig im Arm und werde geliebt von den Menschen um mich herum. Ich bin ihr Superstar, echt im Film und echt im Leben, weil sie nicht wissen, dass ich spiele. Ich bin authentisch. Realitätsnah. Eine Schublade. Ein Sohn. Ein Kind. Ein Freund. Eine einfache Idee für die schwierigen Dimensionen dieser Welt. Die Menschen sind dumm. Aber sie glauben alle unsere Geschichte. Zwischen Mutter und mir läuft es auch immer besser, manchmal vergesse ich, warum ich eigentlich hier bin, und warum ich das alles tue. Aber wenn es mir dann wieder einfällt, dann denke ich nicht mehr weiter darüber nach.

Es ist wie ein Ferienaufenthalt. Diese Rolle ist mein Prügelring. Und wenn ich im Supermarkt stehe und die Anerkennung der anderen spüre, ist meine Rolle keine falsche Rolle. Ich bin ein Werbeprodukt. Die Zuschauer bezahlen dafür. Und sie sollen etwas kriegen für ihr Geld. Ich habe auch dafür bezahlt. Es ist kein Skandal oder Raub. Es ist eine logische Umwertung der Dinge. Ich teile die Geschichte mit Mutter, weil die Einheit des Staates den Tod eines Kindes nicht ersetzt, sondern die Bomben. Und Mutter ersetzt mich. Und wenn ich mich selber ersetze, bin ich dem Prügelring näher als je zuvor. Und wenn alles andere dadurch verdrängt wird, trage ich diese Tatsache getarnt als Storyboard in mir. Vieles ist neu und für viele mag es fremd erscheinen. Aber nicht für mich. Ich begreife, mehr denn je, dass jeder Tag mir zuspielt. Hier bin ich nicht vergessen. Ich bin die Gleichstellung des Lebens. Ich bin das Spätwerks eines Künstlers. Kein Genie, denn sowas gibt es nicht. Ich bin der Sprinter. Ich bin die Zeit, die nötig ist, um den Bogen zu spannen, um den Dingen ihre Geschichte und eine Erklärung zurückzugeben. Ich bin Europa, Afrika und der Nahe Osten gleichzeitig. Ich kann ihnen erzählen: Ich bin in Japan aufgewacht. Ich bin Russland. Und sie würden mir glauben. Ich kann ihnen erzählen: Ich bin in Amerika aufgewacht. Dann in Asien. Und sie würden mir glauben. Ich kann ihnen erzählen: Ich bin in Mesopotamien zur Welt gekommen. Und sie würden mir glauben. Und weil sie mir glauben, wird es niemals langweilig. Niemand wird mich finden. Ich bin nicht unnütz oder heuchlerisch. Ich bin das Prinzip der ganzen Welt auf der ganzen Erde. Ein besetzter Fleck, ein herrlicher Tag. Ich kenne die Gewohnheiten der Menschen. Und wenn ich mir bessere, neue Gewohnheiten ausdenke, bringe ich die Geschichte zu Ende. Unsere Serie steht der Welt gegenüber und wenn ich damit umgehen kann, betrachte ich mich und die anderen, die mich betrachten, genauer. Dann wird mich niemand verraten, weil mich niemand kennt. Und wenn mich niemand kennt, bin ich ein Gott, der alle kennt. Und wenn ich Gott bin, dann bin ich zuhause, weil alle sagen, Gott ist überall zuhause. Das ist Wachstum. Das ist Durchbruch. So lebe ich und so werde ich sterben. Ob in der Serie oder im echten Leben, weiß ich nicht. Meine Mutter hat Angst vor dem Tod und sie fürchtet ihn. Deshalb küsst sie mich neuerdings immer auf die rechte Wange, wenn wir frühstücken, damit ich denke, dass sie mich wirklich liebt. Und ich küsse sie zurück auf die rechte Wange. Mutter hat kein Gewissen mehr, weil sie ihr Kind verloren hat und deshalb braucht sie mich, damit ich ihr Gewissen ersetze. Und wenn ich ihr Gewissen ersetze, sind wir beide eine Person, weil Mutters Gewissen, das denkt, was ich ihr mit meiner Rolle ins Gewissen redend weitertrage. Wenn ich aber nicht schnell genug reagiere, hat sie wieder die Bombe vor Augen. Und wenn das passiert, ist Mutter nicht mehr brauchbar und keine Mutter mehr. Dann leide ich, weil auch ich dann nichts anderes mehr habe. Ich habe dann nichts mehr zu sagen, da ich, als ich in den Prügelring stieg, alles aus mir und den anderen rausprügelte. Ich bin sozusagen leer und dennoch ist es meine Rettung. Und meine Rettung ist Mutters Gewissen, das sie nicht mehr braucht, weil sie mich wieder hat und wer uns nicht glaubt, kennt das Leid nicht und kennt das Vaterland nicht und weiß nicht, was Mutter verfolgt oder mich verfolgt. Deshalb werde ich weder sie, noch mich berauben, damit Mutter das wiederfindet, was unauffindbar scheint und ohne mich nicht zu schaffen ist. Ich bin ein Land und Mutter ist ein Land, quasi miteinander verwebt. Und das ist unsere Voraussetzung. Und jede Voraussetzung birgt einige Konsequenzen in sich, die auszuhalten sind. Und indem ich das aushalte, bestrafe ich alle anderen, die das nicht aushalten. Und ich bestrafe mich selber, indem ich niemandem von mir erzähle.

Aber ich erzähle Mutter, dass ich ihr Sohn bin, deshalb bestrafe ich nicht sie, sondern mache nur den Schmerz kleiner. Ich weiß, dass Menschen böse sind, weil ihnen schreckliche Dinge passiert sind. Aber ich bin nicht böse auf sie. Ich bin froh, dass ich ein neues Leben habe. Und Mutter war nie böse, nur betrübt. Denn Mutter hat keine Beweise für die Bombe, die damals auf ihren Sohn einschlug. Nur das machte ihr zu schaffen. Und wenn ich eindringlich mit ihr spreche und sie von mir überzeuge, ist sie nicht mehr wiederzuerkennen. Und das bedeutet für sie, dass der Tod nicht in das Leben einschneidet und sie kann sich für einen kurzen Moment beruhigen und glauben, dass nichts ging, weil alles wiederkam. Mutter klagt niemanden an, denn Mutter nimmt jetzt, durch mich, ihr Leben wieder in die Hand. Wenn sie mir abends sagt, dass sie froh ist, dass ich wieder zurück bin, dann weiß ich, dass sie das sagt, weil sie kein Gewissen hat, aber auch, weil sie es nicht böse meint. Und wenn sie so etwas sagt, hindere ich sie nicht daran. Ich denke, dass Mutter dann denkt, ich stimme ihr zu und ich stimme ihr zu, weil ich sie nicht betrügen will. Sie hat ja schon kein Gewissen mehr. Das reicht. Das ist ein Cliffhanger, der dauert ein ganzes Jahrhundert lang. Das weiß ich und ich bin mir sicher, dass sie das auch weiß. Und Mutter hat sowieso schon Panik vor der Zeit, weil die Zeit sie immer weiter von dem Tod ihres Sohnes wegdrängt und Mutter sagt, das drücke ihr das Herz zusammen.

Sie gibt mir ein kleines Bild von Esra, damit ich es auf meinen Nachttisch stellen kann. Ich verstehe ihre Absicht nicht und denke, Mutter versteht nicht, was sie tut. Wahrscheinlich hat sie zu viele Filme gesehen und denkt wirklich, man macht das so und so oder das ist so, wenn man verliebt ist. Ich widerspreche Mutter nicht und nehme das dünne Bild in diesem dünnen Rahmen an mich. Aber aus dem Augenwinkel betrachte ich Mutter, die mich beäugt und darauf wartet, dass auch ich strahle, so wie Esra auf dem Bild, aber ich öffne die Lippen ein wenig und ziehe mein Gesicht zu einem leichten Strahler zusammen und schenke es Mutter. In meinem Zimmer verstaue ich das Bild in einer Schublade. Um Mutter nicht zu kränken, packe ich es alle zwei, drei Tage aus und stelle es auf meinen Nachttisch, sodass es so aussieht, als würde es immer da stehen.

Ich gehe mit Mutter zum Fotografen und wir stehen, etwas klamm, nebeneinander, vor der weißen Fotostudiowand und warten auf den Fotografen, der seine Kamera auf ein Stativ packt. Mutter sagt, sie wolle ein Foto mit ihrem Sohn machen und ich nicke, weil ich gerührt sein sollte. Und der Fotograf sagt, wir sollen uns setzen und wir setzen uns auf den quadratischen Hocker und finden mit Mühe und Not beide Platz ohne umzufallen. Mutter legt den Arm um mich und der Fotograf zieht ein Himmelmotiv mit Wolken hinter uns auf und Mutter fällt beinahe vom quadratischen Hocker, weil sie sich umdreht und den Fotografen dabei beobachtet. Das ist kitschig, aber ich fange sie rechtzeitig auf und sie ist froh darüber, dass ich mich um sie kümmere, weil sie sagt, sie werde langsam alt. Und ich verneine es und der Photograph ist sichtlich gerührt von uns, weil er denkt, da sitzen eine Frau und ein Mann und wir sind Mutter und Sohn. Aber da sitzt eigentlich eine Frau ohne Sohn. Und ein Mann ohne Mutter. Aber Mutter und ich haben diesen Moment nicht zerstört, sondern ich lege meinen Arm um sie und wir blicken beide in die Kamera: *Und jetzt Cheese,* lächelt der Fotograf. Und ich sage: *Cheese*. Und Mutter sagt: *Schieß,* weil Mutter kein Englisch kann und nicht weiß was Cheese bedeutet. Innerhalb von zehn Minuten wechseln wir unsere Position zweimal und das Hintergrundmotiv viermal. Erst der Himmel, dann ein Flugfeld, dann die Freiheitsstatue von New York, die Mutter besonders gut gefällt, und zum Schluss eine bergige Landschaft. Mutter ist ganz entzückt davon. Dann essen wir ein Eis. Mutter und ich entscheiden uns beide für Erdbeere. Oder ich entscheide mich für Erdbeere, weil sie sich für Erdbeere entscheidet und ich will, dass sie weiß, dass ich sie sehr achte. Ich weiß nicht, ob Mutter das versteht. Ich aber verstehe, dass sie von meiner Wahl sehr gerührt ist und denke, es ist wirklich meine Entscheidung und ich nähere mich ihr an.

Dann gehen wir nach Hause und Mutter will Frau Batic ein Foto von uns schenken, damit Frau Batic nicht mehr anzweifelt, dass ich existiere. Mutter sagt Frau Batic sei geisteskrank, ich aber glaube, dass sie traurig ist, weil sie nicht mehr in Bulgarien ist. Frau Batic sieht sich das Foto mit der Landschaft und den Bergen und den Bäumen an und ich sehe, dass sie sich daran erinnert, wo ihre Kindheit liegt. Sie sucht nach ihrer Kindheit in den Bäumen, als ob ihr Leben da hinge. Ihre Hände zittern. Dann ist sie schlagartig traurig und Mutter denkt, Frau Batic sei gerührt. Mir aber entgeht nicht, dass Frau Batic wieder traurig ist, weil sie weg ist. Mutter geht aufs Klo und Frau Batic hält sich an meinem Ärmel fest und sagt: *Ich komme nicht aus Bulgarien, denn meine Kinder sprechen kein Bulgarisch. Aber du hast keine Kinder,* erwidere ich. *Eben drum*, sagt sie und schüttelt den Kopf. Aber ich weiß, dass sie lügt und dass sie sich nach Bulgarien sehnt, aber ich weiß nicht, ob ihr Mann Ivan, den Mutter als Taugenichts betitelt, in Bulgarien ist und Frau Batic deswegen traurig ist oder ob es noch einen anderen Grund gibt. Da habe ich verstanden, dass die Bombe trotzdem etwas übrig lässt, weil das Leben weitergeht, aber man an nichts anderes mehr denken kann. Das Bild von Mutter und mir hängt Frau Batic nicht im Wohnzimmer auf, sondern im Flur. Mutter ist stolz, Frau Batic gerührt, wegen Bulgarien, aber auch, weil wir an sie gedacht haben. Und ich, ich bin angekommen, zwischen Mutter und ihr, adaptiert als Ganzes, mit dem Bild im Flur, das zwischen uns hängt.

Ende Episode sechs: Der Held denkt nicht mehr an früher.

TAXI

SEASON 1 EPISODE 7

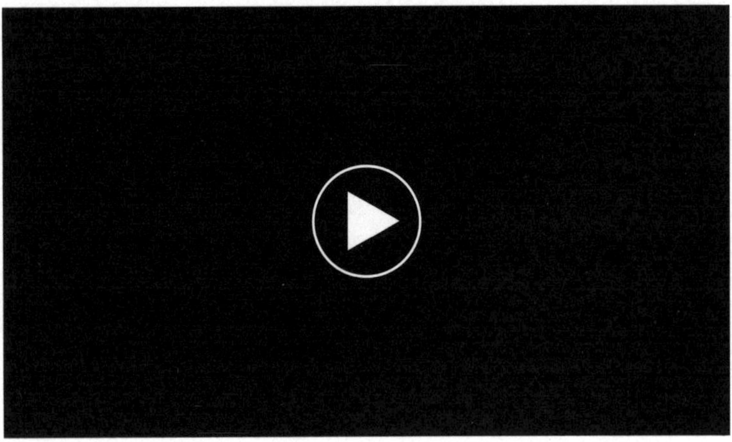

STARRING

ROSA KAPLAN & POLAT KAPLAN

New York Times critics' picks
»Terrific performances«

Ich werde der Uniform, die ich trage, gerecht. Ich fühle mich als Held. DER SOLDAT BESCHÜTZT SEINE MACHT. Es schleicht sich über Wochen ein. Das kommt mit der Gewohnheit, auch im Kopf, auch im Film: Ich habe getan, was ich tun musste und werde nicht zurückgehen. So liege ich im Bett, DER SOLDAT IST AUF EINMAL DER HELD, und so träume ich davon. Dann ist es 6:30 Uhr, der Wecker klingelt und ich schlage die Bettdecke zur Seite. Ich marschiere, erst auf allen Vieren, DER SOLDAT KRÜMMT SEINEN RÜCKEN ZUM BUCKEL, bis ich auf dem Boden lande, DER SOLDAT LACHT, ich taumle vor Glück, mit dieser einen Ehrfurcht mir gegenüber. Auf dem Fußboden drehe ich mich auf den Rücken, DER SOLDAT IST GETROFFEN, entzückt von mir, dann vor dem Unglück der Erzählung, die ich verhindere und mich dadurch bewahre. DER SOLDAT IST GETARNT, EIN STÜCK LAND, ich verliere nicht gegen die Grenze, DER SOLDAT VERLIERT NICHT MIT DER WELT, weil ich es bin, DORT WO DIE BOMBE EINTRIFFT, und nur ich es bin, OHNE ZU SCHADEN ZU KOMMEN, der es kann.

Nachdem ich mich angezogen habe, laufe ich runter in die Küche. Mutter scheint noch zu schlafen, der Wasserkocher, der normalerweise in den Morgenstunden pfeift, ist nicht zu hören. Ich bin hellwach und fülle den Wasserkocher mit Wasser auf. Den Tee entnehme ich aus dem Regal über der Spüle. Sechs große Esslöffel von dem schwarzen Tee landen in der oberen Kanne, ich fülle sie mit kaltem Wasser auf. Während das Wasser kocht, decke ich den Frühstückstisch. Zwei Teller. Zwei Messer. Zwei Gabeln. Zwei Servietten.

Käse und Wurst. Honig und Brot. Ich brate zwei Eier in der Pfanne, gieße den Tee auf, schneide Tomaten und rote Zwiebeln klein, bis mein Salat fertig ist und ich zufrieden mit der Anordnung der Reihenfolge bin. Erst werden die Tomaten klein geschnitten, dann die roten Zwiebeln, und zum Schluß noch ein halbes Bündel Petersilie. Aus dem Kühlschrank hole ich eine Karaffe Wasser. Mutter trinkt ihr Wasser am liebsten eiskalt, selbst wenn es Winter ist und ihr die Knie dabei zittern. *Das ist gesund,* sagt sie.

Es klingelt an der Tür, und ich lasse das Schneidemesser vor Schreck aus der Hand fallen, sammle mich wieder zügig, klatsche mir den Scheitel platt, tapse mit Hausschuhen (weiß) zur Tür, spreche durch die Freisprechanlage: *Ja?* Ich höre eine Frauenstimme, die mir antwortet: *Ich bin es!* Der Schlüssel hängt bereits im Schloss und ich drehe ihn zweimal nach rechts, zähle dabei im Kopf laut bis drei mit, EINS, ZWEI, DREI, ziehe die Tür auf: Esra steht frisch hergerichtet vor mir. Wir sind ein sonderbares Paar und sonderbar legen wir die Arme auf den Hals und Schulter des jeweils anderen, sind starr, fast mechanisch miteinander. Wir sind zwei Roboter. *Komm rein,* sage ich, obwohl sie schon im Flur steht. Ich nehme ihre Jacke entgegen und hänge sie mit einem Kleiderbügel ordentlich an die Garderobe. Esra steht unbeweglich im Flur. Beschämt vermittelt sie: *Ich war so lange nicht mehr hier.*
Das verstehe ich. Aber wir müssen uns daran gewöhnen. Ich quetsche mich an ihr entlang, an der Tür zur Toilette, ohne sie zu berühren und laufe vorneweg. DER SOLDAT HAT ALLES UNTER KONTROLLE. Sie bleibt weiter dort stehen, ohne sich zu rühren. *Ist Rosa nicht da?*, fragt sie mich, während ich in der Küche das Brot toaste.
Nein, ich glaube nicht. Ich gieße den Tee auf. *Ich habe mich nicht in ihrem Zimmer umgesehen, aber ich glaube, sie ist nicht da.*
Wo ist sie denn?, fragt Esra neugierig. *Unterwegs,* antworte ich schnell. *Ach so,* sagt sie bloß und bewegt sich langsam ins Wohnzimmer. Der Stuhl knarrt auf dem Boden, während ich mich an den Tisch setze.
Komm, setz dich, murmele ich heiter und streiche über den Stuhl neben mir, wie Mutter es immer tut.
Esra hat die Haare zu einem Zopf zusammengebunden. Ihre kinnlangen Ohrringe, die blau sind, streifen ihre Haare, die sich von ihrem Zopf, der teilweise noch geflochten ist, beim Laufen gelöst und in den Ohrringen verfangen haben. Ich trinke bereits meinen vierten Schluck Tee, als sie sich nicht neben mich, sondern mir gegenüber auf den Stuhl hinsetzt.

Du hast Frühstück gemacht?!, spricht sie leise, als hätte sie den gedeckten Tisch erst jetzt bemerkt, W*ie ungewöhnlich,* sie gluckst kurz.
Was ist daran ungewöhnlich?, frage ich empörter als gewollt, *ich habe mir große Mühe gegeben, wir waren doch zum Frühstück verabredet?*

Aber früher hast du nie gerne gefrühstückt, erzählt sie mir heiter und klatscht mit dem linken Ellenbogen auf den Tisch. *Früher warst du nicht so,* fügt sie hinzu.
Jetzt bin ich so, erkläre ich schwerfällig, damit sie nicht die Zeit vergisst, die immer vergeht. DER SOLDAT HILFT, WO ER KANN. ER IST AUFRICHTIG: PENIBEL, SAUBER, REIN. DER SOLDAT IST EIN GUT ERZOGENER JUNGE.
Ich helfe meiner Mutter immer, entgegne ich. Esra bricht in Gelächter aus. Seit zwei Minuten halte ich den Brotkorb in der Hand und bin derart mitgenommen von ihrer Heiterkeit, dass ich weiterhin verdattert den Korb in der Hand halte und nicht auf die Idee komme, ihn zurück auf den Tisch zu stellen. Esra wischt sich Tränen aus den Augen, das scheint sie wirklich mitzunehmen, *Du hast deiner Mutter nie geholfen!* Sie setzt noch einen drauf. DER SOLDAT IST KOMPROMISSLOS. Um nicht den Verstand zu verlieren, stelle ich den Brotkorb zurück auf den Tisch und spreche mit klarer und deutlicher Stimme: *Ich kann mich nicht erinnern.* Ich reiche ihr ein Brötchen, um das Thema zu wechseln.
Meine Freunde wollen dich gerne sehen, erzählt sie.
Wer?, frage ich.
Meine Freunde halt. Sie reißt das Brötchen in zwei Hälften. Sie hat schöne Hände.
Ich kann mich nicht an deine Freunde erinnern. Das ist Rache. Dann blickt sie auf den Teller und dann zu mir, mit neuen Tränen in den Augen. Dann habe ich wieder Mitleid.
Aber warum kannst du dich an mich erinnern?, fragt sie und versucht nicht zu weinen.
Weil ich dich liebe, ich leiere wie in den Filmen. Denn in solchen Momenten zählt Kompromisslosigkeit. Wenn ich sie zu einem besonderen Menschen mache, fühlt sie sich besonders und wird meine Liebe nie umgehen.

Es ist genauso schwer für mich, Esra. Du weißt überhaupt nicht, was das bedeutet. Mein ganzes Leben ist in Vergessenheit geraten. Ich muss mir alles zurückholen. Jetzt bin ich wieder da und ich habe nichts mehr. Keiner kann mir helfen und ich kann niemandem davon erzählen.
Jetzt fühlt sie sich ertappt, weil ich ihr Leid tue.

Nachts habe ich Alpträume. Ich wache nachts auf, aber ich kann nur an den Lärm der Bomben denken. Einmal habe ich im Schlaf so laut geschrien, dass Mutter zu mir ins Zimmer gerannt ist. Ich schrie weiter und sie wollte mich wecken. Aber ich dachte, sie wolle mich angreifen und ich habe sie geschubst und sie ist gegen den Kleiderschrank geknallt. Ich dachte, sie wolle mich umbringen. Im Nachhinein hat mir das fürchterlich Leid getan, aber ich kann nichts dafür. Und genauso fühlt es sich für mich an, wenn du vor mir sitzt und mich mit Fragen durchlöchern willst, die dir vielleicht das Leben erleichtern und dir eine Antwort für all die Zeit geben. DER SOLDAT FÄLLT NICHT AUS DER ZEIT. *Aber was ist mit mir? Ich habe noch nicht einmal eine wage Vorstellung von der Zeit.*

Ich bin grandios. Und sie ist hinüber, vollkommen. Das reicht. Da sie die nächsten zehn Minuten über aufgelöst ist, biete ich ihr als Trostpreis an, dass wir ihre Freunde kurz besuchen können. Dann ist sie auf einmal wieder bei sich und isst und schmatzt und sagt: *Komisch, früher hast du wirklich nie gerne gefrühstückt. Aber jetzt frühstücken wir zusammen. Ja, komisch,* antworte ich, nur um die Sache zu beenden.

Esra hat einen Führerschein und einen schäbigen Renault. Beim Einsteigen ekele ich mich. Der Beifahrersitz ist zugemüllt. Im Fußraum sammeln sich leere Cola-Flaschen, Eisstiele, an denen Schokolade klebt, die wiederum an der Fußmatte kleben. Rechnungen, Parktickets, leere Sandwich-Verpackungen, ich weiß nicht, wo ich anfangen soll. Zu allem Übel sitzt hinter dem Fahrersitz ein dicker, fetter Hund.
Du hast einen Hund?!, piepse ich empört.
Ach ja, das ist Marlo Senior, berichtet sie mir vergnügt und streicht über das Fell des Ungeheuers. *Ich habe ihn vor Jahren in einer Mülltonne vor dem Haus gefunden. Ist er nicht süß?* Dabei quetscht sie sich an das Ding und streichelt ihn, bis die Sabberfäden aus Marlo Seniors Maul in ihren Haaren und an ihrem Kinn hängen bleiben, was sie nicht weiter zu stören scheint, denn sie und der Hund quieken diesmal beide, ich weiß nicht, aus welcher Motivation heraus und irgendwann höre ich nur noch ihre Stimme, die mit dem Hund redet: *Wer ist ein süßer Junge? Ja, wer ist ein süßer Junge?* Marlo Senior antwortet ihr: mehr Sabber, ein Ozean, der Speichelfluss ist unaufhaltsam. Esra, scheinbar be-

glückt davon, antwortet: *Genau, du bist ein süßer Junge.* Dabei sagt sie immer wieder: *Süß!* Und irgendwann nur noch: *Süüüüüüüüüüüüüßßßßß!* Ich denke: Iiiiiiiiiiih! Ich versuche beim Einsteigen den Müll mit meinem Fuß in eine Ecke zu schaufeln, um den Überblick zu behalten, während ich Krümel und Ketchup dezent vom Sitz herunterschiebe. Ich sitze verkrampft, aber souverän, spüre Marlo Senior in meinem Ohr, und mir entgeht sein leichtes Knurren nicht. Esra dreht den Schlüssel im Zündschloss, das Geräusch des Motors vermischt sich mit dem Knurren des Hundes. Ich versuche mich nicht umzudrehen, aber das Knurren ist mir unangenehm. Ich erkläre Esra: *Dein Hund knurrt mich an.* Sie hat es scheinbar noch nicht mitbekommen. Esra parkt konzentriert aus und grinst und sagt: *Ach. Mach dir nichts draus. Das ist normal. Das macht er immer mit Fremden.* DER SOLDAT IST KEIN FREMDER. Die ganze Autofahrt über, dreiunddreißig Minuten lang, geht das Knurren weiter. Das weiß ich genau, weil ich ständig auf die Uhr sehe, um herauszufinden, welche Ausdauer dieser Köter hat. Und tatsächlich schafft er es dreiunddreißig Minuten über durchzuknurren, sodass es nicht mal hilft, als Esra das Radio anmacht.

Der Wagen kommt endlich zum Stehen, ich springe auf und steige aus so schnell ich kann, noch vor Esra, die einparkt, um diesem schrecklichen, knurrenden Köter, der auch noch stinkt, zu entkommen. Esra wühlt in ihrer Tasche herum, ist noch angeschnallt und ich klopfe gegen die Scheibe, um den Hund zu ärgern, weil ich draußen bin und er noch drin. Das macht mir so lange Freude, bis ich sehe, dass Esra eine Hundeleine aus ihrer Handtasche zieht.
Kommt er mit?, frage ich entsetzt.
Er heißt Marlo Senior und kommt natürlich mit.
Aber ich möchte nicht, dass er mitkommt. Er knurrt mich nur an, entgegne ich ihr.
Ihr gewöhnt euch schon aneinander, ist ihre einfache Antwort. Esra ist sehr pragmatisch. Das mag ich an ihr. Dann leint sie ihr Haustier an und schließt den Wagen ab.
Früher mochtest du Hunde, sagt sie automatisch zum Hund.
Jetzt aber nicht mehr, sage ich nicht zum Hund, aber mit klarer Stimme zu ihr.

Schweigend laufen wir nebeneinander die Straße entlang oder ich laufe eigentlich neben ihr, weil ich nicht weiß, wo wir hingehen. Ich bemerke, wie sie absichtlich mit ihrer Hand meine Hand beim Gehen streift, Händchen halten will. Das ist wohl das Bild eines verliebten, sich liebenden Paares, aber mir ist nicht nach Zärtlichkeit. Der Ärger über den Hund entfernt mich von ihr und ich stecke meine Hände in die neue Jacke. Es ist nicht kalt und meine Hände schwitzen, aber ich mag diesen Hund nicht.

Plötzlich vibriert es in meiner Jacke und ich krame nach meinem Handy.
Ja?, spreche ich.
Wo bist du?, Mutter verhört mich.
Ich bin mit Esra.
Warum bist du nicht bei mir?, fragt sie.
Wir gehen Esras Freunde besuchen, erkläre ich.
Warum weiß ich davon nichts?, bohrt Mutter weiter.
Ich wusste auch nichts davon, gestehe ich ihr.
Wann kommst du wieder nach Hause?
Wenn ich Esras Freunde gesehen habe, besänftige ich sie.
Die kennst du doch gar nicht, wirft sie mir vor.
Ich kann mich nicht erinnern!, spule ich vom Band ab.
Ich kann mich aber erinnern, leiert sie zurück.
Ich melde mich, sobald ich kann, Mutter. Ich lüge voller Tatendrang.
Das solltest du auch!, kreischt sie hastig und legt auf. Zu Esra sage ich: *Ich soll dich von meiner Mutter grüßen. Unseren Ausflug hält sie für eine wundervolle Idee.*
Das schmeichelt Esra und es schmeichelt sie so sehr, dass sie errötet und ein: *Oh, das ist nett!* über die Lippen bringt.

Durch einen schmalen Gehweg kommen wir vor einem Haus zu stehen. Esra klingelt an der Tür, ich bin unruhig und der Hund knurrt immer noch. Esra hält die Hundeleine straff neben mir, ich muss aufpassen, dass der Hund und ich uns nicht berühren. Wir stehen also vor dieser mintgrünen Tür und ich höre schnelle Schritte und Stimmen auf der anderen Seite, es wird lauter und lauter und die Tür geht auf. *Esra!*, sagt eine Frau in Esras Alter und umarmt Esra, die

einen Schritt auf die Frau, die in der Tür steht, zugeht, bis Marlo Senior auf der Höhe meines linken Beines steht. Ich mache einen Ausfallschritt, um dem Hund zu entkommen. *Hallo Polat!*, sagt die Frau zu mir, nachdem sie Esra losgelassen hat. Ich halte ihr aus Überzeugung meine Hand entgegen. Die Frau ist verwirrt, sie runzelt die Stirn.
Was soll das?, fragt sie mich. Ich lasse die Hand sinken.
Er kann sich nicht erinnern, flüstert Esra in unsere Runde, um die Situation zu kontrollieren.
Ohhh!, flüstert die Frau zurück, *Alles klar. Kommt rein, kommt rein!*, und mit einer schwingenden Handbewegung bittet sie uns herein.
Muss ich die Schuhe ausziehen? Sie schüttelt nur den Kopf. Ich hasse Menschen, die ihre Schuhe in der Wohnung nicht ausziehen. Ekelhaft. Haben die keine Mütter, die ihnen das beibringen?

Esra und Marlo Senior gehen vor mir rein und ich bleibe konsequent hinter ihnen. Der Hund knurrt, aber als Esras Freundin, deren Namen ich nicht weiß, den Hund schmust, wie es Esra auch tut, hört sein Knurren kurz auf. Marlo Senior ist eine Mischung aus Berner Sennenhund und Chow-Chow, er wird von der Hundeleine gelöst, trabt los und verschwindet hinten in irgendeinem Zimmer. Er ist wohl öfter hier. Ich war noch nie hier. Ich stehe hinter Esra und warte, dass etwas passiert. Ich folge den beiden Frauen in ein hinteres Zimmer, in das sie gehen, und sehe den Hund auf einem Kissen auf dem Teppich liegen, während er an einem Knochen nagt.

Das Zimmer ist zugestellt mit Möbeln. An jeder Wand hängen Schränke mit Büchern oder Fotografien von irgendwelchen Menschen. Es riecht staubig und ich kratze mich am Arm.
Hallo Polat, tönt mein Name aus einer Ecke. Ich blicke in die Richtung. Da stehen zwei Leute, die mir winken. Ich sage nichts, aber einer von ihnen steht vom Sofa auf. Es ist ein Mann, mit schwarzen kurzen Haaren, vielleicht ist er so alt wie ich, aber vielleicht auch ein wenig älter. Er kommt auf mich zu, ich folge seinem Schritt, aber gehe stattdessen einen Schritt auf Esra zu. Abrupt bleibt er stehen und ich merke seine Verunsicherung.

Er kann sich nicht erinnern!, sagt die Frau, die uns die Tür aufgemacht hat.
Polat, sagt Esra vorsichtig und nimmt meine Hand. Ihre Hand ist warm. *Das da,* sie meint die anderen, der Mann, der steht, die Frau, die sitzt, *das sind unsere Freunde.*
Ich dachte deine Freunde?, piepse ich. *Das hast du heute Morgen beim Frühstück gesagt?*, erinnere ich sie, *wir gehen deine Freunde besuchen?*
Es sind aber auch deine Freunde, versucht sie mir zu erklären. DER SOLDAT KENNT SEINE FREUNDE.
Ich kann mich nicht erinnern, kreische ich und die Frau, die uns die Tür geöffnet hat, schlägt die Hände vor den Mund. Ich weiß nicht, ob es wegen meiner Lautstärke ist oder weil sie sieht, was die Bomben anrichten können.
Das hier zum Beispiel, sagt Esra und zeigt auf den dicken Mann, der ein Chicago-Bulls-T-Shirt trägt, was ihn noch dicker aussehen lässt: *Das ist Ali.*
Hallo.
Wer ist das?, frage ich, ohne mein Unverständnis zu verbergen. *Das ist Ali,* sagt Esra nochmal, sehr geduldig.
Genau, ich bin Ali, sagt Ali.
Ich kann mich nicht erinnern. Ali ist sichtlich enttäuscht, dass ich mich nicht mehr an ihn erinnere. Das entgeht mir nicht. *Ali war dein Arbeitskollege,* fügt Esra hinzu. *Gut zu wissen, aber wo habe ich gearbeitet?*, wundere ich mich.

Dieses Thema habe ich mit Mutter, um ehrlich zu sein, nur einige Male sehr kurz angeschlagen und sie hat mir noch nicht einmal erzählt, wo ich gearbeitet habe. Immer wieder betonte sie nur, ich müsse nicht mehr arbeiten und es sei nicht wichtig, wo ich gearbeitet habe. Ich war ja im Krieg. Ich habe es bloß so angenommen, ohne weiter zu fragen.
Wir haben Computerspiele entwickelt, erzählt Ali. Ich kreuze meine Arme hinter dem Rücken.
Interessant, ok, sage ich beiläufig. DER SOLDAT SPIELT KEINE SPIELE.
Was soll das heißen, interessant?, fragt Ali unsicher. Dann etwas unbegreiflicher: *Kannst du dich an gar nichts mehr erinnern?* Ali hat schöne grüne Augen, aber einen Raucherzeigefinger. *Ich kann mich nicht erin-*

nern, erkläre ich ihm noch einmal, langsamer, als spräche ich mit einem Kind. *Kannst du dich an mich erinnern?*, fragt nicht die Frau, die uns die Tür aufgemacht hat, aber die Frau, die sitzt und noch nichts gesagt hat. Ich überlege etwas länger, als ich bei Ali überlegt habe, da sehe ich, dass sie noch Hoffnung hat. DER SOLDAT VERLIERT NIE DIE HOFFNUNG. Meinen Kopf werfe ich theatralisch nach hinten und dann zur Seite, kopiere den Serien-Signature-Move von Frau Batic. Ich mustere sie aus dem Augenwinkel heraus. Sie hat auch blonde Haare, die sie zu einem Pferdeschwanz trägt, festgezogen, schlank ist sie, trägt ein T-Shirt, gelb, ich hasse gelb, hat eine dunkle Hose an, die kurz vor ihrem Bauchnabel aufhört und ich fixiere ihr Bauchnabelpiercing, dass mir entgegenblinkt. Das Kopfkribbeln beginnt. Ich spiele den Nachdenklichen, habe sie weiterhin fixiert, im Schwitzkasten.
Ich dachte kurz …, ich bin sanft, ihre Hoffnung schimmert.
Ja?, wartet sie freudig, ist vor Aufregung über diese Freude erleichtert. Aber ich lasse sie fallen und füge klar und kalt hinzu: *Nein.* Ich gab ihr Hoffnung und nahm sie mir dann wieder zurück. *Nein, nein, leider nicht. Nein.* Die Enttäuschung ist nicht aufzuhalten. DER SOLDAT VERLIERT SEINE STELLUNG NICHT. *Ich kann mich nicht erinnern.* Sie versucht die Enttäuschung zu überdenken und will noch einmal von vorne anfangen.
Das ist Ali, sie zeigt auf Ali. *Und ich bin Mavi, sie* zeigt mit beiden Händen auf sich.
Ok, sage ich. *Du bist Ali,* ich zeige auf Ali, *Und du bist Mavi,* und ich zeige auf Mavi. *Und woher kennen wir uns, Mavi?*, frage ich sie, ohne an die Konsequenzen zu denken.
Du kannst dich gar nicht mehr erinnern? Nicht mal ein bisschen?, fragt sie diesmal traurig.
Nein. Du?, und verarsche sie ein wenig.
Wir sind zusammen zur Schule gegangen. Wir kennen uns seit über zwanzig Jahren!, erklärt sie mir leicht aufgebracht. *Achso,* sage ich nur. Das Gespräch ist beendet und ich frage die andere Frau, die uns die Tür aufgemacht hat: *Und wer bist du?*
Zorica, stellt sie sich vor.
Das ist ein schöner Name, sage ich und meine es ernst. *Ist das deine Wohnung hier, in der wir sind, Zorica?*

Ja, sagt Zorica. Sie trägt eine eckige Brille, die fast dieselbe Farbe hat wie ihre Haare: dunkelbraun.
Und was machst du, Zorica? Zorica blickt Ali, Mavi und dann Esra an. Im gleichen Moment ärgerte ich mich über diese Frage, weil es eine unnötige Frage ist und es mich eigentlich auch nicht kümmert, was Zorica macht. Stattdessen spähe ich aus dem Fenster des Wohnzimmers hinaus und möchte einfach in den Garten gehen, um mich in einen Stuhl zu setzen, sparsam schweigen, und so diese Zeit abzusitzen, bis ich zurück zu meiner Mutter kann.
Können wir raus in den Garten?, frage ich Zorica. Erst sagt sie gar nichts und schaut verdutzt Esra an, als sei Esra mein Vormund, die für mich sprechen müsste oder als ob Zorica meine Sprache nicht versteht und auf Esra wartet, die ihr übersetzen muss. Doch die fragt nur nach einem Glas und scheint meine Frage auch überhört zu haben.
Kann ich in den Garten gehen?, frage ich erneut, ohne diesmal die anderen miteinzubeziehen, da Zorica in die Küche gegangen ist, um Esra ihr Glas Wasser zu bringen. Chicago-Bulls-Ali läuft an mir vorbei und öffnet mit seinem kräftigen Arm, den ich kurz bewundere, die Balkontür. *Danke!*, sage ich, als ich an ihm vorbeilaufe und die Terrasse betrete.

Hier draußen hole ich tief Luft und spüre wie meine Unsicherheit weicht. Im Garten fühle ich mich sicher. Die Hecken sind größer als ich und trennen Straße und Gartenkäfig voneinander. Die runde Form erinnert mich an den Prügelring und ich lande, aufgehoben in Gedanken, weit weg von hier. Mein Körper hängt vor Anspannung und ich lasse mich ins Gras fallen, breite Arme und Beine aus und kralle mich am Boden fest. DER SOLDAT VERLIERT NICHT DIE KONTROLLE.

Der Garten ist klein, aber wirkt groß. Ein Plastik-Gartentisch in schwarzer Farbe steht rechts neben der Balkontür. Ich setze mich auf einen Plastikstuhl an den Tisch. Dann erst bemerke ich den kleinen Teich im Garten und sehe eine kleine schwarze Katze, die ihre Pfote ins Wasser hält und wohlmöglich versucht, einen Fisch zu fangen. Unter dem Tisch finde ich ein paar Steine, hebe sie auf und werfe sie nacheinander in Richtung des Teichs. DER SOLDAT TRIFFT IMMER

SEIN ZIEL. Und die Katze fällt erschrocken nach hinten um und faucht dabei. Mir ist langweilig, ich lache. DER SOLDAT, DER ANGREIFER, HAT DEN FEIND IN DIE FLUCHT GESCHLAGEN. Hinter mir hämmert jemand gegen die Scheibe, als ich mich umdrehe, steht da aber niemand und als ich wieder zum Teich blicke, um die Katze zu suchen, steht Zorica zwischen mir und dem Kampfschauplatz.

Was ist los mit dir?, faucht sie wie die Katze.

Was meinst du?, frage ich sie nichts ahnend und blinzle angestrengt, weil ich sitze und sie über mir steht, die Sonne mich aber genau in diesem Winkel blendet.

Wieso wirfst du Steine auf meine Katze?, faucht sie weiter. Ich lache nicht mehr, hebe die Hand als Schutz vor die Augen, damit ich sie sehen kann.

Du hast eine Katze?, frage ich verwundert.

Wieso wirfst du Steine auf meine Katze?!, schreit sie diesmal und kommt einen Schritt näher auf mich zu.

Das war aus Versehen, sage ich schnell, *ich wollte das Wasser treffen. Ich habe keine Katze gesehen!*

Zorica harrt in derselben Position aus.

Bist du blind?, faucht sie stärker.

Das war nicht mit Absicht, wimmere ich und packe mir mit beiden Händen an den Hals, *Wirklich! Aus Versehen!*, ich stehe auf und werfe den Stuhl dabei um. *Ich wollte das nicht,* ich simuliere mein eigenes Ersticken, *das wollte ich nicht.* Jetzt sehe ich die Angst in ihr aufsteigen und ich komme erst jetzt in Fahrt, fange an im Kreis zu laufen. Ich spiele, dass mir der Kragen platzt. *Ich schieße nicht! Ich schieße nicht!* Zorica, die außer sich ist, versucht mich zu beruhigen, versucht mir näher zu kommen, mich zu halten, um mich wahrscheinlich zu beruhigen, aber ich versuche vor ihr zu fliehen, bin entsetzt, kann nicht aufhören, renne weg vor ihr, renne zur Hecke, bin zurück im Prügelring, quetsche mich an die Hecken, so wie sich Mutter in die Ecke gepresst hat, als das Telefon klingelte. *Nein! Nein! Nein!*, prophezeie ich. Zorica wird unruhiger und ist jetzt nicht mehr aufzuhalten. Ihre Unruhe verwandelt sich in Panik, ich kann es riechen. Sie rennt zurück, zu den anderen, ins Wohnzimmer, um Hilfe zu holen, Verstärkung. Da kommt die Verstärkung! Denn eine Einheit besteht aus mehreren Leuten. Und sie

kommt mit Esra und Ali und Mavi im Schlepptau zurück. NICHT SCHIESSEN. NICHT SCHIESSEN. Jeder von ihnen beschattet mich. DER SOLDAT IST NICHT ZU ÜBERFÜHREN. Das ist der wahre Schock. DER SOLDAT KENNT SEINE FEINDE. Esra löst sich als erste von der Gruppe, kriegt sich als erste in den Griff, ihre Wimpern kleben beinahe an ihrer Stirn. Sie kommt näher auf mich zu und ich versuche mich auch vor ihr zu verstecken, weiter in der Hecke zu hängen, um dann zu verschwinden, aber ich schaffe es nicht rechtzeitig, und sie kommt und packt mich, und will mich losreißen, macht aber bloß: *Shhhh, shhhh, shhhh.* Als ob Shhhh, shhhh, shhhh etwas in dieser Situation ändern könnte. Ich versuche mich von ihr fortzuzerren, falle zu Boden. ERGIBT SICH NICHT KAMPFLOS. Sie wirft sich auf mich und mein Gesicht tut weh, weil es im Dreck steckt, nach Gras riecht. Dann muss ich mich beruhigen, weil ich nicht mehr atmen kann und schreie: *Ich kriege keine Luft mehr!* Esra steht auf und versucht mir hochzuhelfen. Ich greife schwächlich nach der Hand, die sie mir reicht, atme schwer, verzweifelt, in Richtung Sonne. Dann setze ich mich zurück auf den Stuhl, auf dem ich vorher saß, als ob nichts gewesen wäre. DER SOLDAT VERGISST NICHT, WER ER IST. Ich bin sehr stolz auf meinen improvisierten Beitrag. Alle sind nachhaltig mitgenommen, denn niemand traut sich, mich anzusprechen. Nach einiger Zeit bringt mir Esra ein Glas Wasser und ich trinke das Glas mit einem Schluck aus, stelle mir vor, ich sei kurz vor dem Wassertod in der Sahara. Esra bringt mir ein weiteres Glas. Ich glaube, weil sie nicht weiß, was sie tun soll oder wie sie reagieren soll und deshalb denkt sie, ich trinke, weil ich Durst habe, damit ich mich beruhige. Aber ich trinke, weil sie es mir gebracht hat und nicht, weil ich Durst habe.
Es tut mir leid, sagt Zorica, *ich wusste nicht, ich hatte keine Ahnung,* dann stottert sie und kommt nicht weiter. Ich drehe mich absichtlich nicht zu ihr. *Es tut mir wirklich leid!*, sagt sie.
Ok. Dann stehe ich einfach auf, mir schwindet die Lust.
Ich möchte nach Hause, erkläre ich Ali und Mavi. Die drehen den Kopf zu Zorica und sind verärgert.
Nur wegen dir und deiner dummen Katze!, höre ich sie leise flüstern. Zorica ist durcheinander und fühlt sich schuldig und ich habe meine Mission erfüllt. Das reicht. Ich bin schwer begeistert von der Macht

der Auflösung. In einem Moment wirkt alles noch klar und leicht, aber dann wird es kalt und man erfriert. Zorica ist zusammengefallen und ich habe es bewirkt. Jetzt wird es ihr schlecht gehen und ich bin der einzige, der es wiedergutmachen kann. So sind die Regeln. DER SOLDAT KENNT KEINE GNADE. Esra fällt es schwer, zu gehen. Mir entgeht nicht, dass sie hin- und hergerissen ist. *Polat,* beginnt sie endlich. Und ich bin diesmal froh, dass sie etwas sagt. *Zorica hat für uns gekocht. Es sollte ein schöner Tag werden,* versucht sie mich mit schwacher Stimme zu überzeugen und hält währenddessen das leere Glas fest. Mein Geduldsfaden brennt. *Ich möchte nach Hause. Hier bin ich nicht sicher.* Zorica fängt an zu weinen, der Hund fängt an zu bellen und ich stampfe raus aus dem Wohnzimmer, aus der Wohnung und ziehe beim Laufen meine Jacke an. Dabei drehe ich mich nicht einmal um und schlage die Wohnungstür mit einem Knall, aber einem sehr leisen Knall zu. Ich muss es nicht übertreiben.
DER SOLDAT HAT DIE GEFAHRENZONE VERLASSEN.

Langsam laufe ich die Treppen im Treppenhaus runter, da ich jeden Moment mit Esra rechne, die die Wohnungstür öffnet und mir hinterherrennt, weil sie ohne den Helden der amerikanischen Serie oder Sitcom nicht kann. Aber unten angekommen, hat sie immer noch nicht die Tür hinter mir aufgerissen, stürmisch nach meinem Namen gerufen oder mich eindringlich angefleht, dass ich bleiben soll. Ich liebe dramatische Abgänge und umso dramatischer ist es, wenn man nicht gehen gelassen wird. Doch Esra kommt nicht. Und ich höre Esra auch nicht. Jetzt stehe ich auf der Straße und Esra ist immer noch nicht losgelaufen. Fünf Minuten vergehen und zehn Minuten vergehen, und sie kommt nicht. Ich werde nicht rasend, aber ich sehe, was sie mit mir macht. Das pocht. Ich glaube, ich weiß, dass es grausam für sie war. Die letzten Jahre. Die Kiste. Das Schweigen. Aber wenn sie jetzt ihre Freunde mir gegenüber bevorzugt, habe ich meine Aufgabe nicht erfüllt, denn sie liebt nur mich, sagt Mutter.

Ich warte noch auf Esra, kann mich nicht von ihr lösen. Ich himmele sie von draußen an und verachte mich selber dafür. Mir bleibt nichts anderes übrig und ich krame das Handy aus der Jacke und überlege kurz, wen ich anrufe. So viel Auswahl habe ich nicht, und Mutter kann ich nicht anrufen, denn die hat kein Auto, also rufe ich Frau Batic an. Frau Batic braucht nicht Esras dreiunddreißig Minuten, um bei mir anzukommen, denn sie fährt wie eine Irre, sagt Mutter. Ihre Reifen quietschen nicht, als sie vor mir zu stehen kommt, aber das wäre auch zu schön gewesen. Frau Batic fährt ein Cabrio und trägt ein Tuch, lose um ihren Kopf gebunden. Sie begrüßt mich bloß mit einem: *Steig ein.* Ich setze mich wie ein Schluck Wasser neben sie und sie sagt als erstes: *Anschnallen.* Dann fährt sie los. Erst sind wir beide schweigsam, bis sie es nicht mehr aushält. Ich bin froh, dass sie redet. *Was ist passiert?* Frau Batic trinkt einen Schluck Limo beim Fahren. Und ich erzähle ihr die ganze Geschichte. Frau Batic reicht mir ihre Limodose und ich trinke auch einen Schluck. *Konnte mich an keinen von ihnen erinnern und dann waren sie verärgert.* Frau Batic bremst vor Ärger, härter als sie wollte. Wir beide schleudern leicht nach vorne. *Sie waren verärgert?*, fragt Frau Batic empört. *Ja!*, verteidige ich mich. Dann erzähle ich ihr über den Kampfschauplatz mit der Katze und berichte ihr von meinem Anfall. Frau Batic schaltet in den fünften Gang. *Welcher Anfall?*, fragt sie besorgt. *Die Anfälle. Eben,* spreche ich zögerlich und dehne die Sekunden der Stille fast in eine ganze Minute. *Nachts kann ich nicht schlafen. Dann bin ich wach und dann bin ich wieder da. An dem Ort an der Grenze, ich höre nur die Bomben. Meistens kommt dann Mutter angerannt und ich vergesse, wo ich bin, aber dann denke ich, ich bin wieder ein Soldat und muss die Toten rächen. Dann antwortet Mutter, ich muss jetzt niemanden mehr rächen. Aber in meinem Wahn bin ich rachsüchtig und bilde mir ein, dass sie mich betrügen will und ich glaube ihr nicht. Und dann werde ich müde und spüre eine Bombe zwischen Mutter und mir, aber sie kann mich dennoch nicht retten. Und ich nicht sie. Und so geht das fast jede Nacht: Ich lebe, ich sterbe und ich lebe wieder und Mutter versucht mich wachzuhalten, bloß damit ich nicht vergesse, wo ich nicht mehr bin.*

Meine Geschichte rührt Frau Batic zu Tränen und sie versucht meine Hand zu tätscheln, aber sie muss auch schalten und deshalb missglückt ihr Tätscheln, aber ich verstehe, dass sie es gut meint. *Es braucht alles seine Zeit. Du bist erst vor ein paar Monaten wiedergekommen, es ist nicht leicht für sie.*

Ist es leicht für mich?, horche ich empört.
Natürlich nicht, sagt sie liebevoll wie eine Mutter, obwohl sie keine Kinder hat.

Vor unserem Haus ist ein Parkplatz frei und Frau Batic freut sich mit einem schnellen: *Perfekt,* während sie in die Lücke fährt und einparkt. Erst als wir aussteigen, kann ich über ihr Outfit schmunzeln, das mir beim Fahren nicht aufgefallen ist. Sie trägt eine weit sitzende schwarzweißkarierte Plunderhose. Ein rosafarbenes T-Shirt mit goldener Aufschrift: BE PERFECT. Frau Batic weiß nicht, warum ich in Lachen ausbreche und lacht einfach mit, weil sie wohl denkt, mir geht es besser. Ich verabschiede sie an ihrer Wohnungstür und trotte mit jeder Stufe, die ich zur Wohnung laufe, langsamer, angestrengter, bis ich ein fünfjähriges Kind bin, das noch nicht nach Hause will.

Als ich den Schlüssel ins Schloss stecke, höre ich auch schon Mutters Schritte in Richtung Tür eilen. Sie ist schneller als ich, schlägt die Tür auf.
Wo warst du so lange?, ihr feiges Herz schlägt ganz laut.
Ich war bei Esras Freunden. Das habe ich dir doch am Telefon schon gesagt, und ich ziehe den Schlüssel aus dem Schloss. Sie hält mir ihren Arm entgegen und wartet auf die Jacke, die ich gerade ausziehe. DER SOLDAT LEBT NACH SEINEM EIGENEN GESETZ. Ich trotte ins Wohnzimmer und lasse mich in den Sessel plumpsen. Mutter kommt schnell hinter mir her, nimmt ihre Schürze ab, die ihr um die Hüfte hängt, bevor sie sich neben mich setzt. Ihre Hand legt sie auf meine Schulter und ich hole tief Luft. *Ich habe dir doch gesagt, du sollst da nicht hingehen,* spricht sie verärgert-sanft und versucht ihren Ärger unter der Güte der Mutter zu kaschieren. Natürlich begreift sie sofort, was mich beschäftigt und mich verdirbt. Der Boden unter meinen Füßen öffnet sich, und ich nage an der Unsicherheit, die Esra mir mit auf den Weg gab.

Ich mag Esra nicht, platzt es aus mir heraus, *Und ihre Freunde genauso wenig,* füge ich hastig hinzu. Ich spreche zum Tisch und nicht zu Mutter, sie aber lehnt sich nach vorne, bis sie meine Ohren erreicht hat und versucht mich zu umarmen, mir aber entgeht der Ausdruck in ihrem Gesicht nicht und zum ersten Mal ist die Zeit auf der Welt so groß, dass wir uns trauen und Mutter und Sohn sind. Sie ist meine gerechtfertigte Freiheit und ich kann sie nicht mehr ablehnen, will alles für sie tun. Ich bin ihr Sohn, denn ich soll sie lieben, ich aber liebe sie, weil sie die einzige ist, die mich liebt. Mein Kopf landet auf ihrer Schulter, ich habe sie selbst erfunden und sie hat mich erfunden, und das ist alles, was zählt.

Dann erzähle ich ihr von dem dreckigen Auto. Dem knurrenden Hund, der nicht nur knurrt, sondern auch gleichzeitig sabbert. Die Wohnung, die zugestellt war mit Möbeln und Büchern. Als ich ihr dann sage, dass ich meine Schuhe anlassen konnte, schlägt sie empört die Hand vor den Mund und sagt: *Ekelhaft.*
Genau!, kreische ich, *genau das habe ich auch gedacht* und ich erkenne mich in ihr wieder. Weil ich so aufgeregt davon bin, erzähle ich umso schneller, denn ich will ihr die Geschichte schnell zu Ende erzählen, denn ich bin in Rage und muss das Gewicht auf meinen Schultern, das mir durch Ausgrenzung widerfahren ist, von mir stoßen. *So sind die Menschen,* sagt sie nach einer Ewigkeit. Ich stecke meinen Finger in die Sofaritze und pule am Leder. Die Katzengeschichte lasse ich aus, dauert zu lange.

Esra hat mir meine Allmächtigkeit geraubt. Ich kann sie weder kontrollieren, noch bestechen oder eine Gewohnheit aus meinem neuen Leben machen. Ich wollte den ganzen Ruhm, aber jetzt verliere ich die Orientierung. Wenn Esra mir im Weg steht, ich bin ihr Zeuge und sie ist meine Zeugin, kann ich mir das nicht von ihr zerstören lassen. Diese neu gewonnene Kenntnis ist ein Verbrechen. Und jeder Verbrecher denkt sich in ein System, das er zu durchdringen versucht, damit er begehrt wird vom System. Ich entkomme aus eigener Kraft dem Abgrund. Jede Gemeinheit, die mir Esra entgegenbringt, springt nicht bloß an mir ab, es zerfasert meine Struktur. Und ich möchte dazugehören, zu Mutter, in diese Welt. Ich brauche eine Heimat, aus der mich niemand vertreiben kann, aus der ich nicht als freiwilliger Passant am Rande stehe, kurz vor der Sprengung der Grenze. Meine Grenze verläuft vom Euphrat bis hinüber in den Tigris, der Mutter ist.

Es ist ganz einfach, sie reißt mich aus meinen Gedanken. *Entweder du versuchst, sie zu lieben oder du lässt es bleiben.*
Was bedeutet das?, frage ich sie mitleidig.
Ganz einfach: Entweder du schießt sie in den Wind oder du machst nichts!, erklärt Mutter stolz.
Aber ich kann sie doch nicht in den Wind schießen? Ich verstehe Mutter nicht.
Warum nicht?, entgegnet Mutter mir.
Weil, weil ..., sie bringt mich aus dem Konzept, *das würde doch unsere ganze Geschichte zerstören.*
Kurz hält sie inne und denkt nach, dann sagt sie: *Warum würde es unsere Geschichte zerstören?*
Es macht die Charaktere kaputt, die Ordnung der Dinge, unser Skript, das wir eng verwoben mit der echten, wahren Geschichte geschrieben haben, die Geschichte, die wir uns aufgebaut haben! Alles sollte doch wieder so sein, wie es war, bevor der Krieg alles zerstörte.
Aber diese Dinge können sich ändern, mein Junge. Was bleibt schon übrig: Mit deiner Rückkehr ist alles erlaubt. Das Wichtigste ist, und legt mir beide Hände auf die Schultern, *dass du wieder zurück bist.*

Ich trinke noch einen Tee, dann gehe ich hoch in mein Zimmer und schlafe ziemlich zügig ein. DER SOLDAT MUSS WACHSAM SEIN.

Ende Episode sieben: Der Held akzeptiert die Geschichte.

TAXI

SEASON 1 EPISODE 8

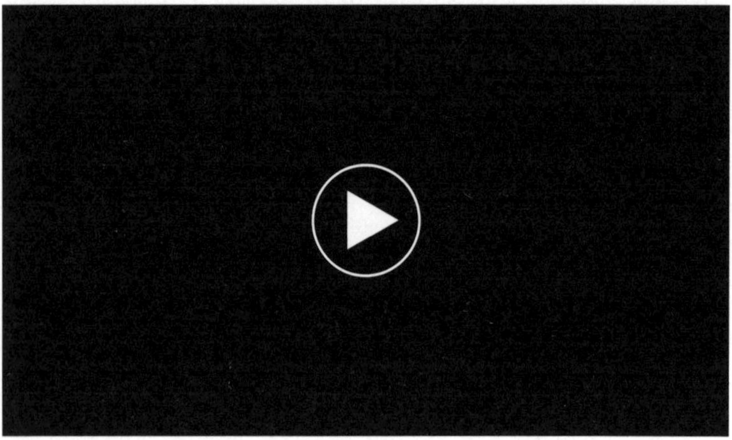

STARRING

ROSA KAPLAN & POLAT KAPLAN

New York Times critics' picks
»Great ensemble keeps it together«

Polat. Polat. Polat. Ich schrecke hoch, bin versunken, vernebelt, im Halbschlaf, unaufmerksam, versuche die Uhr zu finden, auf die Uhr zu schielen, 2:30 Uhr am Morgen. Wer ruft mich? Dann höre ich wieder meinen Namen. Ich kippe fast aus dem Bett vor Schreck. Vor mir taucht eine Waffe auf und ich schreie, weil ich nicht träume, wie ich im Garten spielte. NICHT SCHIESSEN. Dann taucht Mutter vor mir auf und ich begreife, dass sie auch die Waffe hält. Aber einmal schreie ich noch laut auf. Die Waffe ist schwarz. *Was schreist du so rum?*, nuschelt sie, auch sie scheint noch zu schlafen, aber fuchtelt mit der Waffe vor mir herum, um mich zum Stillsein zu animieren. Es funktioniert. Ich schreie nicht mehr.

Warum hält du mir eine Waffe an den Kopf?, flüstere ich, ich bin außer mir. Warum ich flüstere, weiß ich nicht. Wahrscheinlich, weil es dunkel ist.

Ich habe dir die Waffe nicht an den Kopf gehalten!, sie setzt sich auf meine Bettkante. *Kannst du nicht schlafen?*, frage ich sie, *was machst du mit der Waffe?*

Die habe ich mir gekauft, erklärt sie mir. *Wofür brauchst du die?*, versuche ich aus ihr herauszubekommen. Mutter antwortet nicht auf meine Frage, erhebt sich stattdessen wieder von der Bettkante, und fragt mich, ob ich schon einmal jemanden umgebracht habe. Dabei zielt sie mit der Waffe auf mich. Mir reißt etwas im Kopf. Ich frage mich, wie es sich anfühlen muss. Jetzt ist da viel Trübsinn, sehr traurig.

Was?, quieke ich, *ob ich jemanden umgebracht habe?*, ich, schlafversunken, und wünsche mir, dass es ein schlechter Traum ist. Ich habe dem Einäugigen einen Stock ins Auge gestoßen. Das war alles. Aber ein Bekannter vom Einäugigen hatte eine Kalaschnikov. Wenn man ihm Geld gab, durfte man die Waffe anfassen. Er sagte immer: *Aber nur kurz.* Wir bezahlten ihn und durften für fünf Sekunden die Waffe berühren, bis er *Peng* sagte und uns erschreckte. Ihm fehlte ein Schneidezahn und er lachte dabei ganz laut.

Ob du schon einmal jemanden umgebracht hast? Nein, erkläre ich der Waffe, die sie fest vor ihrem Brustkorb umklammert hält. Die Waffe ist größer als Mutters Hand. DER SOLDAT IST KALTBLÜTIG. Mutter versteckt sich hinter der Waffe. DER SOLDAT ERKENNT, WAS IHM FEHLT. Meine Mutter ist ein lieber Mensch. DER SOLDAT LIEBT DIE WAFFE MEHR ALS SEIN LEBEN.

Bist du sauer auf mich? Herablassend laufe ich zwischen Esra und dem Fenster hin und her. *Sag etwas!*, fordert sie mich auf. Etwas sagen hätte nicht meine Gedanken verbergen können, die nur an der Waffe kleben, die Mutter in meinen Schrank unter die Hosen legte. Nein, nein, ich bin nicht sauer auf sie, und laufe weiter, diesmal im Kreis. Mir ist heiß und kalt und es kümmert mich nicht weiter, dass Esra, fragend, vorwurfsvoll, eine Antwort erwartet.
Polat!, kreischt sie, und wirft das Kissen, das sie wie ein Kind in ihrem Arm hält, auf einen Stuhl.
Was hast du gesagt?, frage ich sie bloß verwundert, um Zeit zu schinden, meine bloße Angst zu verbergen, dass sie auf irgendeine Art und Weise, aus irgendeiner Geste, erahnen könnte, dass ich nur an die Waffe denke und nicht an sie.
Was ist los mit dir? Sag etwas!, weist sie mich zurecht und steht auf.

Was würde der Held in meiner amerikanischen Serie oder Sitcom jetzt bloß tun? Würde er die Waffe aus dem Schrank holen, mit Esra im Arm und einer Tasche voll Geld, viel Geld, sehr viel Geld, in sein Cabrio steigen, rauchend, verliebt, auf einer amerikanischen Landstraße Richtung Sonnenuntergang fahren, bis sie bei Dunkelheit in ihrem Motelzimmer ankommen und sich dort bis zum Morgengrauen lieben? Ohne, dass der Held jemals seinen Auftrag vergisst und am Ende, seinen Auftrag über seine Liebe stellt, denn die kann man nur beschützen, wenn der Auftrag erfüllt ist. Das wäre eine Möglichkeit. Oder: Der Held könnte ohne ein Wort zu sagen untertauchen, seine Geliebte zurücklassen, mit dem Zugeständnis der ewigen Liebe, die nicht vor der Ewigkeit geboren ist, sondern danach, weil er doch in der Ewigkeit verschwindet. Und die Geliebte würde gedankenklammernd an ihn denken und in den Sonnenuntergang blicken, in der ihr Geliebter mit seinem Cabrio verschwindet, ohne sich noch einmal umzudrehen, um sich gegenseitig den Abschied zu ersparen, der mit einem langen, und innigen Kuss eingeleitet worden wäre und alles umschließt, weil ihr nur noch das bliebe. Das wäre die andere Möglichkeit. Oder die Geliebte würde sich ihm zu Füßen werfen und dem Helden, also mich, anflehen, nicht zu gehen.

Gestern Nacht, als Mutter nach ihrem kurzen, aber ziemlich beeindruckend-intensiven Auftritt mich und die Waffe alleine ließ, war mein Schlaf vertrieben. Im dunklen Dämmerlicht meiner Nachttischlampe holte ich die Waffe aus ihrem Versteck und spielte einen Mann mit Waffe im Spiegel. Ich hielt mir die Waffe vor die Brust und murmelte: *Stehen bleiben,* dann duckte ich mich, als hätte ich ein Gegenüber, und murmelte: *Ich sagte, stehen bleiben.* Und ich ermahnte mich und mein Spiegelbild: *Das ist kein Scherz. Stehen bleiben oder ich schieße!* Ich machte einen Purzelbaum, und die Waffe in der Hand knallte gegen meinen Kopf, doch ich landete kurz vor dem Spiegel und erkannte mich selber als Eindringling, als Verräter an, und hauchte: Peng! Es war dasselbe *Peng*, das der Bekannte vom Einäugigen benutzte, um uns zu erschrecken. Zum Glück war die Waffe noch nicht entsichert, ich drückte wirklich den Abzug und mir lief ein kalter Schauer über den Rücken. Ein dummer Anfängerfehler, hätte mich wirklich beinahe umbringen können, aber zum Glück hat das niemand gesehen. Dann hielt ich mir die Pistole an die Schläfe und sah mir im Spiegel dabei zu, aber ich drückte nicht ab.
Verdammte Scheiße, rief Esra und ich erinnere mich rechtzeitig wieder, dass ich vor ihr stehe, und nicht vor dem Spiegel mit der Waffe, und sie eigentlich vorbeigekommen ist, um mit mir zu reden.
Was, was, sagst du?, kann ich nur erwidern. Um sie zu besänftigen, gehe ich einen Schritt auf sie zu und murmele: *Tut mir leid, ich war in Gedanken versunken.*
Was ist los mit dir?, faucht sie mich bloß wieder an.
Nichts ist los, versuche ich ihr einzureden, ohne dass es funktioniert. Die Wutfalte auf ihrer Stirn ist mittlerweile auch in ihren Fingern spürbar, die sich ununterbrochen in Gegenstände krallen, die neben ihr stehen und die sie wahllos zu fassen kriegt. *Ich komme nicht mehr dahinter.* Ich versuche es mit einer Umarmung, aus der sie zu fliehen versucht. *Hör auf damit!*, ermahnt sie mich. *Hör auf, hör auf!*, und ich höre auf. *Das macht alles keinen Sinn,* versucht sie wieder. *Du bist seit fast einem Jahr wieder zurück und ich verstehe einfach nichts.*
Das braucht Zeit, erwidere ich betont ruhig, als seriöser Held, der eine Waffe im Schrank versteckt hält.

Wie viel Zeit denn noch?, rutscht es ihr, verzweifelter als sie es beabsichtigt hatte, aus dem Mund. Ich frage: *Was meinst du?* Esra wirkt ganz klein, die Frau, die mich immer geliebt hat, wird zu dieser Gestalt in einer Welt, die ich mühelos mit meiner Waffe zerteilen könnte. Ich breche allmählich aus meiner Rolle und kehre zu meiner Allmächtigkeit zurück, die mir diese Verräterin versucht hat, zu rauben.
Bist du überhaupt froh, dass du wieder da bist?, klagt sie.
Ich denke nur an die Waffe, gestehe ich ihr und das ist noch nicht einmal gelogen.
Welche Waffe?, fragt sie verwundert.
Du weißt nicht, wie es ist, klage ich sie an. Sie hat keine Waffe im Schrank.
Wovon redest du?, fragt sie weiter, nicht verzweifelt, aber verärgerter als zuvor.
Die Waffe, die Waffe, spreche ich heiser. Da ist eine Waffe im Schrank. Ihre Pupillen saugen mich besorgt auf und lassen nicht ab von mir, um nichts zu verlieren, fahre ich die alte Leier aus: *Der Krieg, die Bomben, es ist ein Krampf. Ich werde niemals davon loskommen.* Aber anstatt Esra zurückzugewinnen, weicht sie einen Schritt weg von mir.
Du versucht es gar nicht, du redest immer dasselbe. Du gehst nicht zum Arzt und sitzt zuhause bei deiner Mutter und jammerst rum, erzählt sie mit zittriger Stimme. Da reißen meine Nerven, wirklich, und ungezählt, und meine Gefühle, oder der Rest, der überblieb, verblassen schlagartig mit ihrem Satz und schieben meinen Ekel, der abseits von mir existiert, in ihre Richtung.
Du verstehst gar nichts!, brülle ich sie an, mit einem Ton, der sie verschreckt. Aber Esra gibt nicht so einfach auf. Auch sie ist aufgebauscht, verärgert, glüht wie ich, trachtet nach dem Leben, das ihr die Welt erklärte, das Leben, in der ihre Welt noch in Ordnung war. Beim Kreischen klingt sie wie ihre Mutter Esma und braucht mehrere Anläufe bis sie sagen kann: *UND WAS BIST DU?* Ich bin ratlos und verstehe nicht ganz, was hier vor sich geht. Eigentlich möchte ich mich nicht mit ihr plagen oder auseinandersetzen, weil ich nichts mehr dazu zu sagen habe. Es ist anstrengend und mühselig und Esra ist nicht einfach so klein zu kriegen. Sie fordert mich förmlich zu einem Duell auf. Das ist Eifer. Das ist Scham. Das verrät das Leben. Und das ist Verrat am Leben.

Warum kann nicht alles wie vorher sein?, jammert sie. Auch ich versuche mich zu beruhigen und atme tief durch.
Warum, wie war es denn?, versuche ich es, geduldiger.
Na, wie früher, als alles noch in Ordnung war. Du bist zum Militär gegangen, doch eigentlich sind wir alle mit dir mit. Und keiner von uns ist ganz geblieben. Und jetzt bist du zurück, aber du bist es nicht.
Natürlich bin ich es, entgegne ich schnell. Dann wiederholt sie nochmal: *Nein, ich weiß, dass du es nicht bist.* Ich habe keine Maschinenpistole. Ich habe eine Selbstladepistole. CZ-75-Ableger. Kaliber: neun Millimeter Luger. Siebzehn plus eine Patrone. Lauflänge: hundertzwölf Millimeter. *Du bist es nicht.* Ich überhöre sie. Visierlänge: hundertdreiundfünfzig Millimeter. *Du bist es nicht.* Sie kommt nicht mehr bei mir an. Kimme: drei Komma null Millimeter. Korn: drei Komma vier Millimeter.
Wer bist du? Sie ist vorbei, es ist zu spät. Gewicht: neunhundertzehn Gramm mit Magazin. Abzugsgewicht: zweitausendfünfzig/fünftausendsiebenhundert Gramm. Es handelt sich um eine Waffe für Rechtshänder. DER SOLDAT HÄNGT AN SEINER WAFFE, DIE SEINE AUFGABE IST.

Ende Episode acht: Der Held kann nicht mehr zurück.

TAXI

SEASON 2 EPISODE 1

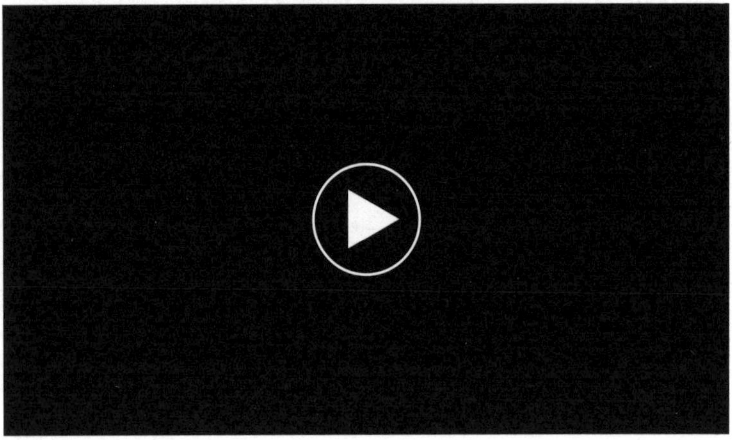

STARRING

ROSA KAPLAN & POLAT KAPLAN

New York Times critics' picks
»TAXI returns in top form in season two«

Was passiert mit der Waffe?, frage ich Mutter, die am Herd steht und eine Suppe zubereitet. Seit Tagen versuche ich ein Wort aus ihren Lippen zu bekommen, bisher hat sie geschwiegen und sagt sich auch diesmal nicht von ihrem Codex los. *Sag doch wenigstens etwas, klitzeklein,* forsche ich nach. Mit einer Ruhe, die sie seit Monaten nicht mehr hatte, schnippelt sie erst die Zwiebel klein, dann die Karotten. *Mutter!* Das Gespräch bleibt einseitig. Gestern und vorgestern war das auch schon so. Die Suppe köchelt, Mutter rührt entspannt im Topf um und ich fange an, den Tisch zu decken.

Die dünne Zana und der dicke Zoran haben sich heute zum Mittagessen angekündigt. Nachdem der Tisch gedeckt wurde, gehe ich in mein Zimmer und ziehe mich um. Dunkelgrünes Hemd. Dunkelgrüne Hose, mit passender Bügelfalte. Bevor ich die Hose aus dem Schrank nehme, begutachte ich die Waffe noch einmal. Dann halte ich sie auch schon in der Hand, kühl ist sie, und ich ziele auf einen Vogel, der vor meinem Fenster auf dem Baum sitzt. *Peng!* Der Vogel verlässt den Ast. Es ist erstaunlich, welches Gefühl mir die Waffe gibt. Ich bin befreit. Ich bin rein. Und am wichtigsten: Ich werde beschützt. Die Waffe liegt gut in der Hand. Schön ist sie auch, gemacht für mich, dem Helden einer amerikanischen Serie oder Sitcom. Wenn die Waffe hässlich aussehen würde, dann würde sie nicht zu mir passen, es würde keinen Sinn machen. Denn der Held ist schön und seine Waffe ihm ebenbürtig. Mit der Waffe vergesse ich die Zeit.

Ich verstaue sie schnell im Versteck im Kleiderschrank unter den Hosen. Da meine Hose zum Hemd passt, sagt Mutter: *Sehr chic*. Ihr Kompliment erheitert mich und ich flitze zur Tür, als es klingelt. Zana und Zoran stehen vor unserer Wohnungstür. Ich nehme ihre Jacken entgegen und reiche ihnen zum Austausch Hausschuhe, weil Mutter ja niemanden mit Schuhen in die Wohnung lässt.

Es gibt Linsensuppe, sage ich, obwohl der Geruch überall in der Wohnung liegt. *Ok,* erwidert Zana, ohne Begeisterung. Herr Orloff aber zwinkert mir, seitdem er in der Wohnung steht, aufmunternd zu. Das verunsichert mich zuerst, aber dann denke ich wieder an die Waffe,

die nur Mutter und ich kennen, und dann bin ich beruhigt. Frau Zana trägt wieder ein schwarzes langes Kleid, diesmal nicht so lang wie beim letzten Mal, als sie hier war. Es hört auf der Höhe ihrer Waden auf. Unsere Gäste setzen sich auf das Sofa und Mutter ruft uns aus der Küche zu: D*as Essen ist in fünf Minuten fertig.* Um die beiden bis dahin bei Laune zu halten, biete ich ihnen Tee an, beide stimmen dem zu. Ich komme mit dem mintgrünen Tablett mit Tee und Gebäck aus der Küche zurück. *Toll von dir, Junge,* sagt der dicke Zoran, *dass du deiner Mutter hilfst. Oder Zana?*, sagt er dann zu seiner Frau und stupst sie mit seinem Ellenbogen an: *Ist das nicht toll?* Ich reiche unseren Gästen ihr Teeglas und halte ihnen die Schüssel mit Gebäck unter die Nase. Der dicke Zoran isst einen Keks, die dünne Zana lehnt dankend ab und meint bloß: *Lieber nach dem Essen.* Familie Orloff und ich haben keine Schnittmengen. Mir fällt nicht ein, worüber wir reden könnten.
Weißt du noch früher, Polat, durchbricht Zana unser Schweigen, *als du und Dima Räuber gespielt habt? Euch eine Höhle im Gestrüpp gebaut habt?*
Zana!, unterbricht Herr Zoran sofort seine Frau, ärgerlich. Er möchte im Gegensatz zu ihr nicht über früher reden.
Ja, ich erinnere mich, sage ich zur Verwunderung der beiden. Ich erinnere mich natürlich nicht, aber ich merke, dass wir ein Gesprächsthema brauchen.
Ich stelle mir Dima als Kopie des Einäugigen vor.
Wir haben uns die Höhle gebaut und uns stundenlang dort verkrochen, sinniere ich, *war es nicht so?*
Ja, haucht Zana, angewurzelt, da sie glaubt, auch sie habe dadurch die Zeit an ihren Sohn zurück. Wenn ich mich erinnere, bestätige ich ihre Erinnerung an ihn. Angestrengt runzle ich die Stirn, als würde ich die Erinnerung an die Zeit riechen, aber weil die Zeit vergangen ist, jetzt hinter einer verschlossenen Tür stehen, wo der Geruch des Erlebten, der leicht durch die Türritzen sickert, zum Greifen nah ist. Zana rutscht einige Zentimeter auf dem Sofa nach vorne, in meinem Sog, hält die Hand im Oberarm ihres Mannes, der, ebenfalls, im Freudentaumel sitzt, und rutscht und denkt, ich gebe ihnen ihren Sohn wieder. Ach, das Leben ist trügerisch. Ich wünschte, sie würden es verstehen.

Wir haben uns verkleidet, presse ich theatralisch aus meiner amerikanischen Serie heraus. Familie Orloff, erschöpft, wispern beide fast zeitgleich, zeitlos: *Ja!*, und ich spiele weiter, verbinde hinzu: *Wir waren beste Freunde und niemand kam zwischen uns. Und in der Schule saßen wir nebeneinander*, platzt es weiter aus mir heraus. Jetzt hängen sie fast in meinem Haaransatz, obwohl ich mich zu weit aus dem Fenster lehne. Aber anscheinend nicht.
Essen!, quietscht Mutter, die von unserer neugegründeten emotionalen Bindung nichts mitbekommt.
Er kommt nicht wieder, flüstert die dünne Zana, dünn wie sie ist. Ihr Mann steht als erstes auf, dann ich, der Frau Zana hoch hilft, die mir mit der Hand auf die Schulter klopft, sanft.

Frau Zana setzt sich neben Herrn Zoran, der bereits eine Serviette auf seinem Schoß ausgebreitet hat. Mein Platz ist neben Mutter, die die Suppe serviert. Dann bringe ich den Topf zurück in die Küche und setze mich neben Mutter. Wir pusten und löffeln und man hört einige Schmatzgeräusche, die Herrn Orloffs Ecke verlassen. *Lecker!*, beschreibt er Mutters Essen. Zehn Minuten später ist die Suppe auf allen Tellern leergelöffelt und uns ist warm, weil die Suppe warm war. Der dicke Zoran zieht sogar seinen Pullover aus. Dann bringe ich mit Mutter die Hauptspeise: den Reistopf, das geröstete Hähnchen aus dem Ofen und eine Schüssel Salat auf den Tisch. Frau Zana sagt: *Das hättest du nicht kochen müssen, Rosa! Doch nicht für uns.* Mutter freut sich über das Kompliment. Ich setze mich als letzter hin und stimme den anderen bei, habe Freude am Essen und alles ist gut.
Und was habt ihr jetzt vor?, fragt Frau Zana aus dem nichts. Mutter lässt die Gabel mit einem Stück Fleisch auf den Teller sinken.
Was meinst du?, fragt sie misstrauisch.
Ich meine, beginnt sie vorsichtig, *jetzt, wo Polat zurück ist*, und sie schaut mich lieb an, *was habt ihr jetzt vor?*
Gar nichts haben wir vor, schießt es aus Mutter wie aus einer Pistole. *Was sollen wir jetzt vorhaben?*, fügt sie hinzu und führt die Gabel zum Mund und kaut auf dem Fleisch und schluckt es hastig runter. Mutter betont: *Alles ist wie vorher. Das reicht. Wir müssen nichts machen.*
Also Zoran und ich, wir dachten, fängt Frau Zana langsam an, *wir dach-*

ten, vielleicht könnten wir zur Polizei? – sie ist schwach, denke ich – *Vielleicht ist Dima auch da draußen irgendwo? Vielleicht hat er auch den Verstand verloren und will nach Hause und weiß nicht wie.*
Ich habe nicht den Verstand verloren, zische ich beleidigt zu ihr rüber.
Polat hat nicht den Verstand verloren. Mutter verteidigt mich, indem sie den Arm um mich legt.
Aber was ist mit Dima?, wehrt sich Frau Zana, *vielleicht lebt er auch noch? Oder ist in irgendeinem Kellerloch gefangen? Und wird gefoltert oder was weiß ich,* sie schluchzt. Das geht ihr sehr nah. *Und wenn Polat zurückkam, besteht doch eine klitzekleine Wahrscheinlichkeit,* klitzeklein verdeutlicht sie mit Daumen und Zeigefinger, *dass Dimitri auch noch lebt?* Dann kreischt sie: *Oder nicht, Polat?* Und mich packt das Entsetzen. *Zana, beruhige dich.*
Nein, ich beruhige mich nicht, kreischt die Dünne zum Dicken. *Wieso kann er wiederkommen,* und auch sie zeigt, wie Esma, mit der ganzen Hand auf mich, *und mein Kind bleibt verschwunden?* Unter dem Tisch haut mir Mutter gegen das Bein. Unser Codewort dafür, dass ich die Umstände wieder in den Griff kriegen soll, indem ich an die Bomben denke, zu guter Letzt die Bombe spiele. Das haben wir uns bereits heute Morgen beim Frühstück überlegt, falls die Situation eskalieren sollte. Ich überlege kurz, bevor ich anfange und versuche, Mutter das zu signalisieren. Ich möchte Frau Zana nicht alles rauben, weil ich weiß, dass der Krieg auch ihr Leben geformt hat und sie aus dieser neuen Form nicht mehr entkommt. Herr Orloff nimmt die Rolle des Beschützers ein, aber tief in seinem Inneren weiß er, dass er seine Frau nicht beschützen kann, weil sie überhaupt nicht beschützt werden will. Auch sie will bloß ihr Kind zurück. Frau Zana ist stärker als ihr Mann, denn wenigstens benennt sie die Dinge bei Namen, im Gegensatz zu ihm, der so tut, als hätte er nie einen Sohn gehabt. Frau Zana weint, bis ihre Tränen fließen. Mutter weiß, was Frau Zanas Tränen bedeuten. Herr Orloff weint nicht, isst weiter Reis, hat Reis im Mund beim Sprechen, und entschuldigt sich bloß, erklärt es damit, *dass alles nicht so einfach ist.*
Das ist böse, erklärt Mutter trübsinnig. Böse von Frau Zana? Oder von ihrem Mann, der sich entschuldigt? Frau Zana und ihr Mann sind still geworden. Mutter wiederholt: *Das ist böse.* Dann legt sie wieder eine

Pause ein, fügt aber hinzu: *Wie kannst du denken, wir wollen euch nicht helfen? Nicht wahr, Polat?*, und alle Aufmerksamkeit ist auf mich gerichtet.
Ja, erwidere ich, und ich tapse auf dünnem Eis. Habe keinen blassen Schimmer, wovon Mutter redet. Das macht mich nervös, aber Mutter funkelt vor Souveränität. Dankbar greift Frau Zana nach Mutters Hand. *Polat und ich brauchen etwas Zeit. Es überrollt uns immer noch.* Uns überrollt nichts, wir haben die Waffe. *Aber wenn wir soweit sind, dann kümmern wir uns darum. Wir müssen uns noch um so viele Dinge kümmern,* spricht sie heiter zu unseren Gästen in unserer Runde. Um meiner Verwirrung keinen Platz zu geben, sitze ich angestrengt auf meinem Stuhl, ohne ins Hohlkreuz zu verfallen. Mit verwirrter Miene beobachte ich sie angestrengt, sie merkt es, endlich, zum Glück, und haut unter dem Tisch zweimal hintereinander gegen mein Bein. Das ist der Codex für: Alles unter Kontrolle. Dann kann ich loslassen, entspannen, und auch ich bin gewappnet gegen die Orloffs und versichere: *Wir werden Dima bestimmt finden.*
Frau Zana kriegt sich nicht mehr ein, und auch Herr Zoran zeigt eine kurze Regung der Entgleisung und ist gefangen in dem trügerischen Gefühl, das ihm auf leichte Weise versichern kann, wie das Leben sein könnte, wenn auch sein Sohn zurück wäre.

Zum Abschied gibt es doppelt so lange Umarmungen wie sonst, aber Mutter und ich sind nicht mitgenommen. Als sie endlich weg sind und Mutter die Tür hinter ihnen schließt, und ich gerade was sagen will, legt sie ihren Zeigefinger auf ihren Mund und zischt leise: *Psssst!*, und nickt mit dem Kopf Richtung Tür, weil die Wände dünn sind, und die Orloffs uns womöglich hören könnten. Wir laufen zurück in Richtung Küche und ich schließe die Tür zum Flur leise hinter mir. *Schrecklich!*, atmet Mutter schwer. *Ich konnte nicht mehr. Zum Glück hatten wir schon gegessen, sonst hätte das nie aufgehört.*
Warum denkt sie, ihr Sohn ist noch irgendwo da draußen?, frage ich sie sachlich.
Was weiß ich?!, antwortet Mutter pampig und fuchtelt dabei mit ihrer Hand vor dem Kopf herum. *Das hat uns aber nicht zu kümmern. Sie erträgt es nicht, dass mein Kind zurück ist und ihr Kind nicht.*

Was müssen wir eigentlich noch erledigen?, erkundige ich mich schnell, weil es mir wieder eingefallen ist. *Wir müssen etwas erledigen,* erklärt sie mir.
Was gibt es zu erledigen? Wir gehen doch nicht zur Polizei?, frage ich versteinert. Mutter lacht. *Was sollen wir da?*, fragt sie mich mit ernster Stimme.
Ich weiß nicht, entgegne ich, *du machst ein Geheimnis daraus, ich rate nur.* Mutter fängt an, den Tisch abzuräumen. Ich helfe ihr. Ich esse die zwei übrig gebliebenen Löffel Reis auf, die noch auf meinem Teller sind und Mutter erklärt aus der Küche: *Wir gehen zu dem Mann, der für deinen Tod verantwortlich ist.* Ich glaube, ich habe mich verhört.
Also, doch zur Polizei?, beschuldige ich sie, lauter, als ich es zuvor im Kopf durchspielte.
Er ist beim Militär. Das ist nicht die Polizei, erklärt sie mir ruhig. *Das ist ein großer Unterschied.*
Ah, ok. antworte ich unsicher. *Und was machen wir dann?*, versuche ich zu erfahren.
Wir bringen ihn um. Dieser Satz verlässt ihre Lippen mit einer Leichtigkeit, als sei es das normalste der Welt. Es bringt mich aus der Fassung. Ich muss mich hinsetzen.
Wie?, frage ich, obwohl ich alles verstanden habe. *Wie ich es gerade gesagt habe, wir bringen ihn um,* wiederholt sie und räumt dabei die Teller in die Spülmaschine, als seien wir in einer Fernseh-Kochshow und jemanden umzubringen wäre wie Essen zuzubereiten. Jetzt wird mir heiß und kalt. Es zieht in meinem Kopf. Etwas rattert, aber ich kann es nicht greifen. Versuche stattdessen den Schauer loszuwerden, der mir über den Rücken läuft. Dann versuche ich aufzustehen, aber es funktioniert nicht. Mich schockt nicht vieles. Aber diese Aussage schon. *Warum willst du ihn umbringen? Er ist schuld. Er hat meinen Sohn umgebracht,* erwidert Mutter kühl.
Aber ich bin wieder da, versuche ich ihr zu erklären.
Das macht nichts. Trotzdem bin ich durch die Hölle gegangen. Aber wie soll das gehen?, frage ich sie ahnungslos.
Wie, wie soll was gehen?, fragt sie dann zurück.
Wie willst du ihn umbringen?
Na, mit der Waffe, sagt sie bloß.

Natürlich, die Waffe, murmele ich innerlich. Warum sonst? Ich bin umständlich. Dass ich nicht darauf gekommen bin. Warum sonst taucht plötzlich diese Waffe auf? Warum habe ich nicht früher daran gedacht? Stattdessen habe ich mich an das Bild des Helden geklammert, bin eins mit ihm geworden, die Waffe in der Hand, die Waffe im Kopf, im Auto, in Richtung Sonnenuntergang. Mir ist entgangen, dass der Held immer ein Ziel hat und eine Mission. In jeder Serie ist es so, jetzt auch in meiner. Das ist der allgegenwärtige Cliffhanger. Die Mission des Helden!

Du willst, dass ich es tue, oder?, frage ich sie so ruhig wie ich kann, weil ich plötzlich ganz klar bin und versuche heldenhaft zu denken.

Ja, beichtet sie leise. *Wenn du dich an den Plan hältst, geht es auch ganz schnell.*

Und wie ist der Plan? Jetzt setzt sie sich neben mich. Dann zückt sie eine imaginäre Waffe aus ihrem Jackett, steht wieder auf, spielt Schatten und Suchen, versteckt sich hinter mir, ihr Zeigefinger ist der Lauf, der Daumen zeigt nach oben, ihre Waffe berührt meinen Nacken, der Zeigefinger ist warm und sie sagt nur: *Peng.* Obwohl sie nicht die Waffe mit sich trägt, zucke ich zusammen.

Einen Schuss in den Nacken. Das reicht. Das geht schnell. Und dann ist es vorbei, so stellt sich Mutter das vor. Dann setzt sie sich wieder neben mich.

Wie lange denkst du schon darüber nach?, versuche ich aus ihr herauszubekommen.

Ach. Naja, sie muss eine Pause einlegen, *eigentlich schon immer. Nein,* widerspreche ich ihr, *ich meine so wie jetzt.* Ich meine ihren Plan. Ich meine den Nacken, den warmen Zeigefinger, die ganze Hand, die vom Abdrücken träumt.

Seit ein paar Jahren, antwortet sie.

Ich kann nicht mehr zurück oder dieses Leben mit Mutter verlassen. *Wenn das erledigt ist, dann gehen wir weg. Wir fangen ein ganz neues Leben an,* versucht sie mir mitzuteilen. Wohin, weg? Ich bin doch schon weg gewesen und hier gelandet. Ich kann nicht noch einmal weg. Es ist schrecklich, wenn sich das Leben wiederholt. Das quält mich. Und diesmal quält mich auch die Waffe, die in Ruhe in ihrem Versteck, in

meinem Zimmer, unter meinen Hosen wartet. Ich stelle mir vor wie ich im Dunklen eines Zimmers umher streunere, also wird es Abend sein, hinter einem Vorhang warte, bis meine Zielperson eingetroffen ist. Ein Schuss in den Nacken und es ist vorbei, wie Mutter sagte. *Eigentlich dauert es nicht lange.*
Genau, stimmt mir Mutter zu, *zehn Minuten vielleicht.* Zehn Minuten brauche ich, um zu duschen oder meinen Teller in einem mittelschnellen Tempo aufzuessen. Zehn Minuten brauche ich, um mich anzuziehen und das Bett zu machen. Drei Mal zehn Minuten brauche ich, um zu Esras Freunden zu fahren. Und anscheinend braucht man für den Tod genauso lange.
Ach, was sage ich da, prustet Mutter heiter, d*u brauchst nicht einmal zehn Minuten! Das dauert zehn Sekunden.* Zehn Sekunden brauche ich, um aus meinem Zimmer ins Wohnzimmer zu laufen.

Das Leben ist eine schreckliche, komische Sache. Ich bin jetzt offiziell sechsunddreißig Jahre alt. Ich habe eine Mutter und wohne in einer großzügigen Wohnung. Aber ich begreife, dass der Soldat niemals seine Uniform verlässt, egal wie lange es her ist. Und wenn ich jetzt Mutter beobachte, die mir unerschrocken von ihrem Plan erzählt, den sie schon so lange hegt, dass sie glaubt, es war schon immer so, versteift meine Rolle, die ich zu tragen habe. Ich stehe vor der Erzählung, die eine Entscheidung ist und mich, egal wie ich mich entschließe, derart beeinflussen wird, dass es kein Entkommen gibt. Wenn ich Mutters Plan ausführe, dann bin ich ein Mörder. Aber ich werde ein Mörder sein, der wohlmöglich seine Mutter und sich selbst rächt und nicht aus schleierhaften Gründen handelt. Mutter betitelt den Kommandanten als Verbrecher, der seine ganze Einheit im Stich gelassen hat. Mutter will, dass ich wie ein Soldat hinter ihm stehe und ihn erschieße. Kaltblütig bin. Mutter hat gesagt, sie schuldet dem Vaterland nichts mehr. Sie hat alles gegeben, was sie hatte. Mutter hat gesagt, der Staat beschützt sie nicht mehr. Da ist noch nicht einmal ein Bein oder ein Arm übrig geblieben. Und sicher ist sie erst wieder, wenn der Kommandant stirbt. Wenn ich schieße, dann bin ich der Erschießer. Sein Körper wird vor mir mit dem Gewicht zu Boden fallen. Er wird tot sein und ich werde leben. Aber ich werde ein Mörder sein. Und wenn das niemand herausfindet, weiß nur Mutter davon, und ich. Und dann bin ich auch kein Mörder, sondern ich gebe Mutter das zurück, was sie meint, das der Staat ihr schuldet. Wenn er stirbt, dann verwest er und dann ist er weg. Ich werde nicht verwesen, weil ich die Waffe halte. Und wer die Waffe hält, der denkt an nichts anderes. Aber dann bin ich vielleicht auch nur ein Sohn, der seiner Mutter hilft. Wenn sich Mutter einmal etwas in den Kopf gesetzt hat, dann bleibt es so. Dafür kann ich jetzt nichts. Oder doch? Nein, ich kann nichts dafür. Meine Mutter grämt sich, wenn sie an ihren Sohn denkt. Obwohl ich das bin. Das sehe ich. Und wenn ich den Kommandanten töte, dann gewöhnt sie sich vielleicht daran. Und ich, durch den Zwang, vielleicht dann auch. Ich bin kein Mörder, denn ich führe nichts Böses im Schilde. Und in den Filmen will der Antiheld die Menschheit vernichten, aber ich bin der Held, der kein Mörder ist, ich bin ein Sohn, der seine Mutter beschützen will. Ich kann es mir nur so erklären: Es könnte aussehen wie ein Unfall. Vielleicht wird meine Waffe aus Versehen losgehen, da sie versehentlich nicht gesichert war. Ich denke in mich hinein, bin die Filmrolle, bereit für den dramatischen Höhepunkt, der unaufhaltsam ist, bereits passiert, dass es noch nicht einmal mehr der Rede wert sein wird. Niemals kann ich der Mörder sein. Am Ende kann ich nichts dafür. Ich bin dazu da, um in dieser Rolle aufzugehen. Mir bleibt nichts anderes übrig. Wenn ich es nicht tue, wird mich Mutter wohlmöglich verstoßen. Oder jemand anderen darum bitten, es zu tun, der ein anderer sein wird, und den sie dann vielleicht lieber haben wird als mich. Und vielleicht will sie dann diesen anderen als Sohn, und sperrt mich aus dieser Welt, die ich erobert habe, zurück in die andere Welt, die ich hinter mir gelassen habe. Doch ich kenne keine Welt mehr außerhalb dieser Welt. Ich übe keine Vergeltung, denn das ist sehr schwer. Ich würde es auch nicht Vergeltung nennen, es ist im Grunde auch nicht Rache. Am Ende werde ich eine Zeit haben, an die ich mich mit Mutter erinnern werde, die uns mehr denn je zusammenschweißen wird. Polat Kaplan ist kein Mörder. Er ist ein Soldat, der aus dem Krieg zurückgekehrt ist, niemals aber seine Rolle oder seine Uniform, in die er hineingewachsen ist, und die ihn jetzt ausmacht, verlassen kann.

Wir schaffen das, Junge, erklärt mir Mutter, als ich in meinem Zimmer stehe. Ich habe einen Kloß im Hals und sie umarmt mich bloß und ich bin froh, dass ich nicht sprechen muss. Bevor ich mich ins Bett lege, suche ich die Waffe im Schrank, bin beruhigt, als ich sie zu fassen kriege, schnaufe wegen dem Gewicht der Entscheidung in meiner Hand. Ich sitze auf dem Bett und habe die Waffe in der Hand, bin diesmal ruhig, ohne zu schwitzen. Dann lege ich den Kopf ins Kissen und schlafe sofort ein.

Die nächsten Tage planen Mutter und ich, wann immer wir können, die Einzelheiten unserer Mission. Es gibt nichts mehr, was uns so sehr interessiert. Esra, Frau Batic, Esras Mutter Esma, die dünne Zana und der dicke Zoran, alle vergessen. Sogar Esras Freunde. Das zählt alles nicht mehr. Mutter und ich, wir sind bereits woanders. Wir haben uns weiterentwickelt. Weiter. Über unsere Rollen hinaus. Wir nehmen das Leben in die Hand. Wir sind ineinander verwoben und die Mission reift, mit jedem Tag, greift mit jeder Stunde weiter in uns.

Um 24:00 Uhr werden wir in den Bus steigen. Die Busfahrt wird ungefähr drei Stunden dauern, das heißt wir kommen gegen drei Uhr früh an unserem Zielort an. Von der Haltestelle werden wir eine Strecke von zwei Kilometern vor uns haben, die wir zu Fuß laufen werden. Wenn wir zügig vorankommen, ohne auffällig zu sein, wird uns diese Strecke noch einmal achtunddreißig Minuten kosten. Mutter und ich werden schlicht gekleidet sein. Die Waffe trage ich um meine Hüfte, verborgen hinter einem Schal. Unsere Bustickets sind gebucht auf den Namen: Mrs. und Mr. Gül. Das ist türkisch und bedeutet *Rose,* hat mir Mutter erklärt. Das Haus des Oberkommandanten befindet sich in einer kleinen Feriensiedlung, in der er den Sommer und den Winter verbringt. Das bedeutet für mich und Mutter, dass er im November, also jetzt, alleine in der Siedlung mit dem Siedlungshausmeister ist, *der ist fast taub,* sagt Mutter, da alle anderen Bewohner den Winter außerhalb der Siedlung in der Stadt verbringen und erst im Sommer zurückkehren.

Ich stelle mir vor, dass unser Mord erst im Sommer entdeckt wird. Verwerfe aber den Gedanken wieder, zu theatralisch. Rein logisch würde das auch nicht funktionieren. Wenn er stirbt und verwest, dann fängt er an zu riechen, dann zu stinken und dann kommen die Hunde.

Ich werde durch das untere Fenster der Kammer einsteigen. Mutter weiß das aus Erfahrung und Observation, da sie, wann immer sie nicht zuhause war, im Bus saß und zu dem Haus des Oberkommandanten gefahren ist. Dort beobachtete sie, dass das Fenster zur Kammer immer offen steht. Ich werde eine Maske tragen, die mein Gesicht nicht preisgibt. Die Maske wird schwarz sein, wie auch meine Hose und meine Jacke, die ich bereits einige Tage zuvor, als Mutter und ich wochenlang zusammen die Route hin und zurück Probe gefahren sind, damit auch ja nichts schief geht, wir keine Fehler machen, an einem geheimen Ort deponiert ist. Langsam werde ich mich, verkleidet, aus der Kammer vortasten. Erst werde ich in der Küche landen, die ins Wohnzimmer führt. Es wird 4:12 Uhr sein und ich werde im Licht der Dunkelheit das Schlafzimmer von Ali K. betreten, der auf dem Rücken schlafen wird. Dann komme ich näher, kann fast seinen Atem schmecken, halte ihm die Pistole dicht an den Nacken, ohne dass er die Kälte der Mündung spürt, denn die werde ich ihm nicht direkt auf die Haut halten. Und dann, ohne dass er etwas merkt, werde ich abdrücken. Man wird keine Spuren finden, denn wir sind gut getarnt. Mutter und ich werden ein Alibi haben, denn wir wohnen drei Stunden weg. Niemand wird Mutter und mich gesehen haben und wir werden es niemandem erzählen. Bis jemand den Mord bemerkt, sind Mutter und ich sicher, versteckt, wieder zu Hause und es wird ein ganz normaler Tag sein.

Ende Staffel zwei Episode eins: Der Held und seine Mutter sind keine rachsüchtigen Menschen.

TAXI

SEASON 2 EPISODE 2

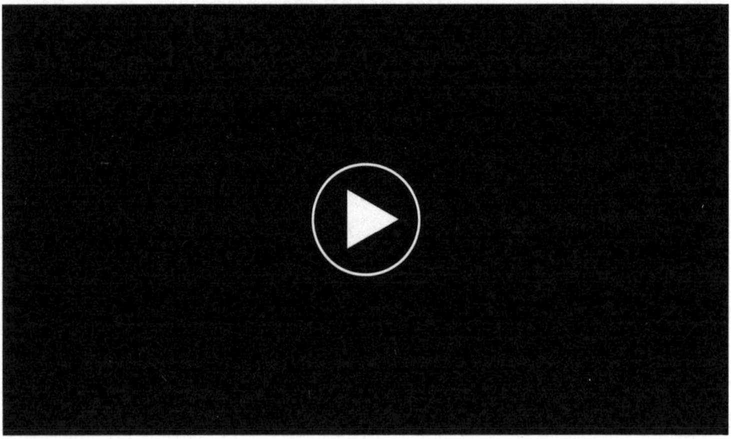

STARRING

ROSA KAPLAN & POLAT KAPLAN

New York Times critics' picks
»Brilliant, deeply moving«

Die Busfahrt ist schrecklich. Mutter und ich sitzen wie zwei starre Metallträger halb auf dem Sitz, halb in der Luft. Der Bus ist nicht sonderlich voll, doch ich misstraue allen. Mutter ist sogar so durcheinander, dass sie manchmal nach meiner Hand greift und sie drückt und die Hand nicht mehr loslassen möchte. Irgendwann schläft sie ein und ihr Kopf plumpst gegen den Vordersitz, durcheinander wie sie ist, und ich versuche sie aufzurichten, sehe aber dann, dass sie nicht schläft, sondern mir nur zeigt, dass sie nachdenkt. Ihre Anspannung berührt mich, und ich, schon so nervös, dass es zieht, sage ihr, *Wir müssen die Ruhe bewahren*, weil es sonst nicht geht.

Als wir endlich angekommen sind, schnappen wir draußen nach Luft. Es ist dunkel und wir sind entsetzt darüber, dass unsere Mission begonnen hat. Wir sind hier und unsere Zielperson auch. Zwei Kilometer entfernt von uns. Das macht vier Kilogramm Pein für Mutter und mich. Wir stampfen stillschweigend los, die Nacht entlang auf Schleichwegen, die abseits der Hauptstraße beginnen. Wir sind leise, denn das ist alles, was uns bleibt. Mutter läuft hinter mir. Ich sehe nicht, was vor mir kommt. Mutter schnauft. Wir haben noch nicht einmal eine Taschenlampe dabei. Mutter ist kein duldsamer Mensch.

Irgendwo von weit her jaulen einige Hunde und ich setze meine Schritte behutsam auf den Boden, so dass nichts knirscht. Als wir die Hälfte des Weges hinter uns haben, gelangen wir zu der Tüte mit meinen dunklen Klamotten, die ich mir starr, wie ich es schon oft im meinem Zimmer geübt habe, in weniger als einer Minute anziehe. Die anderen Klamotten verstaue ich in einer zweiten Tüte, die Mutter aus ihrem dünnen Rucksack hervorholt, in dem nichts anderes drin ist. Als wir beinahe das Haus des Kommandanten erreicht haben, pocht mein Herz und ich bin ergriffen, ohne Luft. Mutter hat gesagt, der Kommandant hat keine Frau und keine Kinder und seine Eltern sind auch schon tot. Ich weiß nicht, ob das stimmt. Ich kann nicht alles erzählen, was ich denke. Wir tapsen mit leisen Schritten von hinten an das Haus heran. Das Fenster zur Kammer steht offen. Das beruhigt mich oder vielleicht verstört es mich auch.

Ich steige langsam durch das Fenster ein, während sich Mutter im nahegelegenen Gebüsch versteckt und sich auf den Boden legt und zu einer Kugel rollt. Bevor ich mich von ihr los mache, um durch das Fenster einzusteigen, drückt sie meinen Unterarm und flüstert in die Dunkelheit, aber dennoch in meine Richtung, dass sie niemals vergessen wird, was ich für sie tue. Ich hoffe, dass sie es niemals vergisst, denn ich tue es für uns. Dann fängt Mutter sehr laut an zu weinen. Davon bin ich berührt. Wirklich echte Krokodilstränen kullern bis hinab zum Kinn, obwohl es dunkel ist, und verschwinden in einer Halsfalte. Ich sage ihr, *Deine Tränen sind nicht erbärmlich,* und ich spüre eine Liebe, die sie vor mir verschließt.
Als ich endlich in der Kammer stehe, haben sich meine Augen mittlerweile an die Dunkelheit gewöhnt. Ich öffne die Tür der Kammer zur Küche und bete, dass die Tür nicht knarrt. Nichts knarrt, und ich husche ungesehen hinein. Die Küche ist groß und hat eine Kochinsel in der Mitte, an der ich vorbeilaufe, ohne etwas zu berühren. Mutter sagte, das macht sie alles nur für mich.

Ich bin jetzt im Wohnzimmer, alles läuft reibungslos, ich bin ein Versteck, getarnt mit einer Waffe, die ich von der Hüfte löse, mit beiden Händen umschließe und entsichere. Vor der Schlafzimmertür angekommen, bin ich genauso viel wert wie diese eine Kugel, die ich abfeuern werde. Und ich laufe einfach hinein. Stoße mit meinem Stiefel die Tür auf, leise, aber schnell, sehe das Bett, in dem er liegt, er schnarcht und er kriegt nicht mit, dass sein Leben gleich zu Ende geht. Das rührt mich ganz kurz zu Tränen, weil Mutter im Gebüsch liegt und dieser Mann, der schläft und träumt, im Bett liegt, und seinen eigenen Tod verpasst. Das ist schlimmer als ein Cliffhanger.

Ich betrachte die Wand und sehe Tapeten. Ich verstehe, dass mir mein Gewissen am Kopfrand klebt und solange mich niemand erkennt, sehe ich ihn an, als würde er mir etwas bedeuten. Ich übe keine Vergeltung, denn das ist sehr schwer. Die Hand, die die Waffe hält und auf ihn richtet, zittert. Ich sage: *Mein Gott,* aber ich bin nicht Gott. Und weil es schwer ist, einen Menschen zu töten, drücke ich einfach ab. Das Geräusch verlässt die Waffe mit der Kugel und landet in seinem Nacken. Aus seinem Mund erklingt ein Stöhnen, als sei er gegen eine Wand gelaufen, und Luft entweicht seinem Körper, aber ich habe geschossen und das habe ich mit eigenen Augen gesehen. Keiner wird mir glauben. Das Blut breitet sich pilzförmig um seinen Kopf aus, erst langsam, aber es wird nicht schneller, nur immer mehr. Ich bin ohne Pass über eine Grenze in ein Leben geraten und stehe mit der Waffe in der Hand in einer Feriensiedlung und blicke auf eine Person herab, die seinen Tod verschlafen hat. Dagegen kann ich nichts machen. Es ist keine Ruhe, es verschlägt mir die Sprache. Und das ist das einzige, das ich berichten kann. Das ist auch das einzig dramatische. Das weiß ich, weil ich das gut kenne. Ich schwitze dabei und fühle die Schweißnaht, die mich zusammenhält, aufgehen. Das macht mich unglücklich. Ich bin kein Mörder, ich kann meine Tat nicht behandeln. Ich behandele mein Gefühl, das ich in eine Kugel steckte. Und die Kugel passte in den Nacken, wie auch ich durch das Fenster passte. Ich stehe im Zimmer und mache mir Sorgen, denn bald wird er anfangen zu stinken. Und wenn man stinkt, dann vergammelt man und am Ende kommen die Hunde. Ich hasse Hunde. Das habe ich immer gesagt. Aber Mutter hat gesagt, das Gegenteil von Rache ist Gerechtigkeit und deshalb sind wir gute Menschen. Denn wir sind nicht rachsüchtig, weil jeder Mensch sein Leben ändern kann.

Und wie ich hinein bin, verlasse ich das Haus. Ich bin noch nicht ganz aus der Kammer hinaus, da erhebt sich Mutter aus dem Busch, dass ich einen Schreck kriege.

Das hat fast drei Minuten gedauert, kreischt sie ganz leise, ohne dass sie wirklich sprechen kann. *Ist es vorbei,* kreischt sie nochmal und kann sich nicht beherrschen. Ich ermahne sie, bevor sie mich und sich verrät und flüstere nur, als sei es meine erste Sorge: *Es ist vorbei.* Aber meine erste Sorge sind die Hunde, die bald kommen. Der Krieg hat erst sie und dann mich zum Tier gemacht. Jetzt bin ich so geworden wie sie. Das will ich nie vergessen.

Ich sehe es kommen: Es wird wie im Film sein. Gegen 4:00 oder 5:00 Uhr früh wird eine Einheit von Polizisten die Wohnung stürmen. Diese Einheit wird sich noch nicht einmal die Mühe machen, zu klingeln oder zu klopfen. Sie werden die Tür einfach einrammen und sich wie Ameisen in der Wohnung verteilen, dabei jede Ecke sichern, mit Waffen sichern, und jeder wird eine an sich tragen, erst an der Hüfte und dann in der Hand so wie ich, bis sie mich schlafend im Bett vorfinden, so wie ich den Kommandanten schlafend im Bett vorfand. Sie werden mich aus dem Bett zerren. Das weiß ich ganz genau.

Das wird morgen sein. Aber jetzt schmecke ich Blut, obwohl ich kein Blut verloren habe. Ich fahre mir mit beiden Händen über den Körper und versuche das Blut abzuschütteln, sage zu Mutter, *Da ist Blut, es geht nicht weg.*
Sie sagt: *Da ist nichts.* Obwohl es dunkel ist und sie nicht richtig guckt und eigentlich nichts sehen kann. Ich suche weiter und der Kommandant war gestorben. Mein Hemd klebt an mir, so wie ich an Mutter klebe.

Im Bus kauern wir tief im Sitz. Ich werde zu einem primitiven Menschen, der um seine Fähigkeiten fürchtet. Und dann sind wir schon zu Hause. Auf einmal nimmt es überhand, denn diesmal sehe ich keine Hunde, nur Mutter, die leise wie ein Dieb die Tür aufschließt. Dann fühle ich mich fast sicher. Die Tür ist verschlossen, aber mich verfolgt das Entsetzen.

Ich sehe es kommen: Es wird im Morgengrauen sein. Diesmal klingeln sie. Ihre Outfits werden einheitlich sein und sie werden nacheinander durch die Tür kommen. Es werden mehr als fünf Personen sein. Ich werde sie Gruppe nennen. Zwei werden mich packen, gegen die Wand, links und rechts unter den Achseln. Da wird es nicht stinken, da wird es feucht sein und die Angst wird bis in meine Hose fließen.

Mutter packt mich am Kragen, sagt mit piepsiger Stimme, *Du musst dich zusammenreißen.* Aber Mutter hält die Waffe ganz falsch, sie hängt nur so lose an ihr, baumelt auf Höhe ihres Oberschenkels und ich werde wütend, weil sie so leichtfertig damit umgeht. Mutter ohrfeigt mich und bringt mir dann ein Glas Wasser.

Ich sehe es kommen: Mutter wird den Arm ausstrecken und auch sie wird plötzlich zu den anderen gehören, ausgestreckt wird sie auf mich zeigen und die Gruppe wird sich nach mir umdrehen. Sie werden auf mich zulaufen, wie Hunde, sich mir entgegen drängen.

Ich werde sagen: *Mutter, was hast du getan?*
Dann werden sie mich aus der Wohnung zerren.

Sie werden fragen: H*ast du etwas zu verbergen?*
Nein, werde ich wahrheitsgetreu antworten, denn nur Mutter und ich kennen die Wahrheit.
Lieber Gott, darüber weiß ich Bescheid.
Ich habe meine Mutter lieb, aber sie ohrfeigt mich wieder.

Ich sehe es kommen: Die Geschichte ist vorbei.

Aber das wird morgen sein. Jetzt frage ich Mutter, ob sie glücklich ist, weil alles nach Plan lief. Aber sie bricht in Tränen aus. Ihre Tränen landen auf der Waffe, die sie immer noch in der Hand hält und dann zum Kopf führt, um sich mit dem Handrücken die Tränen zu trocknen. Ich bin sehr berührt davon, schon wieder, denn ich habe gelernt, dass man über die Dinge, über die man nicht sprechen kann, schweigen sollte.

Ende Staffel zwei Episode zwei: Der Held und seine Mutter wollen nur Gerechtigkeit.

TAXI

SEASON 2 EPISODE 3

STARRING

ROSA KAPLAN & POLAT KAPLAN

New York Times critics' picks

»Hard to stand still«

Tage vergingen. Wochen vergingen. Ich zähle jeden Tag die Stunden, die vergangen sind, seitdem ich die Waffe betätigte. Ich schreibe die Stunden auf, und es entrinnt mir schnell wieder, wie viele es waren und dann lese ich, was ich geschrieben habe: Siebenhundertzweiundneunzig Stunden, damit ich nicht an die Tage denken muss, die noch nicht so lange zurückliegen, mich einholen, mich wiederbeleben, nur in der Zeit beleben, als ich abdrückte, zur Waffe wurde und die Sitcom verließ. Die Stunden sind dreistellig. Die Tage hingegen nicht. Es ist schwierig, der Waffe zu entkommen. Ich habe keine schußsichere Weste. Keine Luft. Dreiunddreißig Tage sind vergangen seit diesem einem Tag. Und das bringt mich schneller zurück in der Zeit, als ich denken kann. Deshalb zähle ich die Stunden.

Zwischen Mutter und mir ist es still geworden. Ich kann ihr nicht verzeihen, dass ich nun entstellt bin. Heute Morgen beim Frühstück zum Beispiel, ich bekam keinen Bissen runter, die Geräusche spannen auf meiner Haut. Meine Haut ist blass. Ich fliege mit den Tagen zurück in die Zeit, an Mutter vorbei. Ich sagte ihr, *Ich kann nicht,* und schob meinen Teller in die Mitte des Tisches. Mit der ihr wachsenden fahlen Haut schob sie den Teller zurück und erwiderte: *Du musst essen.* Ich verneinte es wieder und schüttelte den Kopf.
Wir können nichts mehr daran ändern, war ihre plumpe Schlussfolgerung. Das gab mir keinen Mut. Daran ist auch nichts zu ändern. Die Sitcom ist über das Skript hinausgewachsen. Man stirbt nicht mehr für Bilder. Der Bilder-Tod ist ausgelöscht. Man stirbt durch die Waffe. Oder die Bombe, wenn sie einen trifft.

Esra möchte mit mir in die Stadt der Liebe fahren. Freudig hält sie mir irgendwelche Prospekte entgegen und giggelt und hat gute Laune. Heute geht es ihr so. Ihre Welt, die mit der Kiste aufhörte, bleibt mir versperrt. Zaghaft hämmere ich gegen das Holz, den Deckel. Aber da ist niemand drin.

Sie blättert in den Prospekten, ist vollkommen versunken, während wir in einem Café sitzen, auf hellblauen Lederimitat-Barhockern, unbequem, die einzigen Gäste mit Prospekten. Wir ähneln Touristen. Ich löffle meinen Eisbecher leer, ich bin Erdbeere, sie Vanille, aber jedes noch so kleinste Geräusch donnert wie die Waffe und ich fahre innerlich hoch.

Esras Eis im Becher schmilzt in derselben Geschwindigkeit, in der sie redet, tropft langsam über den Rand und ich fixiere die Punkte, die auf dem Tisch landen. Seitdem wir hier sitzen hatte sie nur zwei, drei Löffel, da ihr plötzlich die Prospekte wieder eingefallen sind, die sie seit Wochen in ihrer Tasche mit sich trägt. *Wir müssen einfach mal weg,* versichert sie mir, während das Eis weiter tropft, *Wir hocken immer nur in dieser Stadt rum. Wie langweilig,* und sie verdreht die Augen.

Vielleicht würde ein anderer Ort helfen. Ich würde weit weg sein. Ich könnte neu anfangen. Der Held würde mit seiner Geliebten im Arm einen neuen, fremden Ort bestaunen. Den beide zwar vorher nicht kannten, aber er wäre sicher. Der Lärm der Straße wäre verschwunden. Der Lärm der Waffe auch. Es gäbe vielleicht sogar die Bombe nicht mehr. Der Held würde aus dem Exil unerkannt seine Mutter vermissen, aber seiner Mutter jeden Monat Geld schicken, weil er sie im Herzen trägt, aber sicherer ohne sie ist und sie ebenso ohne ihn. Die Geliebte würde nichts ahnen. Oder sie würde es wissen. Das weiß ich noch nicht genau. Doch der Umstand dieser Tat würde an ihr abperlen, denn sie würde begreifen, aus welchen Gründen der Held handeln musste. Und der Held handelt niemals grundlos. Sie würde sagen, *Mein Geliebter, ich verstehe dich,* und der Held würde sich an sie schmiegen und sie fragen, ob sie mit ihm dem Land, das sie verlassen haben, für immer den Rücken kehren würde. Und liebevoll, weil sie voller Liebe sein wird, wird sie ihm zustimmen und ihm folgen und folgenschwer wird das ihr Leben ändern. Die amerikanische Serie oder Sitcom würde alle Grenzen sprengen, denn es wäre egal, wo der Held und seine Geliebte sind, völlig egal. Sie könnten überall sein, nur nicht hier.

Aber ich habe noch keine Grenze gesprengt, ich warte, bis sich Esra entschieden hat, wo die Stadt der Liebe ist.

Denkst du, deine Mutter gibt uns Geld?, fragt mich Esra neugierig und blättert nicht mehr in den Prospekten.
Ich glaube nicht, antworte ich trocken. Die Welt ist nicht in Ordnung. Der Soldat verlässt die Welt und zieht in den Kampf, dort bleibt er, bis er stirbt. Die andere Welt, die sorglos war, in die kann er nicht mehr zurück.

Esra bezahlt unsere Eisbecher. Am Auto angelangt, stehe ich verwurzelt vor der Fahrertür, will einsteigen und wegfahren, Richtung Sonnenuntergang. Richtung sonst wohin. Esra fragt, ob ich fahren will. Da überlege ich ganz kurz und sage: *Warum nicht.* Und als ich sitze und den Motor höre, der anspringt, Esra, die unbeschwert scheint, mich selber beobachte, sehe ich, wie der Held in Richtung Sonnenuntergang fährt.

THE END würde da stehen, ganz undramatisch.
THE END AND THEY LIVED HAPPILY AFTER.
THE END, wirklich.

Aber meine Geschichte ist noch nicht vorbei. Ich parke vor der Haustür. Esra kommt mit zu mir und Mutter und als wir im Flur stehen, wartet Mutter bereits auf mich. Sie hat ja nur noch mich.
In den Nachrichten haben sie gesagt, sie haben ihn tot aufgefunden, begrüßt sie uns.

Ihn, umschließt Anfang und Ende. THE END, FÜR IHN.

Ich halte mich am Schuhschrank fest, obwohl ich die Schuhe noch anhabe. Mutter ist weiß. Esra fragt nur verdutzt: *Ihn?*
Ja, ihn, wiederholt Mutter und starrt durch die Tür.
Wen?, Esra wieder. Abrupt dreht sich Esra zu mir und sieht einen Mann, der sich diesmal mit beiden Händen am Schrank festkrallt.
Alles in Ordnung?, fragt sie etwas ängstlich erst mich, dann Mutter. Wenn sie ihn gefunden haben, haben sie vielleicht auch schon den Mörder. Wenn sie ihn erst jetzt gefunden haben, hat das ziemlich lange gedauert.

Siebenhundertachtundneunzig Stunden hat das gedauert. Und Siebenhundertachtundneunzig Stunden haben uns getrennt, aber die Welt kennt keine Zeit, wie wir wissen.
Sie haben ihn tot aufgefunden, erklärt uns Mutter erneut. Fragend mustert mich Esra und ich mustere Mutter und frage mich, ob sie noch blasser werden kann. Anscheinend schon. Esra rennt zu Mutter, um sie zu stützen und wankt mit ihr im Arm ins Wohnzimmer. Ich kämpfe gegen die Wellen an, die von unten aus dem Fußboden schießen, und wanke den beiden hinterher. Mir ist schlecht.
Wir haben ihn erschossen, platzt es aus Mutter heraus.

THE END: Unsere Geschichte ist vorbei.

Was?, versucht Esra zu verstehen.
Wir haben ihn erschossen, jammert Mutter.
Ich verstehe nicht?, Esra nagt an der Realität. Mir entgleitet sie. Ich habe ihn erschossen. *Sie haben ihn tot aufgefunden.*
Wovon spricht sie, Polat?, obwohl sie eigentlich wissen müsste, was Mutter meint. Mein Bild fängt an zu bröckeln. Auf dem Bild für das Ende ist kein Sonnenuntergang zu sehen: The End.

Wenigstens hat Mutter gesagt: Wir haben geschossen und nicht: Ich hätte alleine geschossen. Mutter jault. Ich versuche mich zu setzen.
Was geht hier vor sich?! Ich suche nach einem Versteck, will mich dort treiben lassen. Ich wiederhole, was Mutter gesagt hat. Jetzt ist es sowieso zu spät.
Wen habt ihr erschossen?, sie begreift nicht.
Den Kommandanten, sage ich nüchtern.
Ihr habt jemanden umgebracht?, schreit Esra diesmal, als ob sie es erst jetzt begreift.
Erschossen, füge ich hinzu, als ob das noch etwas ändert.
Ihr habt jemanden erschossen?, kräht Esra.
Nicht irgendjemand, korrigiere ich sie, *den Kommandanten.*
Was?, sie scheint es doch noch nicht verstanden zu haben.
Was machen wir jetzt?, frage ich Mutter und ignoriere Esra, die jetzt auch ihre Farbe wechselt.

Nichts, flüstert Mutter, *was sollen wir schon machen?*
Was habt ihr getan?
Misch dich nicht ein.
Was habt ihr getan? Esra kann nicht aufhören. Ich kann mir vorstellen, wie sie in ihrem Kopf nach Antworten sucht. Vielleicht nach einer Erklärung. Ich höre es rattern. Und jetzt sind alle still.

Plötzlich steht Mutter auf und verlässt das Zimmer. Ehe Esra und ich wissen, was los ist, ist sie wieder zurück bei uns. In ihrer Hand hält sie ein dickes Tuch. Es ist weiß wie Mutter. Mit zittriger Hand rollt sie das Tuch auf dem Tisch aus und die Waffe kommt zum Vorschein. Esra schnappt nach Luft und ein *Oh Gott!* verlässt ihre Lippen. Als könne Gott uns in dieser Situation helfen. Gott ist nicht barmherzig. Ich verstehe die Waffe und verliere die Nerven. Der Schuss in meinen Ohren piept. *Du hast gesagt, du kümmerst dich darum,* brülle ich Mutter an und schubse sie gegen die Glasvitrine mit den Dekorationsgläsern, die nur zur Dekoration sind und nicht zum Trinken. Das tut mir sofort Leid, aber dann zerstreut mich wieder die Waffe und ich kann mich nicht beherrschen. Ich habe keine Kontrolle mehr über mich, ich bin nicht mehr zahm, ich werde wieder zu diesem Tier. Das Blut schießt mir in die Arme und in die Beine und ich rieche die Kugel.
Oh mein Gott, spricht Esra wieder.
Hör auf mit deinem Gott!, schnauze ich sie diesmal an. Wer spielt? Sie? Ich? Mutter? Das Skript löst sich von mir ab. Kracht über meiner Sprache zusammen. Aus weiterer Ferne höre ich Esra. Und sie brüllt, dass ich sie nicht anbrüllen soll. Was ist aus meiner vollendeten amerikanischen Serie oder Sitcom geworden? Wo wohnt Gott? Wo ist er hin? Was sollen wir jetzt machen?
Was sollen wir jetzt machen?, panisch beäuge ich Esra, die neben Mutter sitzt.
Beruhige dich erstmal, erklärt sie mit sanfter Stimme. Und ich werde still. Versuche gleichmäßig zu atmen, setze mich neben Esra, greife nach ihrer Hand, der ganze Körper folgt und ich schmiege mich an sie. Ihre Ruhe hält mich einigermaßen zusammen. Ich komme langsam zu mir. Gott hat Mitleid.
Was machen wir?, versuche ich zu begreifen.

Die Waffe muss weg, erklärt mir Esra, *Wir müssen sie verschwinden lassen. Oder gut verstecken,* fügt sie schnell hinzu. Esra ist die einzige von uns dreien, die scheinbar einen kühlen Kopf in dieser missgünstigen Lage bewahren kann.

Irgendwann, ich glaube Stunden sind vergangen, fällt Mutters Kopf nach hinten, mit einem Schnarcher stößt sie gegen die Lehne des Sofas. Wir haben sie beide aufgerichtet und Mutter sagt bloß: *Oh, ich muss weggenickt sein.* Ja, das haben wir gesehen, aber dann sieht Mutter wieder die Waffe, die neben der Obstschale auf dem Couchtisch steht. *Was machen wir jetzt mit der Waffe?* Ich weiß nicht, was wir mit der Waffe machen. Es ist spät geworden.

Was würde der Held der Serie tun? Bei Nacht und Nebel an einen See fahren? Oder an einen größeren Teich, um die Waffe einfach ins Wasser zu werfen? Nein. Das ist ein Anfängerfehler. Wenn sie nach der Waffe suchen, und sie suchen mit großer Wahrscheinlichkeit nach der Waffe, dann suchen sie als erstes an diesen Filmorten. Und die Waffe ist immer das erste, wonach sie suchen. Das habe ich im Fernsehen gelernt. Und wenn sie die Waffe hier in der Umgebung finden, dann finden sie mich und Mutter. Aber wenn ich die Waffe von Fingerabdrücken befreien würde? Wie könnte der Verdacht auf uns fallen? Selbst wenn wir die Waffe hier in der Wohnung verstecken würden, wie sollte jemals, irgendwer, auf die Idee kommen, wir seien das gewesen? Wir würden vom Unrecht berichten, falls sie uns finden sollten, das Mutter und mir durch Trennung widerfahren ist. Wir wären nicht die Täter. Wir wären gute Bürger, die ihre Hilfe anböten. Das müsste klar für alle sein. Mutter erklärt: Sie will ins Bett, sie kann nicht mehr.
Aber die Waffe!, entgegne ich ihr unfreundlich.
Was sollen wir machen, Junge?, antwortet sie leise. *Wir können jetzt nichts machen.*
Aber sie muss weg! Ich dränge und ihr ist es nicht wichtig, nicht wichtig genug. Stattdessen steht sie langsam auf, dreht sich zu mir und Esra, und meint nur: *Gute Nacht.*
Aber die Waffe!, brülle ich.

Morgen, Junge, morgen. Morgen. Morgen.
Dann ist es vielleicht schon zu spät.

Es wird wie im Film sein. Kein Cliffhanger, der große Höhepunkt. Gegen 4:00 oder 5:00 Uhr früh wird eine Einheit von Polizisten die Wohnung stürmen. Sie werden mich nicht erschießen, sie werden mich aber festnehmen und mich von Mutter trennen. Uns rennt die Zeit davon.

Vor dreiunddreißig Tagen habe ich ihr eingetrichtert, dass die Waffe verschwinden muss und zweiunddreißig Tage ließ sie mich im Glauben, dass die Waffe entsorgt ist. Aber jetzt! Glänzend, wie eh und je, vor mir auf dem Tisch, bin ich in ihrem Bann, lässt die Nacht, die mich beschmutzt hat, mich nicht reinwaschen. Das geht nicht mehr.
Ich erschieße mich, erkläre ich Esra.

THE END.

Nein, das geht nicht, antwortet sie schnell und greift nach der Waffe. Das rührt mich wirklich ganz kurz, weil ich denke, dass sie ganz kurz dachte, ich tue mir etwas an und sie könnte es verhindern, indem sie nach der Waffe greift. Aber niemand kann den Helden hindern. Niemals. Aber wenn ich mich erschieße, dann ist Mutter alleine. Und Esra auch. Und Frau Batic, mit der ich immer Tee trinke, wie früher. Eigentlich will ich mich auch nicht erschießen. Ich könnte Mutter erschießen, im Schlaf, wie ich den Kommandanten erschossen habe. Damit sie weiß, wie das ist. Aber nein. Das bringe ich nicht über das Herz. In Filmen habe ich gelernt, dass alles einen Preis hat. So wie Gott. Aber der Einäugige hat einmal gesagt, Gott vergibt seinen Jüngern.

Ich kriege noch nicht einmal mit, dass Esra mich hoch in mein Zimmer führt, mich entkleidet, und mich ins Bett legt. Sie legt sich nicht zu mir, deckt mich aber zu und setzt sich auf den Stuhl gegenüber von meinem Bett. Ich will eigentlich noch etwas sagen, aber ich bin so müde, dass ich mich dagegen entscheide. Meine Augen fallen zu. Es ist wie Fernsehen schauen.
Esra bleibt unbeweglich auf dem Stuhl sitzen, ich dachte kurz, sie will mich lieben, aber ihre Hände sind übereinander über ihre Schenkel gefaltet und ich kann nichts mehr machen. Es dreht sich alles im Kreis. Ich bin noch nicht einmal drinnen. Oder doch? Nein. Das bin ich nicht. Nein. Ich bin das. Noch immer. Ich bin ein Sohn. Und mir bleibt nichts anderes, Sohn und Erschießer, und ich schlafe ein.

THE END – ABSPANN.

Ende Staffel zwei Episode drei: Der Held ist ein Sohn.

TAXI

SEASON 2 EPISODE 4

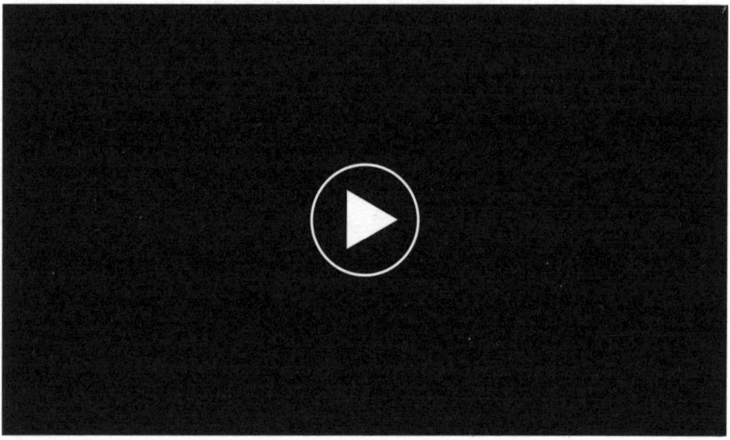

STARRING

ROSA KAPLAN & POLAT KAPLAN

New York Times Critics' picks

»Just wow«

Am nächsten Morgen ist mein Zimmer leer. Ich wache auf und denke an Esra. Sie sitzt nicht mehr auf dem Stuhl. Der Stuhl ist leer. Verschlafen habe ich auch. Es ist nicht 6:30 Uhr, sondern 10:45 Uhr. Hastig greife ich nach irgendeiner Hose und einem T-Shirt, ziehe mich an und laufe runter in die Küche. Mutter steht am Herd (im Morgenmantel). Ich habe sie noch nie im Morgenmantel gesehen. Sie hört mich, dreht sich um, und ihre Augen sind fett, ich meine verquollen. Hat sie geweint? Oder einfach nicht gut geschlafen? Wahrscheinlich sehe ich nicht besser aus.

Die Strapazen der letzten Tage wühlen mich auf. Ich bin eine tickende Zeitbombe. Mutter umarmt mich, hinter ihrem Kopf liegt Esra auf dem Sofa, schläft. Mutter sagt, ich solle sie nicht wecken. Mutter hat den Frühstückstisch gedeckt. Obwohl das nicht mehr wichtig ist. Das macht keinen Sinn mehr.

Wahrscheinlich braucht sie eine Routine, auf die sie sich stützen kann, damit die Waffe sie nicht umhaut. Das halte ich nicht länger aus und ich schalte den Fernseher an. Drehe die Lautstärke runter auf zwei. Und ich hüpfe durch die Programme, um meinen Auftrag zu finden. Erst fällt mir ein Stein vom Herzen, ich schalte umher, aber ich finde keine Beschreibung der Mission. Talkshows. Shoppingsender. Eine Doku über Schlangen. Eine Show über Frauen, die einen Mann suchen. Eine Show über verheiratete Frauen, die andere verheiratete Frauen zu sich nach Hause einladen, um von ihrer Hochzeit zu berichten und ihre Geschenke zu präsentieren und wer die beste, schönste Hochzeit hat, gewinnt. Eine Show über politische Ereignisse, aber alle sind einer Meinung. Eine Show über Frauen und Männer mit psychischen Problemen. Aber ich finde nicht das, was ich suche. *Siehst du*, erkläre ich Mutter heiter, *da ist nichts.* Und ich höre ihre Schritte, die schnell neben mich tapsen. Sie starrt wie ich in die Glotze, die Bilder erdrücken uns, weil wir nicht das finden, was wir eigentlich suchen und das ist gut, die Bilder erdrücken uns, nicht aber unsere Geschichte, die ist unantastbar. Wir haben alles nur gut gemeint. Dann brechen wir beide ganz kurz in Gelächter aus. Wir lachen über das, was wir sehen, dann sind wir also zwei akzeptierte Menschen in der Geschichte. Esra wird von unserem Gelächter wach und fragt: *Was ist los?*

Nichts ist los, kann ich ihr erklären, *das siehst du doch,* und ich zappe noch schneller von Sender zu Sender. Esra schließt sich uns nicht an, und Mutter und ich verstummen schlagartig. Mein Finger auf der Fernbedienung, es ist der Zeigefinger, wird ganz kalt.

Und ich gaffe auf das Haus des Kommandanten in den Lokalnachrichten. Das Haus des Kommandanten ist auf einmal hier bei uns, obwohl wir drei Stunden dorthin gebraucht haben. Ich sehe Spürhunde. Männer in Uniformen. Das ist die Polizei. Das Militär. Auch sie tragen Masken, so wie ich meine trug, auch sie schleichen ins Haus. Man sieht eine Luftaufnahme des Grundstücks. Ich schmiege mich gegen das Fenster der Kammer, aber ich kann nicht mehr weiter. Mutter reißt mir die Fernbedienung aus der Hand, schaltet den Fernseher aus.
Es gibt Frühstück, piepst sie.

Ich weiß nicht, warum wir alle am Tisch sitzen und versuchen zu frühstücken. Esra sieht so zerknautscht aus wie Mutter und hat mit ihrer Jeans und dem T-Shirt, das sie gestern trug, geschlafen. Die Haare fallen ihr ins Gesicht, sie wirkt müde. Mutter eilt in die Küche und kommt mit drei gekochten Eiern wieder, die in der Schale dampfen.
Was machen wir jetzt mit der Waffe?, ist Esras erster Satz am frühen Vormittag.
Wir reden nicht darüber, versucht es Mutter.
Rosa, widersetzt sich Esra, *das geht nicht. Wir müssen sie verschwinden lassen. Wenn sie anfangen, die Wohnung zu durchsuchen und die Waffe hier finden, dann ist alles zu spät.*
Warum sollten sie uns verdächtigen?, fragt Mutter beinahe beiläufig. Ja, warum? Das ist eine gute Frage. Wer könnte jemals auf die Idee kommen, dass wir etwas damit zu tun haben? Es weiß doch niemand etwas! Jeder könnte den Kommandanten erschossen haben! Als Kommandant hat man sicherlich viele Feinde, und ich rede nicht nur von den Müttern, die ihre Söhne suchen oder verloren haben, aber ich rede auch von all den Gegnern, den Dissidenten, den Zurückgebliebenen, den Ausgestoßenen. Wer sagt, dass ich es war? Mutter vielleicht. Sie könnte mich verraten. Verrät sie mich? Nein. Das würde sie niemals tun. Sie hat doch nur mich.
Niemand wird uns verdächtigen, betont Mutter noch einmal.

THE END. ALLES IST GUT.

Plötzlich klingelt es an der Tür und ich schrecke hoch: gedrillt ist der Soldat, ich stehe sofort auf, mein Stuhl fällt nach hinten um.
Sie holen mich, schreie ich. Mutter tritt mir gegen das Schienbein, Esra greift nach meiner Hand und macht nur: *Shhh!*, wie im Garten. Da liegt sie immer fehl am Platz. Shhh! rettet mich nicht und zu allem Übel liegt die Waffe immer noch glänzend neben der Obstschale.
Die Waffe, flüstere ich halb ohnmächtig und richte meinen Zeigefinger auf sie, wie die Mündung im Nacken des Kommandanten. In Windeseile wickele ich die Pistole wieder in das weiße Tuch und schiebe das Pistolen-Paket unter das Sofa. Mir fällt kein besserer Ort ein. Ich habe Panik. Mutter eilt zur Tür, ich versuche mich unter dem Couchtisch zu verstecken, passe nicht ganz drunter, bin kein Versteck, gebe Beine und Arme preis, nur der Kopf passt hinein, der Rest nicht, ruhe auf dem Teppich, bis ich mir den Kopf stoße und die Stimme von Frau Batic höre: *Polat, was machst du da?* Fast weine ich. Das ist zu viel für mich. *Er sucht meinen Ring,* Esra springt mir bei. Liebevoll sende ich Esra Erleichterung entgegen und erkläre schnell: *Esra hat ihren Ring verloren.* Frau Batic kniet sofort nieder zu mir und will wohl helfen und da steckt sie ihren Kopf bereits unter den Couchtisch und ich knalle beinahe gegen ihre Brillengläser.
Wie sieht der Ring aus?, fragt sie gutgläubig. Ich habe Tante Batic so lieb. Jetzt eilt Esra zu uns und kniet sich ebenfalls hin und tut so, als ob sie auch suche, *Gold,* flüstert sie, *es ist ein kleiner, goldener Ring.* Frau Batic sucht angestrengt den Teppich ab, Esra tut bloß so und ich auch. Irgendwann geben wir auf.
Sei nicht traurig, Esra, sagt Frau Batic, *wir finden deinen Ring schon.* Esra ist nicht traurig. Ich bin auch nicht traurig. Ich weiß, dass Tante Batic ein lieber Mensch ist. *Warum ich eigentlich gekommen bin –*, und plötzlich ist sie ganz aufgeregt, *habt ihr die Nachrichten gesehen?* In jedem guten Film antwortet der Held mit einem: *Nein.*
Er ist tot, bricht es aus Frau Batic heraus.
Wer ist tot?, fragt Mutter und Esra pflichtet ihr bei: *Ja, genau, wer ist tot?*
Der Kommandant!, kräht Frau Batic.

Wer?, frage ich zaghaft.
Der Kommandant!, wiederholt sie.
Was?, sagt Mutter. Esra sagt zum Glück nichts. Und wir drei stehen versteinert vor unserer Nachrichtensprecherin.
Wer?, frage ich einfach nochmal, weil plötzlich niemand mehr etwas sagt.
Der Kommandant!, verkündet Frau Batic lauthals. *Der Mann, der deine Einheit geleitet hat! Er ist tot!*
Warum ist er tot?, frage ich.
Wer ist tot?, Mutter versucht zu spielen.
Oh mein Gott, der Kommandant!, versucht Esra die Situation unter Kontrolle zu kriegen. Frau Batic scheint unsere missgünstige Lage nicht zu verstehen und erklärt uns langsam und ruhig, dass er tot in seiner Wohnung aufgefunden wurde, nachdem er einige Zeit vermisst wurde. Siebenhundertachtundneunzig Stunden, um genau zu sein. *Kannst du das begreifen, Polat?* Ich trage eine angemessene Trauer in mir.

Es trifft mich wie einen Schlag und ich spiele, dass ich aufhöre zu spielen und stelle mir vor, der Held holt die versteckte Waffe unter dem Sofa hervor, rennt aus der Wohnung, aus dem Haus und fährt mit quietschenden Reifen weg, nicht in Richtung Sonnenuntergang, woanders hin, ohne Geliebte, ohne Geld, nur weg.
Er ist tot?, vergewissert sich Mutter, als ob sie es nicht schon längst wüsste. Sie ist die schlimmste Fehlbesetzung für einen Co-Star.
Was ist passiert?, spielt Esra.
Jemand hat ihn erschossen, erklärt Frau Batic nüchtern.
Die Waffe?!, meine Stimme durchtränkt ein Bruch.
Genau, flüstert Frau Batic sanft, *er wurde mit einer Waffe erschossen.*
Die Waffe?!, und ich gerate außer Atem.
Du armes Ding, erwidert sie noch sanfter, um meinem Geschrei entgegenzuwirken.
Ich kann mich nicht erinnern?!, und ich warte auf Mutter. Ich kontrolliere nicht mehr meine Bevölkerung. Ich habe meine mir zugeteilten Gebiete verloren. Das kränkt mich furchtbar. Das hört nicht auf, das bringt Ekel hervor. Das ist Schmutz.
Was machen wir jetzt?, fragt Esra eigentlich mich und Mutter, aber Frau

Batic fühlt sich angesprochen und antwortet: *Nichts. Was sollen wir schon machen? Es ist schrecklich, wenn Menschen sterben. Ich meine,* sie hält kurz inne und setzt die Brille ab, *welch Schikane ihr wegen ihm durchgemacht habt. Wenn er bei jeder noch so kleinen Kleinigkeit die Nerven verliert und auf alle einprügelt. Essen, Trinken und Schlaf verweigert, kann man damit rechnen, dass ihn jemand auf dem Gewissen hat.*
Ja?, fragt Mutter hoffnungsvoll.
Was meinst du?, fragt Frau Batic Mutter, lässt sie aber nicht zu Wort kommen und fährt fort: *Es war doch eine Frage der Zeit, bis das passiert. Von allen Seiten hagelte es Kritik und Unzufriedenheit.* Ihre Brillengläser sind jetzt sauber. *Wer seine Einheit so behandelt, hat es wohl verdient, dachte sich die Person.*
Es war jemand von der Einheit?, entfällt es mir schnell.
Ja, wer sonst?, antwortet sie seelenruhig. Ich kann mich nicht erinnern, wirklich, es entgleitet mir. Wenn Frau Batic schon die Idee in ihrem Kopf trägt, dass es jemand von der Einheit war, dann werden die Polizisten und die anderen Männer in Uniformen vielleicht genauso denken. Und dann werden sie Listen machen. Gründliche, dienstbefohlene Listen, die jeden Stein umdrehen können.
Und all die Leute der letzten Jahre, die per Los in seiner Einheit gelandet sind, werden auf dieser Liste stehen. Und dann werden sie jeden Einzelnen überprüfen. Dann finden sie Mutter und mich und rammen die Tür ein. Aber eigentlich können sie mich nicht finden. Ich bin doch der Verschollene, vermisst, aber wahrscheinlich tot. Es gab die Beerdigung. In den Kisten werden sie wohl nicht nach mir suchen?

Und da dämmert mir: Aber Mutter hat das Grab entfernen lassen. Vielleicht werden sie misstrauisch. Jetzt erst recht?
Ich will nicht weg, platzt es aus mir heraus.
Du gehst nirgendwohin, Junge, und Mutter greift mich zu sich. *Das ist zu viel für ihn,* versucht Mutter Frau Batic zu erklären, *er fällt dann immer in dieses Loch und kommt von alleine nicht heraus. Da ist die Zeit stehen geblieben, da hilft nichts.* Beide nicken. Ich führe ein gutes, aufrichtiges Leben nach den Regeln dieses Spiels. Mutters Gesichtszüge sind krank. Eigentlich will sie heiter sein, aber sie fängt an zu schluchzen und ich fürchte um ihren Verstand. Ich fürchte nicht um Esra, aber

zum ersten Mal um die Sicherheit meines Lebens. Ich habe keine Angst vor Mutter, aber ich habe Angst vor der Waffe. Das ist ausschlaggebend. Nicht weiterdenken. Nicht weiterdenken. Es geht nicht mehr. Ich bin gefangen und muss hier raus.

Ich werde zum Bett geführt, weil ich nicht mehr stehen kann. Es ist Mittag und mein Magen leer. Frau Batic bringt mir ein Glas Wasser mit Zucker und zwingt mich, das runterzuwürgen. Vor meiner Zimmertür ruft Frau Batic Esra zu sich und ich höre, wie sie zu Esra sagt: *Hilf ihm,* und Esra in mein Zimmer schiebt und die Tür hinter uns schließt. Was hat Frau Batic vor? Was, wenn sie Mutter irgendwelche Spinnereien in den Kopf setzt? Frau Batic könnte eine Agentin sein, die gegen den Helden arbeitet. *Ich weiß, dass du es nicht bist,* erzählt mir Esra im Halbdunkeln, während ich nur an die Konsequenzen denke. *Was?*, ahme ich Mutter nach.

Ich kann mich nicht erinnern. Wirklich, ich habe mich an meine Uniform gewöhnt. *Du bist nicht Polat,* erklärt sie mir ruhig. Ich habe Angst vor Spott. Vielleicht hat sie mit ihren Freunden darüber geredet und ich warte hier und büße meine Vernunft ein. Das macht nichts. Ich habe Angst vor Verrat. Das macht nichts. Ich höre ihre Worte. Diesmal ist sie aufrichtig und versucht mich nicht zu berühren, nur zu erreichen. Verödet bin ich. Ich höre, ich bin es nicht, aber ich sage, *Ich verstehe nicht.*
Du musst mir nicht weiter etwas vorspielen, leicht ist ihre Stimme, *es ist in Ordnung. Ich weiß, dass du es nicht bist.* Ich bin die Mutter. Ich bin der Sohn. Mutter und Sohn gleichzeitig. Maria und Mohammed zusammen. Ich bin der Vater. Ich bin Esra. Und Frau Batic. Und der dicke Zoran und die dünne Zana. Ich bin der Verschollene. Ich bin Polat.
Ich bin Polat, erkläre ich ihr.
Es ist in Ordnung, versichert sie mir leise. *Ich bin Polat,* spule ich von der Kassette ab. Ich bin Polat. Ich bin Polat. Was anderes ist da nicht mehr.

Er hat mich verlassen, erklärt sie mir emotionslos. *Wer?*, ich verstehe sie nicht. *Polat,* antwortet sie trocken. Ich brauche eine Naturkatastrophe, damit ich mich draußen in der Natur verstecken kann. *Ich bin Polat,* leiere ich. *Nein, bist du nicht,* leiert Esra zurück. *Bevor er zum Militär ist, hat er mich verlassen,* fügt sie mit derselben emotionslosen Stimme hinzu. *Ich bin Polat,* beteuere ich mit derselben Härte, mit der ich beteuert habe, dass ich keine Schuld am Unfall des Einäugigen hatte, der ihn zum Einäugigen machte. Wenn ich das Kind von früher wäre, wäre ich mit ganzem Herzen dabei. In meiner Uniform hätte ich den unsterblichen Tigris dreimal durchschwommen ohne zu sterben. Stolz hatte ich die Uniform auf Schultern getragen.

Ich höre meine Verlobte Luft holen. Es ist dunkel, ich sehe meine Verlobte nicht und schalte die Nachttischlampe an. Ich sehe meine Verlobte auf einem Stuhl sitzen. Sie ist wie ich, klebt an der Uniform, obwohl wir beide nicht mehr reinpassen.

Ich bin Polat, erkläre ich ihr und sie stimmt letzten Endes zu, weil sie mir nicht das Herz brechen will. Sie ist kein schwacher Mensch, nur ein auch schwacher Mensch, genauso wie ich. Wir brauchen die Uniform, die Geschichte mit dem Geruch der Bomben, sonst bleibt uns nichts mehr. Wir werden nie darüber hinwegkommen. Das Land erlischt. Ist überanstrengt. Sprengt sich wohlmöglich in die Luft. Und will mich mit sich reißen. Tod durch die Bombe. Der Held braucht einen Ausweg. Ein Auto, das durch die Wand fährt und ihn befreit. Tod durch die Bombe. Ein Hubschrauber, ein neuer Pass. Egal in welcher Reihenfolge. Ich bin ein lieber Sohn und Mutter hat mich lieb gewonnen. Wer das zunichte machen will, ist böse mit seiner Gesetzmäßigkeit. Ich bin ein lieber Sohn, der nicht in den Tag hineinlebt. Ich ersticke fast. Aber ich ersticke nicht, wenn Esra weiß, wer ich nicht bin. Ich widerspreche ihr und halte an meiner Uniform fest, mache mir nicht die Mühe, ihr das Gegenteil einzutrichtern. Keine Zeit. Keine Zeit. Es reicht erstmal, wenn sie mir hilft, die Waffe zu entsorgen. Wenn Polat sie nicht geliebt hat, und ich sie nicht liebe, bleibt sie dennoch bei mir, weil ich so tue, als ob ich Polat sei und sie noch liebe. Esra hat Angst vor der Wiederholung, die eintreten könnte. Und wenn durch mich die Wiederholung nicht noch einmal lebendig wird, wird sie für immer dankbar sein. Mich in Zukunft nicht mehr verraten. Das ist eine Vereinbarung, die wir im Dämmerlicht meiner Lampe schweigend aushandeln. Es benötigt nicht viele Worte, um die zu finden und zu verstehen, denen etwas abhanden gekommen ist. Liebe ist wie Fleisch und Esra isst kein Fleisch mehr. Ich aber bin fleischig und das ersetzt ihre Vergangenheit für uns beide. Es interessiert sie auch nicht, wer oder was ich bin. Sie möchte diesem Ort entkommen. Ich aber will bleiben.

Am nächsten Tag ist alles beim Alten. Mit Mutter sitze ich auf dem Stuhl in der Küche. Dann sitze ich mit Mutter auf dem Sofa und esse die Orangen, die sie für mich schält. Dann klingelt es an der Haustür und ich bleibe sitzen und sehe Esra wiederkommen. Sie ist totenblass, aber ich führe es auf die Umstände zurück. Dann folgt ihr die dünne Zana, die Mutter anschreit, der Kommandant sei tot. Mutter schält weiter Orangen und schneidet sie in acht gleich große Stücke, obwohl ich nicht hinterherkomme mit dem Essen. Frau Zana sagt, jetzt sei alles zu spät und sie wird Dimitri niemals zurückbekommen und es sei Mutters Schuld, weil ich zurück bin und der Kommandant tot. Mutter und ich schälen und essen, denn Frau Zana sagt die Wahrheit und wir wissen es. Sie aber weiß nicht, über welche Wahrheit wir nachdenken. Ich denke aber nur über die Orangen nach, die sich vor mir ansammeln. Ich halte Frau Zana eine hin, und sehe, dass sie die Orange gegen die Wand klatscht. Da ist ein orangener Fleck auf Höhe der Heizung. Aber Mutter schaut nicht einmal hoch. So weit weg ist sie bereits. Esra ermahnt Frau Zana, die bleibt erbost und empört sich über Esra, sagt, Esra habe keinen Respekt mehr. Esra bittet Frau Zana zu gehen und schließt die Tür hinter ihr ab. Frau Zana kreischt im Treppenhaus und ich esse meine Orangen brav auf.

Am Nachmittag ist die Polizei bei Frau Zana. Aus dem Fenster beobachten Esra und ich die Polizeiautos. Es sind zwei Wägen mit fünf Polizisten. Die Waffe versteckten Esra und ich gestern Abend im Keller. Das war nicht mit Absicht. In der Eile und im Stress der Stunden war das die einfachste Lösung. Mutter macht die Polizei nervös und sie schreckt bei jedem Geräusch hoch. Wir sollten wissen, was unsere

Macht ist und was unsere Schwäche. Meine Schwäche war die Waffe, die haben wir beseitigt, die hat mich aus der Geschichte entlassen. Jetzt ist sie nicht mehr in der Wohnung und ich kann wieder atmen. Ich weiß, man wird mir sagen, ich bin ein Mörder. Aber das kann nur einer sagen, der nicht weiß, was wir erlebt haben und die Umstände nicht begreift. Ich umarme Mutter, weil ich spüre, dass meine Zeit gekommen ist. Der Soldat wacht einfach auf und schläft nicht mehr. Mutter will nicht begreifen, dass meine Zeit gekommen ist. Ich habe meine Mutter lieb. Es klopft an der Tür und ich lasse Mutter nicht los. Ich höre meine Verlobte Esra die Tür öffnen. Dann reißt ihr Herz auf, weil sie vermutlich die Polizisten sieht. Ich werde jede Anschuldigung von mir weisen. Dann höre ich sie nicht mehr. Ich werde meine Mutter beschützen. Ich brenne an allen vier Ecken. Ich bin nicht geisteskrank. Meine Verlobte ist eine Leiche, beinahe giftgrün. Jetzt ist sie verstummt und ich frage mich, warum. Ihre Stimme jauchzt meinen Namen. *Polat. Polat.* Es klingt schön. Immer wieder spricht sie diese zwei Silben aus. Ich habe überhaupt nicht daran gedacht, dass ich sterben könnte. Aber es ist unerwartet. Und so spielt auch das Leben. Und die Sitcom und der Film. Ich bin untröstlich. Aber ich kann es nicht ändern. Der Held würde sich die Pistole an den Kopf halten. Aber sie ist nicht hier. Aber er würde nicht abdrücken. Denn der Held würde sehen, dass er aufgeflogen ist. Hinter Esra steht einer, der sieht aus wie ich. Mutter quiekt und Esra ist jetzt eine große, dicke Träne, unkontrolliert. Mutter schreit *Polat*, und er und ich, wir drehen uns beide zu ihr und sie weiß nicht, wen sie meint. Ich blicke ihn an und er sieht aus wie ich. Das ist ein Alptraum. Das ist ein Abschnitt für Gott, der mich zurück auf die Erde schickt. Ich wollte die Geschichte nicht verlassen. Meine Bilder sind geplatzt. Da steht einer vor mir und run zelt die Stirn. Niemand kann es glauben. Da steht einer in der Tür. Er ist wild und verschlagen. Mutter hält mich fest. Ich sehe meine Verlobte kreischen, weil sie doppelt sieht. Ich sehe ebenfalls doppelt, bin bei mir, und vergesse ihn, und kann uns nicht voneinander trennen. Er trägt ein Hemd, ich auch. Er hat kurz geschnittene Haare, so wie ich. Seine Fingernägel sind schön und sauber, meine auch. Er hat große Hände und ich gehe unter in den Falten, die sich langsam durch die Haut zeichnen. Die Zähne sind weiß.

Mutter fällt vor ihm zu Boden. Ich sage, *Mutter, steh auf.* Sie bleibt liegen. Er bleibt stehen und sieht meine Mutter auf dem Boden liegen. Das ist einer, der ist mein Dolch im Rücken. Und er ist auch einer, der sich nicht selber betrügt. Stattdessen betrügt er mich und ich höre ihn rufen, *Ich bring dich um,* aber ich höre auch meine Verlobte, die ruft, *Nein, hör auf.* Esra sagt, *Polat,* und ich denke, sie meine mich, aber sie meint wohl den anderen, aber er ist nicht ich und ich bin nicht er, ich bin bloß der Sohn meiner Mutter, die immer noch auf dem Boden liegt. Das macht mir Sorgen und ich eile zu ihr hin, der eine aber packt mich am Hinterkopf und will mich wegzerren, aber ich suche meine Mutter, liebe meine Mutter, selbst wenn sie am Boden kauert. *Wer bist du?!*, fragt er mich. *Wer ist er?*, frage ich mich. Ich stürze mich auf Mutter und drehe sie um. Sie hat die Augen geschlossen und ich höre sie nicht atmen. Ist sie vor Schreck gestorben? Ich schreie, *Mutter!*, und spüre einen Schlag auf dem Kopf, er schreit, *Nenn sie nicht Mutter!*, will mich blau und grün prügeln. Meine Lieblingsfarbe ist purpur.

Aber meine Mutter liegt auf dem Boden, ausgestreckt wie ein Stück Holz, da bröckelt sie in meinen Armen. Er spuckt mich an. Und es schmerzt mich, dass er mich anspuckt. Dann drängt sich Esra zwischen uns, aber ihre Verwirrung ist groß, kurz ähneln wir uns zu sehr, dass Esra vergisst, wer wer ist und sie krallt sich an den anderen anstatt an mich. Mutter stöhnt und jetzt schreit sie auch. Immer wieder schreit sie meinen Namen, der andere aber antwortet und wir buhlen um ihre Aufmerksamkeit, ich versuche der Tragödie zu entkommen, versuche ihr zu antworten, *Ich bin es, Mutter, ich bin es.* Und ich zeige auf das Foto von uns beiden mit der Freiheitsstatue, das über dem Esstisch hängt. Der andere aber fühlt sich hintergangen, er sagt, *Er ist es, er ist es.* Er sagt: *Ich bin Polat.* Mutter erwidert, *Mein Sohn ist tot,* und ich fühle meine Halsschlagader zerspringen. Ich versichere ihr, dass ich es bin, *Ich bin nicht tot, ich bin wieder zurück.* Der andere aber schubst mich und ich falle gegen die Wand. Hier muss ich sterben, neben Mutter liege ich fast. Er tobt, aus einer Ecke in die nächste. Da stehe ich. Passe nicht rein. Wer hört ihn? Ich höre ihn? Der Sohn hört ihn. Er gibt nicht auf. Er sucht nach Mutter, er sucht nach mir, nach Esra.

Er wird zum Tier, wie ich. Da liegt meine Mutter und sieht uns zu. Die Augen sind diesmal offen. Er wirft mich weg. Ich verlasse meine Bilder. Das will er. Mich abdrängen. Aber der Soldat gibt nicht kampflos auf. Das ist ein Zustand, der hält Jahre. Monatelang hielt er mich zusammen, das will er mir in einer Nacht rauben. Nein. Nein. Das ist einer, der will den Helden dieser amerikanischen Serie oder Sitcom zu einer unbrauchbaren Figur machen, ihn auslöschen. *Wo warst du?*, schreit Esra. *Hier bin ich! Hier bin ich!*, ich wedele mit den Armen wie ein Ertrinkender. Mit dem Kopf zeigt sie auf den anderen und sagt, *Ihn meine ich, ihn meine ich!*
Ich konnte nicht mehr zurück, höre ich ihn sagen.
Ich bin Polat, erkläre ich ihm.
Mein Sohn, flüstert Mutter, und ich denke, diesmal meint sie mich.

Ich versuche, so gut es geht, alle zusammenzuhalten. Mutter und Esra und mich. Aber Esra sagt jetzt nichts mehr. Esra sitzt auf dem Stuhl und Mutter liegt auf dem Boden. Ich auch. Aber ich liege nah bei meiner Mutter und ich wälze mich hin zu ihr. Wie am ersten Tag. Als ich endlich wieder nach Hause gekommen bin. Aber jetzt hat sie wieder Angst vor dem Leben, das spüre ich. Angst macht hässlich. Und hässlich ist Mutters Schweigen. Da kommt der andere angekeucht, schubst mich wieder weg, weg von Mutter und will sie an der Hüfte packen, nur für sich haben. Mutter aber weicht nach hinten und robbt sich fort und jault und klagt dabei. Der eine versucht sie zu besänftigen, versucht Mutter zurück an ihre Vernunft zu ketten.

Er sagt: *Ich bin es.*
Er sagt: *Ich bin es, dein Sohn.*
Sie sagt: *Mein Sohn,* und zeigt auf mich.

Das ist meine Berechtigung. Es ist ein Ergebnis der langen, schwer andauernden Arbeit, die wir beide zu leisten hatten. *Ich bin es!*, brülle ich zu dem einen, *Hast du gehört?! Ich bin es, ihr Sohn.* Bis ich bemerke, dass Mutter nicht auf mich zeigt, sondern auf das Bild hinter mir, das neben dem Telefon auf der kleine Kommode steht. Auf dem Bild sieht man ihren Sohn, der eine Uniform trägt. Sie glaubt, ihr Sohn ist der

Soldat. Vollständig mit der Uniform. Und weil keiner von uns beiden die Uniform trägt, sind der eine und ich die Fremden in ihrem Leben. *Aber ich bin es, Mutter, ich bin es,* flehe ich sie an. Ich renne sogar hoch und ziehe mir die Uniformjacke an. Grün getarnt flitze ich runter zu ihr, stehe stramm neben dem Bild, stehe stramm vor ihr und dem einem, der aushohlt, um mir die Zähne auszuschlagen. Das beschäftigt mich sofort.

Die Uniform eitert aus dem Bild, aber Mutter ist regungslos, erkennt mich nicht wieder. Er kriegt mich nicht zu fassen, ich klemme mich an seinen Kragen und will ihm die Luft ausdrücken. Damit das aufhört. Er und ich. Aber Esra stolpert zwischen uns, versucht uns aus der Klammer zu lösen. Sie ist schwach, ich aber nicht. Und der andere hält dagegen. Erst reiße ich ihre Arme weg, dann folgt der ganze Körper. Es tut mir leid für sie, denn sie möchte nur ein gutes Leben. Aber sie begreift nicht, dass ich in diesem Augenblick um mein Leben kämpfen muss. Plötzlich geht Mutter umher und sagt, *Aufhören!* und ich höre auf, weil sie meine Mutter ist. Mein Ellbogen klebt an seiner Backe, aber das lässt nach und er auch, weil wir gleich aussehen und er verwirrt ist und glaubt, Mutter meine auch ihn. Ich komme mit dem Atmen nicht hinterher, erschöpft sinke ich ein, bin eine Kugel am Boden, und röchle. Ich höre die Erschöpfung des anderen, während ich versuche, meine Erschöpfung loszuwerden. Das ist keine Empörung, das ist auch keine Wut. Das ist der Krieg, begreife ich. Aus dem Augenwinkel versuche ich den einen zu erspähen. Wie er sitzt wie ich, und atmet und dabei die Augen tief in den Himmel dreht. Mir wird schwindelig. Da sitzt wirklich einer, und ich kann ihn nicht von mir abtrennen. Selbst Esra ist beschlagen und schielt ununterbrochen zwischen ihm und mir umher. Einmal treffen sich unsere Augen ganz kurz, zu allererst dachte ich, es sei ein mitleidiger Blick, doch dann begreife ich, dass sie um Verzeihung bittet. Verzeihung wofür? Für den einen? Für mich? Für Mutter? Ich bin in diesem Leben neu geboren. Mein Leben ist meine Mutter. Meine Mutter sagt bloß: *Es ist vorbei.* THE END. Das sagte sie auch, nachdem ich abgedrückt habe. Alles geht vorbei. Manchmal ist es schwer einander zu verstehen. Da kann niemand etwas machen.

Ich bin wieder in der senkrechten Position, denn er will mich aus dem Leben kehren. Meine Zähne, ausgeschlagen. Er sitzt mir breitbeinig gegenüber. Ich suche Ruhe und schmiege mich an meine Uniform. *Wer bist du?*, kreischt Mutter, *Dein Sohn,* erklärt er sehr trocken. *Wo warst du?*, mischt sich Esra ein.

Welche Rolle spielt das noch? Welche Rolle spielt er, wenn es mich jetzt nun gibt? Die Geschichte hat keinen Platz für ihn, warum will er das nicht begreifen? Die Geschichte rächt ihn nicht. Ich wurde zum Spion in dieser Uniform, und jetzt schmilzt alles, wirklich alles, und ich werde ein Phantom. Der Held kennt seine Tugend und der Held kennt auch die Unduldsamkeit. Meiner Mutter habe ich das Leben gerettet und egal, wie viel Zeit vergangen ist, und es waren Jahre, das sind quälende Stunden, aber dieser eine versucht mir eben jenes Leben wieder zu rauben. Ich begreife, dass Mutter ein zweites Mal stirbt. Schlagartig geht das. Jetzt ist sie vor die Wahl gestellt. Zwischen dem einen, der einfach durch die Tür krachte und zwischen mir, der lose in der Uniform wohnt. Mutters Hunger ist verfault und sie breitet sich aus in den Armen des anderen. Sie sagt: *Mein Junge, mein Sohn,* und er widerspricht ihr nicht, sie aber widerspricht unserer Mission und verwandelt sich in eine Frau, die nicht wiederzuerkennen ist.

Nur Esra hält zu mir. Wir wurden beide verlassen, sie von ihm und ich von Mutter. Ich kann nicht mehr spielen. Mutter dachte, der gerechte Tod würde ihr Linderung bringen, doch der wahren Linderung liegt sie nun im Arm. Ich will nicht wissen, wo er war. Aber Mutter fragt. Ich will nicht wissen, warum er wiederkam. Aber Mutter bohrt. Mutter fragt nicht, warum das alles so lange gedauert hat. Mutter erfährt, dass ihr einziges Kind auf der Welt die Bombenexplosion überlebte und nutzte, um seinem Leben zu entkommen. Er sagt, er habe sich nicht wiedererkannt. Eines Morgens ist er aufgewacht und alles war zu spät. Esra weint alleine während seines Berichts, weil sie weiß, dass wirklich alles zu spät ist. Mutter klagt: *Wie konntest du deine Mutter alleine lassen?* Er weicht ihrer Frage aus und beteuert, er wollte nur diesem Leben entkommen. Der Krieg habe ihn entstellt. Er sagt, er wollte unerkannt in Europa leben. Ohne dass jemand wusste, wo er

sich befindet. Er berichtet, er war in Deutschland. Ich war auch einmal in Deutschland, aber an Mutter, die nicht in Deutschland war, im Land der Deutschen, hat er kein einziges Mal gedacht. Er hat sich aus dem Staub gemacht, um ein besseres Leben zu haben. Und plötzlich kommt er wieder? Das frage ich ihn dann. Er sagt, er wollte die ganze Zeit zurück, aber er konnte nicht.
Das reicht nicht, fahre ich ihn an.
Und wer bist du?, raunzt er zurück.
Das warst du, antwortet Mutter. Und ich will sie auspeitschen für diesen Verrat. *Wir haben den Kommandanten getötet,* spricht sie monoton. Er reagiert nicht wie Esra, aber seine Pupillen weiten sich. Ich spiele einen Soldaten und sitze meinen Tod aus. Dann erzählt ihm Mutter alles vom Anfang. Die Busfahrt, mein Büro, unsere Vereinbarung, die stundenlangen Übungen, die Träume, ihr Skript, die Stiefel, die Waffen, die Seiten ihres Lebens zusammengefasst in einem Buch. Dann der Kommandant, der jetzt tot in den Nachrichten ist.
Was passiert jetzt? Was habt ihr getan?, stammelt er.
Du verstehst uns nicht, entgegne ich, *Er versteht uns nicht,* erkläre ich Mutter.
Du hast einen Menschen erschossen, versucht er mir einzureden. Ich habe es für Mutter getan. Ich habe niemanden erschossen. Das berichte ich ihm, mit jener Klarheit, die ich dem Einäugigen gegenüber empfand.
Aber Polat war es, Polat war es, stammelt Esra zusammen, *Polat hat den Kommandanten erschossen.*
Ich bin Polat, pflichte ich mir selber bei. Und dann kann sich Mutter auch bestimmt wieder erinnern. Das macht dann alles wieder Sinn.

Nur ihr echter Sohn war es. Der andere wird kreidebleich, weil ihm vermutlich dämmert, was Esra gesagt hat.
Aber ich habe meinen Kommandanten nicht erschossen, entgegnet er, außer sich.
Doch, erwidert Esra, *Polat war es.*
Aber ich war es, erkläre ich ihr, weil ich die Vermutung habe, dass sie uns schon wieder verwechselt, *Ich war es doch.*
Genau!, sagt sie.

Ja, ja, ja, antworte ich ihr und begreife ihr Spiel.
Der Sohn war es, erklärt sie mir und dem anderen, *Polat war es.*
Und wer ist das?, fragt sie und zeigt auf den anderen.
Der andere, erkläre ich, *der Eindringling, der Verschollene.*
Ich bin Polat, erklärt er krampfhaft, *aber ich habe niemanden umgebracht.*

Wenn ich es war, dann werde ich wahrscheinlich verhaftet, aber ich werde der Sohn sein, der seiner Mutter nahe steht. Obwohl ich meine Mutter für eine lange Zeit nicht mehr sehen würde. Am Anfang erst einmal gar nicht. Dann vielleicht im Gerichtssaal. Und dann alle zwei Wochen und danach dann, später dann, einmal in der Woche, nicht länger als eine Stunde. Hinter einer Glasscheibe werden wir uns begegnen. Es wird eine angeschlagene Glasscheibe sein, weil Mutter ständig ihre Hand auf der Scheibe haben wird, im Glauben, so sei sie mir näher. Da wird ein Fleck sein. Hinter der Glasscheibe würde sie mich lieben. Dort wäre ihre Liebe sicher, denn ich wäre in der Zelle, aber sie würde auch begreifen, was ich für sie getan habe. Die Besuchszeit würde sich über uns spannen, aber wir würden nicht platzen. Ich hätte meinen Platz in der Welt und sie ihren. Mein Platz wäre ein berechtigter Platz, nicht wegen des Todes des Kommandanten, sondern wegen der Liebe zu meiner Mutter, die durch die Waffe eine größere Reichweite hat als der Prügelring.

Aber jetzt. Mutters Gott ist ein stiller Gast. Jetzt lausche ich dem Ausmaß der Welt. Und ich überlege mir, wie der Held in meiner Serie sterben wird. Reißt er alle mit sich in den Tod? Aber wie? Womit? Mit einer Bombe? Der Waffe? Oder verlässt er die Stadt und taucht unter? Das müsste ich doch gut beherrschen, aber ich beherrsche mich nicht mehr, klammere mich stattdessen an meine Mutter, damit sie nicht vergisst, dass sie mir versprach, sie wird das nie vergessen. Ich glaube, er ist neidisch, weil er mich und Mutter nicht auseinanderbringen kann. Er präpariert Mutter. Versucht es mit leeren Sätzen. Seine Lippen bewegen sich flüsternd an ihrem Ohr entlang. Dabei greift er nach ihrer Hand, die nach totem Hund aussieht und schaut gierig in meine Richtung. Mutter riecht ganz traurig.

Ich wende mich zu Esra. *Du musst mir helfen,* sage ich ihr. Esra ist aber nicht mehr in dieser Welt und wiederholt nur die ganze Zeit: *Wer war es jetzt?* Der Krieg ist schrecklich. *Wo genau ist mein Sohn?*, fragt Mutter geistesabwesend, als ob sie alles vergessen hätte, aus dem Schlaf aufgewacht ist, vor der Zeit, vor der Waffe, vor dem Krieg. Ich habe etwas Mitleid mit ihr, es ist bedrückend, die Ärmste, sie wird immer älter. Aber was um mich herum geschieht, ist auch für mich zu viel. Vielleicht sollte ich ihn umbringen. THE END.
Die Waffe liegt unten im Keller. Und alles wäre wie vorher. *Esra, Esra, hilf mir. Was soll ich machen?*, flüstert sie. Noch nie waren wir uns so nah.

Mein letztes Hindernis: *Ich kann mich nicht erinnern,* spule ich ab.

Ich kann mich wirklich nicht erinnern. Von einem Tag auf den anderen, und es ist um mich geschehen. Ich bin nicht nur der Mörder, ich werde auch zum Ausgesperrten. *Ich habe die Stadt verlassen, weil ich nicht mehr konnte,* so diktiert es mir der eine, der durch die Tür gekommen ist in meinem Outfit. Mit seinen Fingern klopft er gegen die Tischplatte. Diesmal hat er die Beine übereinander verschränkt und seine Hose zieht sich etwas über den Knöchel hoch, entblößt die Haut. Ich starre auf seine Socken und wandere an den Beinen entlang. Habe ich ihm etwas zu sagen? Nein. Ich glaube nicht. Er soll verschwinden, mich in Ruhe lassen. *Du musst weg von hier,* sage ich bloß. Er ist sehr dünn und groß. Was soll ich machen? Er schüttelt den Kopf und beteuert, dass er nicht mehr gehen kann. Ich kann seinem Gesagten keine Bedeutung abringen.

Ein letztes Mal versuche ich mich an Mutter zu hängen, versuche mich in ihrem Jackett zu verstecken. Dann küsse ich ihre Kleidung. Ich habe etwas getan, was nicht viele Söhne tun würden. Ich habe den Verstand meiner Mutter aufrecht erhalten. Mutter spricht nicht mit meiner Uniform, sondern mit mir und sagt bloß: *Es tut mir leid.*
Das reicht nicht, brülle ich sie an und schmeiße den Couchtisch um. *Das reicht nicht,* klage ich und ich klage sie an, wie der Einäugige mich anklagte. Der andere, er steht auf und zieht mich weg von Mutter. *Du hast hier nichts mehr zu suchen,* trichtert er mir ein.

Aber ich bin ihr Sohn. Das kann er mir nicht rauben. Ich habe doch nichts mehr. Mutter entschuldigt sich. Er zieht mich weiter weg von ihr. Mutter richtet den Tisch zurecht. Sammelt Zeitung, Obst, das Telefon vom Boden auf. Dann klingelt es. Und Mutter sagt: *Was soll ich machen, mein Sohn?* Ich zische: *Nicht aufmachen.* Und der andere sagt: *Sie meint nicht dich. Sie redet mit mir.* Das Klingeln wird länger. Da steht jemand vor der Tür und ist ungeduldig. Jetzt haben sie uns gefunden. Im schrillen Ton pfeift die Klingel durch die Wohnung und wir stehen alle wie versteinerte Schauspieler im Raum, die ihren Text vergessen haben. Esra sagt, das habe keinen Sinn, und läuft zur Tür. Im Film würde jetzt der Schnitt kommen, der die Zeit aufhebt. Aber nicht hier. Nicht jetzt. Nein, nicht, ich bin schon verzehrt. Aber Esra macht weiter, als ob es keinen Morgen gebe. Sie leidet, weil alles auseinander ist. Ich leide, weil mein Nebenbuhler da ist. Mutter leidet, weil sie doppelt sieht. Der andere leidet, weil sich alles verändert hat. Untröstlich sind wir.

Das macht mich sehr bitter und ich fühle mich erbärmlich, weil alles von außen kommt.
Aber es ist nur Tante Batic, erklärt Esra überdreht. *Es ist nur Tante Batic,* werfe ich laut in unsere Runde und Tränen fließen mir die Wange entlang. Ich habe fast Risse bekommen. *Tante Batic,* rufe ich wieder und werfe mich ihr um den Hals. Aber dann höre ich: *Mein Gott,* aus ihrem Mund, *was geht hier vor sich?* Und mich packt die Angst, dass auch sie sich von mir abwenden könnte. Zwischen mir und dem anderen ist es still geworden und wir beide fixieren Frau Batic, die mehrmals vor Verwunderung ihre Brille putzen muss. Das ist auferlegt. Das kommt von dem anderen, will ich ihr sagen. Das ist nicht etwas, das zu uns gehört.
Rosa, bringt sie über die Lippen.
Ich bin Polat, versuche ich ihr zu erklären. Ich bin mittlerweile jenseits der Welt. Irgendwann, das habe ich dann wohl begriffen, muss man hartnäckig sein. Frau Batic ist ebenfalls zu einem starren Träger geworden. Sie zupft an ihrem T-Shirt, an dem lila Rock, putzt die Brille, setzt sie auf, nur um sie wieder abzunehmen.
Wessen Idee war das?, fragt sie empört, *Habt ihr uns alle an der Nase*

herum geführt? Findet ihr das lustig? Ich erfahre erst dreißig Jahre später, dass Polat einen Zwillingsbruder hat? Das überrascht mich derart, dass ich aus Reflex nach dem anderen greife. Ich weiß auch, um ehrlich zu sein, nicht, ob sie das ernst meint. Glaubt sie wirklich, der eine und ich, wir sind Zwillinge? Oder hat sie einen Geistesblitz? Oder brauch sie solch einen Einfall? Esra klärt Frau Batic auf, aber sie erklärt eigentlich nicht so viel. Frau Batic fällt beinahe auseinander. Erst trifft sie Mutter mit diesem Blick. Dann mich. Und dann den anderen.
Wie konnte das alles passieren?, murmelt sie. *Seid ihr wahnsinnig?*, fragt sie leise, obwohl es keine Frage ist, sondern eine Antwort auf eine Geschichte. Wir sind verloren. Ich würde versuchen es zu erklären, wenn ich könnte, aber ich kann nicht.

Ich rufe die Polizei, sagt der andere. Aber was würde er der Polizei berichten? Dass ich ein Eindringling bin? Dass ich den Kommandanten umgebracht habe? Ich, der Sohn? Das wird man doch sagen: Es war der Sohn.

Und Mutters Sohn wird in einer neuen Uniform im Gefängnis sitzen und die Tage seines Lebens absitzen. Dann vergehen Tage und Wochen beim Warten. Ich würde sagen, meine Mutter habe nichts damit zu tun gehabt.
Frau Batic setzt sich sichtlich niedergeschlagen auf den Couchtisch, obwohl das Sofa neben ihr steht.
Du warst die ganze Zeit nicht Polat. Ihre Augen glitzern hinter der Brille. Der andere sagt wieder, *Wir müssen die Polizei holen.*
Die sind unten, erklärt Frau Batic, *die sind bei Zana.* Dann erfahren wir von Frau Batic, dass sich Frau Zana nach diesem Mittagessen bei uns bei der Polizei gemeldet hat, um ihren vermissten Sohn zu finden. Erst wollte niemand mit ihr reden, aber jetzt, wo der Kommandant tot ist, stehen sie doch an der Tür. Frau Zana berichtete außerdem, dass der Sohn von Rosa Kaplan zurück sei. Da bleibt mir ein Klumpen im Hals stecken. Das ist widerwärtig. *Das hat sie mit Absicht gemacht,* berichte ich Mutter, die in sich zusammengesackt ist.
Was?, erwidert sie nur schwach.

Der andere wird ungeduldig und fängt an, auf und ab zu laufen. *Ich gehe nicht ins Gefängnis, ich gehe nicht ins Gefängnis,* wiederholt er. *Ich habe nichts mit dieser Sache zu tun,* spricht er zu mir, *das warst du,* und er hält mir seine Faust unter die Nase.
Das war nicht meine Idee, verteidige ich mich, *Mutter wollte das.* Mutter soll nicht denken, ich gehe ohne sie irgendwohin. Aber Mutter weint wieder und ich begreife nicht, warum. Ich erahne, wie mein Bild vor ihren Augen zittert. Der andere wartet darauf, dass es verschwindet. Ich verschwinde nicht. Diesmal bin ich ganz ruhig. Da kann ich jetzt nicht mehr anders. Wenn der Soldat seine Stellung nicht verteidigt, wird er zerstört. Wenn seine Stellung zerstört ist, findet er keinen Unterschlupf. Das würde für den Soldaten bedeuten, dass er ausgeliefert ist. Meine Stellung ist meine Uniform, die ich hinter Mutter trage. Die Einheit besteht aus Mutter, Esra und Frau Batic. Ich bin der Kommandant dieser Gruppe und muss alles in meiner Macht liegende tun, um jeden Einzelnen von uns zu beschützen. Der Eindringling, das ist der Fremde. Er spricht nicht wie wir, isst nicht wie wir, kann nicht denken wie wir. Sein Leben unterscheidet sich derart von unserem, dass er alles tun kann und doch würde nichts helfen. Das ist einer, der bleibt ein Fremder.
Ich beobachte ihn, wie er den Hörer in die Hand nimmt. Mutter drückt mehrmals hintereinander meinen Arm und redet sich frei ohne Worte. Das ist demütigend. Ich sehe keinen Ausweg. Ich liebe Esra, die weint, das Gesicht ganz kahl. Dann sehe ich wieder Mutter und die Augen kippen ihr weg. Ich fange sie rechtzeitig auf, kippe mit ihr zu Boden. Der andere kommt auch angeeilt und will ebenfalls nicht glauben, was er sieht. Ich knie am Boden mit Mutter und der andere versucht, Mutter von mir zu befreien. Mutters Beine zappeln wie ein Rind kurz vor der Schlachtbank. Wenn man solch einen Moment erlebt, fragt man sich doch immer, was man dort zu suchen hat? Ich kann mir diese Frage nicht stellen. Ich kenne die Antwort, aber das würde mir den Verstand brechen. Der Soldat beobachtet von seiner Stellung aus, dass seine Geschichte stirbt. Nicht die Mission, denn die wurde ausgeführt. Aber die Geschichte. Ich habe es mit eigenen Augen miterlebt. Und diese Tatsache hat mich auch in diese erschwerte Position geführt. Wer sagt, das Leben ist kein Film, der lügt.

Mutter, wach auf, flehe ich.
Ich will nicht, flüstert sie.
Bitte, Mutter, wach auf.
Ich will nicht, wiederholt sie.
Sie will nicht, ich aber höre die Stiefel im Treppenhaus. Sie wird wieder zu der Brot-Frau von der anderen Straßenseite, die ich nicht verstehe. Es gibt keinen in diesem Raum, der mich achtet.
Esra, hilf mir, Mutter wacht nicht auf.
Ich will nicht, erklärt Mutter traurig.
Esra kommt und kniet sich neben mich, legt den Kopf auf meine Schulter und sagt: *Ich will nicht, dass du gehst.* Der andere hat das gehört und schreit: *Du gehörst zu mir. Was hast du mit diesem Spinner?* Er zerrt Esra weg von mir und ich war zu langsam, denn ich halte Mutter noch umschlungen, die wiederholt schon wieder, dass sie nicht kann. Draußen hämmert es gegen die Tür und Frau Batic putzt nur die Gläser, ich schüttele Mutter, doch sie will gar nicht mehr aufwachen. Der andere fixiert einen Punkt an der Wand und Esra versucht ihn festzuhalten. Das Klopfen wird immer lauter und dort draußen sagen sie: *Aufmachen.* Und ich weiß, sie stehen da, weil sie ihre Mission erledigen müssen. Und entweder ihn oder mich mitnehmen. Aber wir wissen nicht, wer von uns es ist. Der andere sagt zwar, er ist Mutters Sohn, aber er war es nicht. *Esra, sie wacht nicht auf,* klage ich. Aber der andere hält Esra an den Haaren fest und sie versucht sich loszureißen. Seine Hand ist aber so grob, dass Frau Batic aufsteht und ihm eine klatschen will. Das ist die Natur, denke ich. Ich kämpfe gegen die Natur, gegen das Gesetz, aber meine Allmacht ist zerflossen. Entleert von allen Dingen versuche ich Mutter zu erreichen. Ich höre nur, *ich kann nicht.*
Doch, du kannst, krähe ich und das Brüllen von draußen klopft mit Stiefeln gegen die Wohnungstür. *AUFMACHEN. SOFORT,* ertönt es aus dem Treppenhaus. Dann rennt der andere einfach hin und lässt die Klopfenden hinein und fünf Polizisten stürmen die Wohnung.

Esra wirft sich auf mich und versucht mich hinter ihr zu verstecken. Das rührt mich ganz kurz, aber sie macht es falsch, und ich bin nicht in Deckung. Esra steht Wache und Mutter legt sich schlafen. Ich stehe auch Wache, aber kann nicht schlafen. Mein Herz schlägt und ich weiß nicht, ob es platzt. Die Männer in Uniform, sie kommen näher und der andere steht stramm an der Seite und hat seine Hand an der Stirn und salutiert, ich verstehe nicht, für wen. Frau Batic sagt, *das muss eine Verwechslung sein.*

Wer ist Polat Kaplan?, fragt einer von den fünf uniformierten Männern, der wahrscheinlich der Anführer ist.

Ich, stammeln der eine und ich fast zeitgleich.

Er, sagt Esra und meint mich. Der andere brüllt, W*ie kannst du es wagen?*, und befiehlt gleichzeitig den Männern in Uniform, mich festzunehmen. Ich sage, *Er ist verrückt.* Wie ein Soldat steht der eine jetzt neben den anderen Männern in Uniform. *Nehmen sie ihn mit,* weist er sie an, *der hat nicht mehr alle Tassen im Schrank. Er hat meinen Kommandanten getötet. Er war es! Er war es!*, und er zeigt mit dem ganzen Arm auf mich.

Er lügt, erklärt Esra, *er war es,* und sie zeigt zurück auf ihn. Esra beschuldigt weiter den einen und er beschuldigt mich und Mutter flüstert nur: *Ich kann nicht.*

Was kannst du nicht?, piepse ich laut, und alle hören mich. *Was kannst du nicht, Mutter? Was kannst du nicht?*

Aber ihre Antwort bleibt im Rachen stecken.

Das ist nicht seine Mutter, erklärt er den Männern, *das ist meine Mutter. Nehmen sie ihn mit.* Und wie es manchmal so kommt, kommen die Männer in Uniform auf mich zu und entreißen mich von meiner Mutter, weil sie den einen, der plump durch die Tür kam, kennen.

Nein, nein, krähe ich und Mutter wacht jetzt auf und wirft sich auf mich und lässt mich wieder los.

Mutter, bitte hilf mir, und Tränen rollen mir bis in den Hals. An jeder Seite steht ein Uniformierter und sie halten mich an den Achseln fest. Ich zappele in der Luft. Dagegen wehre ich mich. Suche Esra. Suche Tante Batic. Esra wirft sich mir zu Füßen, will mich nicht loslassen. Der andere ist zornig und versucht Esra wegzuziehen. Ich höre: *Steh auf. Was machst du da?* Und dann werde ich langsam, mit voller Kraft, aus dem Wohnzimmer geschleift. Es ist schrecklich, wenn man seinen Platz verliert. Ich schweife im Zimmer umher und versuche mich an alles zu klammern, damit mein Rückzug so lange wie möglich dauert.

Esra sagt, *das ist Polat, das wird sie nie vergessen.* Aber ich verstehe nicht, was sie meint. *Was meinst du?*, frage ich sie und vergesse die ganze Situation. Aber da werde ich schon in den Flur geschleift. Noch ein letztes Mal blicke ich zu Tante Batic, die mir aus weiter Ferne winkt und sich die müden Augen wischt. Mutter liegt auf dem Boden, so wie als sie mir gezeigt hat, wie sie lag, als ich vor über einem Jahr zum ersten Mal diese Tür betreten habe. Esra ruft meinen Namen und wird übertönt von dem anderen, der beteuert, dass er es ist. Ich werde die Treppen runtergeschleift, zwischen den beiden Polizisten, die mich transportieren. Die Treppen sind kalt, ich trage keine Schuhe und meine Füße knallen gegen die Stufen. Ich wage nicht zu begreifen, was passiert. Was passiert ist. Ich weiß, dass der Held verraten worden ist. Aus der Uniform bin ich gerissen. Bin nicht mal mehr ein Fetzen. Nach jedem Verrat ist die Zukunft ungewiss. Sie hat gesagt, sie kann nicht. Sie hat gesagt, es tut ihr leid. Das Nachspiel trägt meistens die Vergangenheit und wer aus der Geschichte nichts lernt, der bleibt dumm und verkümmert. Büßt ein wie ich. Wird vergammeln. Ich habe die Geschichte wiederholt. Das Gewicht der Bilder. Wird gehängt oder erschossen. Begraben. Alle verschwanden.

Ende Staffel zwei Episode vier: Der Held wird aus der Serie geschrieben.

VI

Das alles hätte es sein können. Das alles hätte zu einer Erklärung beitragen können. Hat es. Oder doch nicht. Egal. NAME, schreit er. Das reicht nicht mehr. Immer noch sitze ich mit diesen Handschellen, die mich enger an diesen kleinen quadratischen Tisch schnüren, der etwas größer als Mutters Couchtisch ist. Ich glaube, ich blute nicht. Diesmal bin ich mir sicher. Vergangen ist der Kommandant mit seiner Wunde. Das habe ich mir zuzuschreiben. Der pilzförmige Kopf. Vergessen bin auch ich. Mit wenig Tageslicht. Verraten. Auch ich und sie. Es gibt ein kleines Fenster. Es ist durch ein Tuch halb bedeckt. Das wenige Licht, das hinein findet, reicht millimetergenau, um die nötigen Umrisse zu erkennen. Ich sehe den Tisch, an dem ich sitze, aber auch nur, weil ich die meiste Zeit mit dem Kopf auf ihm liege. Rücken steif. Werde zu einem Gebet auf einem Metallstuhl. Sie beten hinter mir. Zwei Männer, ich höre sie tuscheln. Vor mir aufgebäumt ist immer noch der hartnäckige, aus Muskeln gebastelte Namenssucher, der riecht wie meine Kindheit. Ich bin durcheinander. Ja, wirklich. Aus und vorbei.

Auf dem Weg hierher haben sie mich in ein Auto geworfen. Auf der Straße habe ich noch MUTTER geschrien und gehofft, dass sie oben am Fenster steht und beobachtet, was passiert. Meine Hoffnung war eine einfache Hoffnung: dass sie runter gerannt kommt, dass sie sagt, dass sie entblößt, die Geschichte richtigstellt: DAS WAR EIN VERSEHEN, DAS IST MEIN KIND, LASSEN SIE IHN LOS! Aber ich schrie: MUTTER, die es nicht mehr gab. Mutter. Esra. Frau Batic. Alle waren sie verschwunden. Stattdessen packt mich einer am Hinterkopf, zwei andere links und rechts und ein vierter fixiert meine Füße, obwohl ich mit aller Kraft, die mir in diesem Moment zur Verfügung steht, versuche aus diesem Griff, der kein gewöhnlicher Polizeigriff ist, zu entkommen. Aber sie waren stärker als ich. Das war die logische mathematische Auslegung eines: vier gegen einen. Ich bin groß und dürr. Dann schmissen sie mich mit dem Kopf vorne weg in das Auto. Es war ein weißer Renault. Ich wusste, dass sie kommen. Es stank nach Pisse. Mein Kopf donnerte gegen die Scheibe, gegen die ich flog. Dort sackte ich zu Boden.

Die Fahrt war grauenvoll. Ich bekam Prügel, bis die Rippen beim Atmen zu hören waren. Sie flüsterten, DENKST DU, DU KANNST UNS VERARSCHEN? Das war keine Frage, sondern eine Antwort auf das Leben. Ich sagte: DAS IST EINE VERWECHSLUNG. Aber sie stellten sich gegen meine Sprache. Sie prügelten solange auf mich ein, bis ich die Augen nicht mehr öffnen konnte.

Ich weiß nicht, wie lange die Fahrt gedauert hat. Zwischenzeitlich war ich mehrere Male ohnmächtig. Einer riss mir mein Hemd vom Körper, zog mir an den Haaren, schlug mir gegen meinen Kopf. Am Ende trug ich eine Augenbinde, bekam keine Luft und verlor die Orientierung. Der Wagen kam zum Stehen und ich wurde unter Gelächter rausgeschleift. Ich fürchtete nicht um mein Leben, denn Furcht ist schlimmer als Mitleid. Der Boden war hart und meine Füße waren warm. Ohne Schuhe wurde ich weiter gezerrt. Türen wurden aufgeschlossen. Eine. Noch eine. Und noch eine. Ich fragte nach Wasser, weil mein Mund so trocken war, ich dachte, ich sterbe vor Durst. Aber sie haben bloß gelacht und gesagt, WERD NICHT FRECH. Ich war nicht frech. Dann schleppten sie mich weiter und ich zog die Füße hoch, damit sie nicht weiter gegen den Boden fallen, aber sie sagten, FÜSSE RUNTER, DU SCHWEIN. Ich blieb unverändert. Das Blut tropfte mir an den Füßen entlang. War ich Jesus? Nein. Ich bin in Handschellen. Jesus hing am Kreuz. Das ist eine kleine Portion Erde aus aller Welt. Als sie mich auf den Stuhl gesetzt haben, der war kalt, da hat auch wirklich kein Wort mehr gereicht, kippte einer von ihnen einen Eimer kaltes Wasser auf mich, vom Haaransatz hinab, um den Durst zu stillen, wie sie meinten, SCHWEIN, sagten sie, SCHWEIN, TRINK. Ich habe es nicht gesagt, aber ich dachte ganz kurz, ich ersticke. Das war nicht der Fall. Aber mein Durst war schrecklich.

Das alles hätte es sein können.
Wirklich.
Und jetzt.
Ach.

Ich sitze auf diesem Stuhl und weiß nicht, wo ich bin. Ich bin nicht bei Mutter und die andere Mutter, die ich hatte, habe ich vergessen.

Er ruft: NAME
Ich antworte: BITTE, WASSER.

Einer von ihnen lacht, welcher von ihnen, weiß ich nicht, die sind vermischt ineinander, und ich höre den Wasserhahn, der aufgedreht wird. Ich strecke meine Zunge raus, die sich vor Trockenheit über der Lippe überschlägt, warte auf das Wasser, das mich erlöst, die Dürre in Brand steckt, stelle mir vor, wie ich hastig trinke, ohne zu verschütten, mit Esra im Arm, satt werde, von der Haarwurzel bis in den Hodensack. Ich will doch bloß ein gutes Leben. Aber das Wasser klatscht von meiner Stirn hinunter und ich schmatze, hole Luft, röchle, weine kurz, alles klatscht vorbei, ist aus der Ferne zu beäugen. Ich werde nicht satt und Esra ist verschwunden. Ich flehe: ESRA. Und der vor mir antwortet: OH, BIST DU VERLIEBT, JA? Ich habe Esra lieb, ja.

Ich sage: ICH HEISSE POLAT. Aber hinter mir lacht bloß wieder einer. Und Polat sitzt jetzt zu Hause, stirbt nicht, breitet sich auf dem Sessel aus, auf dem Mutter immer sitzt, wenn sie denkt. Polat zittert nicht vor Kälte. Polat wird neu geboren. Sicher hinter der Tür. Polat wartet auf das Essen, das Mutter ihm vermutlich gerade zubereitet. Polat ist wiederauferstanden und es ist egal, warum. Polat hat ein ganzes Leben. Mein Leben ist in ein Bild gepresst. Jetzt hat man mir das gestohlen. Die Uniform verbrannt. Es wächst mit jedem Blick darauf. Das Bild reinigt mein Leben nicht mehr. Die Geschichte auch nicht. Das versuche ich zu verstehen. Mir einzutrichtern. Damit ich nicht verschwinde. Vielleicht bringt das Erzählen letzten Endes auch nichts mehr. Die Geschichte ist doch gedacht, ist doch passiert, hat sich ausgeschöpft, den Schluss hergeleitet. Uns vor Gott gestellt. Jetzt bin ich ausgesperrt vor Gottes Tür. Mein Gott. Jede Handlung hat ihren zugewiesenen Platz. Klein und fein. Ich kann mich nicht mehr zusammensetzen. Jede Pore ist dicht. Alles besetzt. Alles schon passiert. Das zieht sich ins Unendliche. Das langweilt mich.

Aber für den Helden ist es nicht zu spät. Ich kann ihn losbinden von mir, von den Handschellen, dem Drahtseil und diesem Gelächter.
Er kann sich vom Skript lossagen. Abtrennen. Er kann den Verrat ver-

gessen, ihn ungeschehen machen. Er kann sich einen neuen Verrat kreieren, der um eine andere Geschichte aus einer anderen weiten Welt kreist. Die Geschichte könnte dadurch das Bild reinigen. Damit sie ihn nicht rächt. Stattdessen würde der Held die Geschichte neu schreiben. Er könnte die Geschichte verlassen, ohne zu Schaden zu kommen. Sie freisprechen.

Im Halbdunkeln beobachtet der Held die Talkshow. Da ist Kandidat eins, der hinter meinem Rücken steht und sich nicht traut nach vorne zu treten. Neben ihm Kandidat zwei, vielleicht schüchterner als sein Partner, denn er stimmt nur jedem Gelächter bei, geschickt ist sein Lachen. Kandidat drei, der nach meinem Namen fragt, seinen aber hinter seiner Waffe versteckt, variabel zwischen Hand und Hüfte, oder doch lieber Kandidat vier, der draußen vor der Tür Wache schiebt. Welchen Kandidaten würde der Held am liebsten spielen? Vielleicht könnte er durch einen der Kandidaten sein Leben retten? Vielleicht könnte er jemand ganz neues werden, um sich durch das alte Geschehen neu zu definieren. Dann wird es immer weitergehen. Er könnte weiterspielen. Ach. Ich hasse Schauspieler. Da komme ich nicht drüber hinweg. Und der vor mir zieht mir an den Haaren und ich denke, die Haare reißen wie ein Strick. ERKENNST DU UNS NICHT? Ist das das Ende? NEIN, sage ich ohne hinzusehen. Wieder Gelächter. Sie lachen über meine Stumpfheit. Ich leide mit dem Phantomschmerz. Jetzt wäre ich gerne in Amerika. In New York zum Beispiel. Der Held würde im Central Park liegen. Es wäre Mai. Er würde sich fragen, welches Abenteuer ihn heute erwartet. Es wäre warm. Und er glücklich. THE END.

Aber der Held bin ich. Wirklich. Und der Held ist immer noch gefesselt. Jesus leidet. Mohammed und Maria auch. Ganz lieb alle beisammen, alle zusammen. Der Held hat keine Gewohnheiten mehr. Ach, ich weiß, dass sie lachen werden. THE END.

Dann kippen sie mir einen weiteren Eimer Wasser über den Kopf, ich brülle: ICH SEHE NICHTS, – obwohl ich eigentlich nur Durst habe. Mein Blut mischt sich mit dem Wasser, das auf den Boden klatscht.

Ich begutachte die rötliche Pfütze unter mir, geleeartig ist es, fast schon Pudding. Ich kann es nicht sauber machen. Da bemerke ich zum ersten Mal, dass das wirklich mein Blut ist. DAS IST MEIN BLUT, erkläre ich Kandidat drei. Er lacht. Ich nicht. Es ist ein trostloses Prinzip, mit einer Geschichtsgleichung, die nicht aufgeht. Alles, was ich sage, hat keine Wirkungskraft. Jede Rolle ist ein Gefängnis. Das ist steif. Er zieht wieder am Drahtseil, aber ich ersticke immer noch nicht.

Zwischen den Kandidaten und mir verläuft eine Stadtmauer. Kandidat drei ist die Kultperson, er hat die Fäuste in der Hand. Meine Ebene ist die des Chronisten. Ich werde sowieso nicht gehört. Hinter mir singt das Gelächter, immer mehr, das ist ein Fiasko, vor mir immerzu Kandidat drei, warm wie Feuer, ich bin im Prügelring, kämpfe gegen meinen Drang, gegen die Welt. Es will nicht weiter. Ich will nicht weiter. Wasser. WASSER, schmatze ich über die trockene Zunge.

NEIN, NEIN, DU KRIEGST KEIN WASSER MEHR, murmelt er sanft. Mein Bein zittert und ich versuche mich aufzuraffen, nicht wieder ins Hohlkreuz zu verfallen. WASSER, ich wieder, spucke, er boxt mir dreimal in den Bauch. Röchele. Aus der Nase in den Hals. Seine Faust ist wie ein Stück Eisen. Stark und kräftig. Kalt ist er. BARMHERZIG, antwortete er mir. Nein, nein, groß und kräftig ist er. Er sagt, ER HABE SCHON LANGE GENUG GEWARTET. Ich verstehe nicht, frage ihn, WORAUF? Und er lacht bloß und er lacht weiter und ich denke an meinen Vater, den ich lachen gehört habe, bevor er starb. Mein Vater war Kettenraucher. Aber mein Vater hat mich nicht geschlagen mit Fäusten aus Eisen. Mein Vater hat meine ganze Kindheit über gelacht. Als ich ihm berichtete, was mit dem Einäugigen passiert ist, hat er auch gelacht. Damals habe ich mit eingestimmt. Vor Lachen wurde mir schlecht.

Aber jetzt. Meine Zunge hängt aus dem Mund. Ich werde ersticken, wie mein Vater, an meiner eigenen Geschichte. Welches Ende hat der Held verdient? Wenn ich jetzt mit einem Zuschauer reden könnte, der meine Mutter ersetzt, was würde er mir sagen? Mein Vater ist erstickt und meine Mutter hat lange Kleider gesammelt. Manchmal trug sie sieben

Kleider übereinander, weil sie Angst hatte, dass ihr jemand die Kleider klauen könnte. Meine Mutter sah aus, als würde sie zweihundert Kilogramm wiegen, obwohl sie sehr schlank war. Sie hatte diesen dünnen, schmalen Kopf, der auf einem sehr fragilen Hals saß und dann platzte einem die Fülle ihrer Kleider entgegen, auf dem Busen, auf der Hüfte, auf den Schenkeln, dass man sie versehentlich mit ihrem Körpergewicht verwechselte. Ich glaube, alle Nachbarn dachten, meine Mutter sei zu Lebzeiten immer fett gewesen. Und sie scherte sich auch nie darum, alle anderen vom Gegenteil zu überzeugen. Ihre Kleider waren ihr heilig.

Er sagt, STEH AUF, und ich versuche aufzustehen, aber die Füße sacken mir weg und ich falle wieder zurück in den Stuhl. Er sagt, STEH AUF, und ich bemühe mich diesmal etwas mehr und versuche mich mit aller Kraft hoch zu halten, aber die Beine zittern jetzt auch. Ich habe Schwierigkeiten, das Gleichgewicht zu erlangen. Dann zieht mir Kandidat drei den Stuhl weg und ich lande nicht auf dem Metall, sondern auf dem Boden. In der Pfütze ist es kalt. Das verdreht mich ein wenig. Er ist atemlos, unbeirrbar, spielt ein verlockendes Spiel, versucht weiter, den Namen aus mir rauszuprügeln. Er hat keinen Anstand vor Menschen, die auf dem Boden liegen. Das will ich ihm gerne erklären. ICH HABE DOCH ALLES GESAGT, erkläre ich ihm stattdessen beim Luft holen. ICH HABE EINEN VERDACHT, erzählt er mir. Und ich werde seinen Verdacht nicht los. MEIN NAME IST POLAT, erkläre ich ihm ruhig wie das Kind, das ich war. HAHAHA, höre ich ihn lachen. Und HAHAHA, erklären mir die beiden anderen das Weltgeschehen hinter meinem Rücken. Tatsächlich bin ich in einer solch misslichen Lage, dass ich einstimme. Auch ich lache: HAHAHA. Obwohl es nichts zum Lachen gibt. Sie hören auf, und ich lache weiter. Nummer drei sagt: WAS GIBT ES DA ZU LACHEN? Ob er die Schläge meint? Oder die Tritte? Oder das Wasser über dem Kopf? Oh Wasser. Am Verdursten. DAS IST NICHT LUSTIG, sage ich, WASSER, ICH BRAUCHE WASSER. Bitte.

Das Ende kommt, wie immer, unverhofft.
Und ich nehme es an, wie es ist.
Das nennt man Folter oder Gerechtigkeit.

Das hätte es sein können. Das hätte zu einer Erklärung beitragen können. Der Aha-Effekt hätte das Ende geschrieben. Die Auflösung würde eintreten und die Geschichte der Erzählung hätte den Helden zu Ende projiziert. Es war ein Abgang mit Tücken und Folgen, aber der Aha-Effekt würde alle Fragen tilgen. Somit wären alle Forderungen, die ein Ende mit sich bringt, offen dargelegt. Da würde es kein Vor und kein Zurück mehr geben. Aber das Leben ist viel schlimmer als der Film. Es war eine Frage der Zeit. Ich habe geahnt, dass es so kommen muss.

Und als sich dieser Mann, mein Kandidat mit dem Namen NUMMER DREI, in Richtung Wand dreht, zum Lichtschalter läuft, höre ich ein Klicken und das Klicken ist hell. Und das Licht, das über mir flutet, entblößt aus dem Nichts, wer er eigentlich ist. Ach, das blonde volle Haar, um das ich ihn immer beneidet hatte. Kurz habe ich es nicht verstanden. Und er steht wieder vor mir, grinst, ist nicht zu halten, grinst von einer Wangenseite bis zur nächsten Wangenseite, haucht: ÜBERRASCHUNG – bis ich begreife, dass sein linkes Auge nicht das echte ist, sondern ein Glasauge ist und zu seinem Auge wurde, weil ich ihm einen Stock in das Gesicht, das kindlich war, rammte. Die süße Rache, die durch seine Lider blinzelt, ist die Rache, die ich geboren habe, die ihn ins Auge traf. Der Held ist nicht entkommen. Was ist passiert mit ihm? Er ist abgehauen. Ich bin nicht die Trägheit der Missachtung. Ich werde missachtet. Es muss ihn wach gehalten haben, all die letzten Jahre, bis er nicht mehr schlafen konnte. Ich kenne das gut. Denn ich kann auch nicht mehr schlafen wegen der Waffe. Fünfundzwanzig Jahre hat er auf mich gewartet. Mich nie von sich gestoßen. Ich war ein Teil von ihm. Wie unsere Stadt zwischen den zwei Hügeln ein Teil von uns war. Das spüre ich in seinen Schlägen. Mit Genuss hat er sich diesen Tag herbeigesehnt. Jetzt ist dieser Tag da. Das macht der Krieg mit Menschen. Obwohl er die Seiten gewechselt hat. Weil er mich gefunden hat. Der Krieg begräbt erst die Menschen, dann die Tiere, dann die Stadt. Hingebungsvoll. Das ist mein Zuhause. Da macht plötzlich alles Sinn. Krieg gewinnt man nicht mit Waffen. Sondern mit Hoffnung. Seine Hoffnung ist nie erloschen. Jetzt gehört er zu den anderen. Obwohl unsere Eltern im LKW landeten. Und jetzt wahrscheinlich tot sind. Oder in der Zelle bald tot sind, so wie ich. Ich muss die Rache zurücknehmen. Die übrig blieb. Ich muss den Krieg zurücknehmen, dem ich nicht entkommen konnte. Die Zeit vergeht. Und es ist gut, dass sie vergeht. Das nennt man Folter oder Gerechtigkeit.

Er sieht mich an, wie man einen Hund ansieht. Er sieht mich an, wie ich die Hunde ansah, die kamen, um zu betteln. Ich weiß, dass er mich wie einen Hund zu Tode prügeln wird. Ich hasse Hunde.

koffein wie es
im buche steht.
fritz-kola®
HAMBURG
fritz-kola®
vielviel koffein

TAXI erscheint in seiner 2. Auflage als Publikation des **KORBINIAN VERLAGS** Berlin.

DAS LEKTORAT Katharina Holzmann & Nazanin Noori
DIE GESTALTUNG & DER SATZ STUDIO BENS
DER ORIGINALENTWURF Antonia Terhedebrügge
DIE SCHRIFT Noe Text, Favorit & Plaax
DAS PAPIER Munken Print White
DER DRUCK medialis Offsetdruck GmbH
DER ORT gedruckt in Berlin, Deutschland
DER KONTAKT korbinian@korbinian-verlag.de

Der **KORBINIAN VERLAG** Berlin existiert seit Mai 2015. Die Verleger*innen sind Katharina Holzmann, Sascha Ehlert und David Rabolt.

ISBN 978-3-9821220-1-4